Start up from disqualification.
The rising of the sorcerer-road.
Story by Hitsuji Gamei, Illustration by Fushimi Saika

【剣匠】
フレデリック・ベンジャミン
ガスタークス・ロンディエル
【城塞】
ミュラー・クイント
【恵雨】
【金剛】
ゴッドワルド・ジルヴェスター

メルクリーア・ストリング
【対陣】
アリシア・ロッテルベル
【渇水】
【溶鉄】
クレイブ・アーベント
ローハイム・ラングラー
【水車】

――雨は短く。雨粒小さく。雨脚疾く。突き立つようにきらりとする
驟雨の如く降り注げ――【夕立小太刀(レインシャワー)】

GC NOVELS

失格から始める成り上がり魔導師道！

Start up from disqualification. The rising of the sorcerer-road.

～呪文開発ときどき戦記～

6

小説　樋辻臥命

イラスト　ふしみさいか

Contents

Start up from disqualification.
The rising of the sorcerer-road. 6

Story by Hitsuji Gamei, Illustration by Fushimi Saika

プロローグ　四公会談

ライノール王国王城の、とある一室にて。

豪華な部屋の中心には五角形のテーブルが一つ置かれており、それを囲むように五つの椅子が置かれている。

うち一つは金がふんだんに使われた絢爛豪華な作りであり、それ以外のものは、装飾や彫刻を施されていてもあからさまに格落ちするといった造形。席の質によって座る者の立場を表すかのような、そんな意図が透けて見える。

当然、最も豪華な椅子に座るのは王統に連なる者以外にいない。

ライノール王国王太子、セイラン・クロセルロードだ。

煌びやかな装飾が付けられた仏僧帽子めいたかぶり物を被り、顔の部分を黒の面紗で覆っている。髪も耳もかぶり物に覆われて見えず、その容貌は判然とせず。いまは黄金の龍の刺繍をあしらった白の袍服をまとい、椅子のひじ掛けに頬杖を立てている。

そんなセイランに対するのは、三人の男だ。

セイランと同席できる立場にある王国の土台を支える四公、公爵家の当主たちである。

席はセイランのものを含めて五つであり、この場にいるのはセイランを含めても四人。

席が一つだけぽっかりと空いているが、しかしこの場の誰もそれを指摘することはない。

そう、その席に着く者は常に**存在しない**のだから。

セイランが三人に向かって切り出す。

「まずは余から、みなに今日ここに集まってくれたことに対して礼を言おう」

「王太子殿下、勿体（もったい）なきお言葉にございます」

「我ら王家のためならば水火（すいか）も辞さぬ所存」

「王家のいかなる命にも、この身命を賭して応じる思いにございます」

この日ここに集まった者は、ロマリウス家、サイファイス家、ゼイレ家の三つの家の当主たちだ。

それぞれの当主が、セイランに対して返答を述べる。

ロマリウス家当主、ブレンダン・ロマリウス。軍服を着た壮年の男だ。頭は角刈りで、身体（からだ）は筋肉質、武家の当主というイメージの鋳型（いがた）にぴったりとはめ込んだような見た目だが、こういった政治の場においても眼光は異様に鋭く、決して腕力だけが取り柄ではないことを窺（うかが）わせる。

サイファイス家当主、エグバード・サイファイス。厳格そうな表情を見せる、背の高い老人だ。歳のせいか頭は真っ白で、鬚もまるで仙人のように長く伸ばしている。

いまは伝統貴族の服装に、上からローブを羽織っているという出で立ちで、椅子の上で静謐（せいひつ）を守っている。

ゼイレ家当主、コリドー・ゼイレ。公爵家中では最も歴史が浅く、当主も二人に比べ歳は若いが。

常に人好きのする笑顔を見せ、愛想もよく、体格や威厳という面では二人に大きく劣るが、ある意味それが彼の武器でもあった。

「四公であるそなたらとの会合も、数えていまだ二度ほどだ。余は経験も浅くまだまだ腹の探り合いは慣れぬゆえ、容赦（ようしゃ）いたせ」

　セイランがそう言うと、ブレンダン・ロマリウスが武骨な笑みを浮かべる。

「これはご冗談を。この胸襟（きょうきん）、いつでも開け放っておりますれば」

「そうか。ならば余も、相応の度量を見せねばならぬな」

「某（それがし）の方こそご容赦願いたく。某は武辺者（むへんもの）ゆえ、こういった話し合いの場は苦手でしてな」

　セイランはブレンダンと冗談なのか腹の探り合いなのか。そんな言葉の応酬を見せる。

　もちろん彼らも、セイランがガストン侯爵の暴走を利用して、多くの貴族の首に縄を付けたことを知っていた。まだまだ子供だからと言って、彼らがセイランを侮ることはない。

「早くそのご尊顔（そんがん）を拝見したく存じますな」

「いまさら余の顔など見ても面白くもなかろう。こうして面と向かって面紗を取ったことなどないが、そなたらならばこの奥にどんな顔があるかは、すでに知っていよう？」

「いえいえ、状況から予測するのと、面と向かって見せられるのでは、やはり違いますれば」

　ブレンダンの意見に、コリドー・ゼイレが追随（ついずい）する。

　一方でセイランは、石膏像のように静謐としていた老人に面紗を向けた。

「エグバード、そなたも二人と同じ思いか？」

「いえ、私には恐れ多いことでございます」

「エグバード様は生真面目なお方でいらっしゃる。私などはこういう落ち着きのない性格ですからな。

気が急いて仕方がない」

「いや、私も内心ではお二人と同じだ。王家の伝統を蔑ろにするわけではないが、殿下ほどの才覚がおありなら、面紗も不必要と存ずる」

「ははは、いや、私もエグバード様と同じ意見でございます」

「王国を統べる若き王統がそのご尊顔をお見せになるときを、心より楽しみにしております」

そんな機嫌取りのような会話の合間、コリドーがふいに目を光らせる。

「そうそう。まずは議題の前に、この場をお借りして私からセイラン殿下に申し上げたき儀がございます。殿下、議題の前に話を挟み込むなど大変な失礼とは承知しておりますが、どうかお許しいただきたく」

「ふむ、なんだ？　申してみよ」

「は、では恐れながら。私が申し上げたいのは、殿下の従者についてでございます。現状、殿下は従者と呼べる者をお付けになっていないのは、王城を出入りする誰もが知るところ。殿下は今後さらに多忙になられる身と愚考いたしますれば、やはり従者が必要かと存じます。つきましては、私の方から殿下の従者に相応しい者を見繕っておりますれば、どうかご検討願いたく……」

「ふむ、従者か。そうよな。コリドー、そなたの心遣い余も嬉しく思う」

「はは」

「それで、その者の名は？」

「ケイン・ラズラエル。南部軍家ラズラエル家の長男にございます」

コリドーが推挙する者の名を口にすると、ブレンダン・ロマリウスが心当たりがあるといった表情を見せた。

「ほう？　あの、勇傑(ゆうけつ)の再来と有名な者か？」

「は。私も目(ま)の当たりにしましたが、あの才能、殿下の従者に相応しいものと確信致しております」

「南部の魔法のほとんどを覚えたという話も聞くが。それほどまでにか」

「少し前に会ったときのことですが、私の前で【大城壁(グランドウォール)】を使ってみせました」

「ふむ。勇傑の再来、か」

セイランが、誰に言うでもなくそう呟く。

勇傑。ここでは、紀言書(きげんしょ)の一つ【世紀末の魔王】に描かれる、魔王を倒した勇士のことを言うもので、そこから引用して、魔力や剣技に特に秀でた者を勇者、勇傑などと称する風潮が存在する。

「もしかすれば彼(か)の者、その勇傑の生まれ変わりかもしれぬとも言われております」

「生まれ変わりか。紀言書の記述にも、生まれ変わりを示唆(しさ)するものがいくつかあるが、何か符合するものでも？」

「そこまでは私にもわかりませんが、もしやすれば……」

「ふむ、そうか……それはそうとして、ブレンダン、エグバード、そなたたちは従者の話についてどう思うか？」

「実力があるのならば、某に否はございませぬ」

「やはり、一度顔合わせはあって然るべきかと存じます」

「では、エグバードの言う通り、一度会って見極めるべきだな。コリドー、そのケイン・ラズラエルと会する機会を用意せよ」

「はは。承知いたしました」

「して、ブレンダン、エグバード。そなたらは、誰ぞこれだといった優れた者は知らぬか？」

「某はいまだ。ですがエグバード様のお孫様は、かなりの才を発揮しているとお聞きしておりますが」

「いえ、我が孫などいまだ未熟にて。それに、我が家には役目がありますれば」

「ふむ、魔法院の地下のあれだな？」

「はは。それについては、陛下も殿下もご承知のもの。我が家はあれの監視を、王国勃興（ぼっこう）以前より仰せつかっているのです」

「……そうだな。それについても、いずれどうにかせねばなるまい。あれも王都が孕（はら）む直接的な憂慮だ。余としては、父上が王位をお譲りになられるまでに決着をつけたいと思っている」

セイランの決意に満ちた勇ましい言葉に、エグバードが首を振る。

「いえ、申し上げます。殿下、あれは打倒する者がすでに決められているのです」

「決められている？　それはどういうことだ？」

「はは。【クラキの予言書】に、あれを打倒する者の記載があるのです。あれにはその者が現れるまで決して手を出してはならず、他の誰にも手を出させてはならぬと、代々言付（ことづ）かってもあるのです」

「紀言書の記述と、始祖の遺言か。それで、その打倒する者とは一体なんだ？」

「【聖賢(せいけん)】にございます」

エグバードがそう言うと、コリドーが怪訝そうな表情を見せる。

「エグバード様。聖賢とは【精霊年代(せいれいねんだい)】に描かれる【三聖(さんせい)】の、あの聖賢のことにございますか？」

「その通りだ。その聖賢だ」

「【宿り木】。【聖賢】。【鈴鳴り(すずなり)】。子供のころは寝る前のおとぎ話によく聞いたものですな。しかし、まさか当人が現れるわけでもないとは思いますが」

「それが生まれ変わりなのか、新しい聖賢なのか、それはわからん。だが、我が一族はその者を待ち続ける必要がある」

「初代国王との約定(やくじょう)もそうだな」

「はは。打倒するには、その聖賢を待たねばならぬのです」

「なるほど、予言書の記述か……ならば余が手を出すわけにもいかぬな」

「鍵の付いた箱には、鍵が付けられる理由がありますれば」

「うむ、そうよな。鍵が掛けられる理由は、盗人から守るだけではなかろうな」

セイランは得心がいったというように頷くと、やがて別の話題を口にする。

「……話が逸れたな。では、そろそろ本題に移るとしよう。そなたらも、よいな？」

セイランが本題への移行を促すと、三人は畏まって返事をする。

「まず一つ。ここで改めてそなたらに伝えることがある」

「それは？」

「うむ。これについてだ」

セイランは懐から魔力計を取り出すと、五角形の卓の上に滑らせた。

それにすぐ反応を見せたのは、ブレンダンだった。

「おお、魔力計ですか」

「そうだ。これについてはそなたらもよく知っているであろう」

コリドーも、気を良くしたように笑顔を見せる。

「最近では〈魔導師ギルド〉でも作業所が増えたと聞いておりますな。そうそう、ギルドと言えば最近、スイッチ式なる〈輝煌ガラス〉の新しい型式が出ましてな。いやこれがまた面白い。取り付けられた紐を引っ張るだけで光りっぱなしの〈輝煌ガラス〉を、自由に点けたり消したりできるという優れもので、掛けた布から光が漏れるあの煩わしさから解放されるのです」

「うむ。余も〈魔導師ギルド〉を訪れた際に、いくつか触ったな」

「おお。殿下もすでにご覧になられておりましたか。我が家ではすでに導入に向けて交渉が進んでおります」

「いずれ王城のものもあれに刷新されるであろう……また話が逸れたな」

「いえ、殿下のお話に水を差してしまったこと、深く謝罪いたします。ブレンダン様、エグバード様もご容赦くださいませ」

「いやいや、こうした雑談も必要かと」

「肩苦しいばかりでは、殿下も息がつまりましょう」

二人とも穏やかだが、その内心は杳として知れない。本気でそう思っているのか、疎ましく思ったのか、はたまた王太子に取り入ろうとする口の軽快さに、舌を巻いたのか。

「ついては、これの存在を公にする手はずが整った」

「では、ついに」

「うむ。先だってのナダール事変は、どう繕っても内乱という印象が払拭できぬ。ゆえに、王家としてはその恥部を、この成果で塗りつぶす方針を取ることにした」

「ですが殿下、戦と魔力計は特に関連もないのではないでしょうか？」

「いや、あの戦ではすでに魔力計を訓練に導入した部隊を投入している。その戦果は目を瞠るほど大きなものであり、ともすれば早期鎮圧の一助になった……そういうことであれば、王家の周到さも周辺各国によく知れよう。事実、投入した魔導師部隊の練度は、それまでの魔導師部隊と比較して運用に格段の差が出たからな」

「やはり詠唱不全に関して、でございますな？」

「うむ。此度は一度も出なかったそうだ。しかも、行使の頃合いもピタリと合ったと聞く」

セイランに、コリドーが疑問を投げかける。

「では、製作者のことも同時に公表されるのでしょうか？」

「いや、それはまだだ。ゆえに、公表するのは魔力計の存在についてのみとなる」

「なぜでございましょうか？　品と製作者を同時に発表すれば、製作者の名は臣民にも広範に伝わるものと存じますが」

「恩恵を受ける前よりも、受けてからの方が感謝する者も増えるだろうという算段だ。あれの恩恵は、すぐには目に見えぬ。これの有用性が広まれば、製作者の名声もさらに高まろう」

「そこまで……いえ、そこまでのものとは我らも弁えておりますが」

セイランの魔力計に対する力の入れ具合に、コリドーは驚く。

ゼイレ家は軍家ではなく文官系の家であるため、魔力計の恩恵にはそこまで触れられていなかった。

ふとエグバードが、魔力計を見詰めながら、物思いに耽るかのように長い鬚をしごく。

「魔力計は、王国史上稀に見る大発明。これは〈輝煌ガラス〉の発明にも匹敵しましょう。私も、これを作った者には相応の恩賞を与えるべきと存じます」

「エグバード様も、魔力計は偉大なものとお考えになりますか」

「うむ。これを触ったときは、年甲斐もなく心躍ったものだ。これから魔導を志す者は、自然とこれを手にできるのだ。これほど幸せなことはない。一つ一つの魔法の習得が早まり、その分に費やしていた時間を別のことに使えるのだからな」

「エグバード。魔法院への導入が遅れたことについては、余も父上同様常々心を痛めていたことだ」

「いえ、こればかりは詮無きことと存じます。ものがもの、誰も否とは申せませぬ……」

セイランの言葉に、エグバードはその場で頭を下げた。

「それと、製作者についてもそなたらに正式に通達する。東部軍家のアークス・レイセフトだ。ブレンダンもあのとき、ギルドでの発表の場にいたゆえ顔も名も知っていよう。エグバード、そなたも知っていたか？」

「はは。名前だけはそれとなく」

「おお、エグバード様も聞き及んでおられましたか。某も〈魔導師ギルド〉で初めて目にしたときはまさかとは思いましたが」

「ということは、若さか」

「は。あのときはアーベント卿からの発表かと思っていたのですが、いやあれには度肝を抜かれましたな」

この話については、蚊帳（かや）の外だったコリドーが口を開く。

「確かレイセフト家の長男でしたかな？　つい先ごろ殿下の供として随行（ずいこう）し、大きな活躍をしたとか」

「うむ。アークスがいなければ、余はここにいなかったかもしれぬ」

「魔導師方の軍家では飛び切りの無能ゆえ廃嫡（はいちゃく）されたともっぱらの噂ですが」

「それは現当主に見る目がないだけよ。事実、剣の腕も魔法の知識も余の供を任せるに相応しいものであった」

セイランに次いで、ブレンダンとエグバードも口を開く。

「兄は国定魔導師、当主である弟は対異民族の先鋒として多大な戦果を収める東部の英雄。兄弟揃って有能であるのだがな……」

「お家（いえ）の歴史は古参貴族家の筆頭とも呼べる家柄。時代の折々にあった陞爵（しょうしゃく）さえ拒否していなければ、主家とするクレメリア家を上回り、すでに侯爵であってもおかしくないはずのお家だ」

「そうなのでしたか？」

「うむ、いろいろとな。事情があるのだよあそこは」

「余もそれは耳にしている。それが、レイセフト家が下級貴族ながら、国内有数の名家として有名である所以(ゆえん)でもあるとな」

すると、エグバードが滔々(とうとう)と語りだす。

「伝え聞いている話では、王国勃興直後のこと。佰連邦(バイリャンバン)の一部が、クロセルロード家の興隆を良しとせずに攻め込んできた折、当時はまだ王国も小さく臣従する家も少なかったが、それをときのレイセフトの当主が、王家が戦力を整えるまでの時間稼ぎのため、炎の巨人を従えて迎え撃ったという。その後、東部の団結や王家の戦力が整い、侵攻を跳ね返すも、当主は奮戦の末討ち死にし、領地や領民にも大きな被害が出た。それが要因となってレイセフト家は貴族家として大きく力を落とし、クレメリア家の庇護(ひご)を受けることになった」

「レイセフト家とクレメリア家の関係が他の東部の家よりも密なのもそのためだ。パース・クレメリアが娘をレイセフト家に入れようとしたのも、関係をさらに強固にするためだろう」

「陸爵を拒むのも、ライノール王国の東の守りという矜持(きょうじ)があるからだ。それゆえか、昔からの武骨な軍家という家風を頑なに守っている」

「王家への忠誠は揺るぎない。他のどんな家が離れても、レイセフト家だけは最後まで王家に付いて行くだろうというのが昔から言われていることだが……いまはそれを知らぬ者も多いな」

先達たちの話を聞いたコリドーが口を開く。

「そのアークス・レイセフトでしたが、確か魔力の量が軍家の平均よりも劣るのでしたか？」

「惜しむらくはそこよ。魔力が多ければ、先ほど名前の挙がったケイン・ラズラエル同様、勇傑とも称されたろうに」

セイランはため息のように言葉をこぼすと、改めて口を開く。

「余はそのアークス・レイセフトを国定魔導師にと考えている」

セイランの突発的な発言に、三人が見せたのは驚きだった。

ブレンダンが眉をひそめる。

「殿下、いくらなんでもそれは話が飛躍し過ぎではありませぬか？」

「ほう？　余は相応の恩賞と共に、相応の地位も必要だと思うが？」

「お戯れを」

「いやいや、さすがにいまのは冗談だ。話が性急すぎるのは余もわかっておるよ」

セイランが笑い飛ばす一方、エグバードが真面目腐った顔で苦言を呈する。

「殿下、試験を受けさせねば、他の者に示しがつきませぬ」

「当然、余も試験を受けさせずに通すなどという横暴はせぬ。だが、あやつには試験などあってないようなものよ。受けさせても結果は見えている。ただ……」

「魔力の量ですな？」

「確かに、魔力量が平均以下では他の魔導師軍家は黙っておりますまい」

「では今回はその根回しもかねての周知、ということですかな？」

「有体に言えばな。だが、そなたらに積極的に動けとは望まぬ。事実まだ、国定魔導師の代名詞にふさわしい魔法もないのだ。魔力計の製作者ということ、父上や余も注視していることを覚えておけ」

セイランのここでの発言はつまり、王家はアークスに期待しているということ、目をかけているということ。ひいては、唾を付けているから勝手に手を出すなということでもある。

めっきり訊ね役に回ったコリドーが、ブレンダンに訊ねる。

「ブレンダン殿は、どう思われますか？」

「功績が魔力計の発明のみですからな。確かに比類なき功績ではありましょうが、それが国定魔導師につながるかと言えば、どうなのか。やはり殿下のおっしゃる通り、国定魔導師にふさわしい絶大なる魔法とその力が必要となるでしょう」

「エグバード殿はいかがですか？」

「本人を見なければ、答えはいかんともし難い。その点、私は魔法院にいる。機会には恵まれるだろう」

コリドーの問いに二人が返したのは、当たり障りのない答えだった。

「ともあれ、近いうちに魔力計の公表は行われるだろう。では、次の議題だが――」

その後も、セイランの進行のもと、議題が進められていくのだった。

第一章
「魔力計公表パーティー」

Chapter1 ∽ Party of Magic Meter

この日アークスは、いつも懇意にしている大店を訪れていた。

自分の屋敷を持っている貴族ならば商家の者を呼び立てるということも可能だが、まだアークスは爵位も得ておらず、成人もしていない。

たとえ日頃から贔屓にしていようとも、この状況で呼びつけるのはさすがに態度が大きすぎるような気がして、いつものように先ぶれを出しての訪問となった。

そんなアークスを出迎えたのは、大店の店主と、いつも取引をしている番頭だった。

彼らと軽い挨拶を交わしたあと、応接室に通される。

室内にはガラスのテーブルと本革のソファが置かれており、花の香りが仄かに漂っていた。こちらがソファに腰掛けると、それを確認した大店の店主と番頭も対面に座る。

一緒に入ったメイドが、赤い花びらが沈んだガラスの水差しを手に持つ。

注がれた水に口を付けると、口の中に薔薇の香りが広がった。

香りの余韻を楽しんでしばらく。

アークスは恰幅のいい店主に言葉を掛ける。

「悪いね。出迎えてもらっちゃってさ」

「いえいえ、アークス様には刻印具のことでいつもご贔屓にしていただいていますから。本来ならばこちらから出向かねばならないところをいつも出向いていただき、身のすくむ思いでございます」

「それは言い過ぎだと思うけどな」

「何をおっしゃいますか！　アークス様はこのお歳で白銀十字勲章（はくぎんじゅうじくんしょう）を授与され、〈魔導師ギルド〉内に工房を持つほどのお方！　むしろこちらはこれまで通りお取引を続けていただいていることに感謝しております！」

「あ、ああ……そうか。じゃ、身軽じゃなくなったら、屋敷に来てもらうことにしようかな」

「ということは、身軽でなくなるご予定でも？」

「そうなりたいなぁとは思ってるかな」

「それはそれは……アークス様とは是非これからも良いお付き合いをしていければと」

「ああ。俺も上手くやっていければと思うよ」

　こちらがそう言うと、恰幅のいい店主は頭（こうべ）を垂れる。

　これまでは重要な刻印部品の取引以外は、番頭とのやり取りばかりだったが、最近では店主の方も、手が空いていればこうして顔を出してくれるようになった。

　先ほど店主も言ったように、ギルドで刻印具の開発をしているのだから当然と言えば当然だが。

「で、その後、紐スイッチ式の〈輝煌ガラス〉の売れ行きの方はどうかな？」

「はい。おかげさまで好評でございます。特に役所や官庁は導入に意欲的ですし、新し物好きの上級貴族の方からは、ぜひ抱えている職人に作り方を覚えさせたいとの申し出が殺到しております」

「じゃあその場合は、取り決め通り〈魔導師ギルド〉や〈職人ギルド〉を通して、スイッチ式のロイヤリティの支払い申請をしてもらうようにしてくれ」

「はい。承知いたしました」

以前に、紐付き〈輝煌ガラス〉やスイッチ式〈輝煌ガラス〉を開発したが、それらの販売にあたってこの大店には窓口をやってもらっていた。

〈魔導師ギルド〉は商品の直接的な販売をしないため、こうして一度技術や商品を信頼できる大店に卸して、その利益の一部をロイヤリティとして納めてもらうのが主流となっている。

自分のところや〈魔導師ギルド〉など、マージンはかなり回収されているが、それでも入ってくるお金はかなりのものらしい。

店主のほくほく顔が、それを如実に示している。

「それでは今後とも、当商会をどうぞご贔屓に」

店主はお礼の言葉と付け届けをくれたあと、腰を低くしたまま部屋を辞する。

そして、再度番頭と向かい合った。

番頭は、相変わらず揉み手だけで火を熾せそうなほどの擦りぶりだ。

指紋があるのかどうか疑わしくなるが、それはともあれ。

「それで、言っておいたもの、用意してくれたかな?」

「いやはやいやはや、アークス様が宝石をご所望になられるのは初めてでございますね。もしやどこか貴族のお姫様に贈り物ですかな?」

「いや、そういうわけじゃないよ。つまんない話だけど、いつもの魔法関係だ」

「そうでございましたか。もし贈り物をするのであればいつでもお申し付けくださいませ。必ずやお相手の方にご満足いただける品をご用意いたします」

「あはは……そのときはまあ、よろしく頼むよ」

へりくだる番頭に、愛想笑いを返す。

今回、店を訪れるにあたって、前もって見せて欲しいものがあると申し入れておいたのが、それが先ほど番頭が贈り物と勘違いした宝石だ。


――エメラルドを探しなさい。


思い出されるのは、いつかチェインに言われた言葉だ。

あのとき、チェインは自身に「いいことを教える」と言ってその話を口にした。

エメラルドが自身にどういう「いいこと」をもたらすのかはわからないが、まずは手元に取り寄せようと思い、こうして大店に声を掛けたというわけだ。

番頭はガラスのテーブルの上に布を敷き、さらにその上に宝石を並べていく。

「まず、石化山（ストーンバレー）で産出したソーダ石。こちらが紅玉（こうぎょく）で、ゼイルナーから取り寄せた金剛石。そしてこちらがサファイアバーグ産最上級の青玉（せいぎょく）にございます」

「おお、すごいな。これで全部か？」

「はい。これらはどれも私どもが扱っている宝石になります」

宝石は窓から差し込む陽光が当たって、どれもこれもキラキラと輝いている。

色味も鮮やかで透き通っており、上質そうだ。

だが、見せられたものの中には、自分の目当ての宝石は一つもなかった。

「ええっとさ、エメラルドってあるかな？」

「えめ……？　なんでしょうか？」

「エメラルドだよエメラルド。知らない？　緑色の宝石で翠玉とか緑玉とか言われるやつなんだけど、研磨するともっと緑の輝きが強くてさ」

「翡翠ならわかりますが……私も三十年この仕事をさせていただいていますが、見たことがございません」

「そうなのか……」

「お力になれず申し訳ありません」

こちらが残念そうな顔を見せると、番頭はひどく申し訳なさそうに頭を下げた。

「いや、ないものは仕方ないよ」

「その、エメラルドでございましたか。お探しいたしましょうか？」

「ああ、頼む。翡翠とは違う緑色の宝石だ。片っ端から当たって欲しい」

「承知いたしました」

そんな風にエメラルドに関して今後の方針を取り決めたあと、改めて考える。

確かに自分も、これまでエメラルドというものを見たことがなかった。

エメラルドという言葉自体聞いたのも、あのときチェインに夢枕に立たれたときだけだ。

実物を目にしたのも、その名前を聞いたのも、あの男の人生を追いかけたときに目にした映像や画像のみ。

もしかすればこの世界には、エメラルドは一般的に流通していないのかもしれない。

だからこそ彼女は、「探せ」と、そう言ったのだろう。

どこにでもあるようなものならば、探す必要はない。手に入れろと言うだけで済むことだ。

それでもそう言ったということは、手に入れるのが困難だということに他ならない。

だが、探せと言っても、自身は鉱山を持っているわけでもないし、エメラルドがどの鉱山で採れるのかも知らない。あの男の記憶を洗い直すが、そう言った記述がある資料を読んだ覚えもない。

「……そういや、近々ギルズが来るって手紙が来てたな」

どう動くべきか頭を悩ませていると、ふとそんなことを思い出したのだった。

自宅の応接間兼書庫でもある、塔型の部屋にて。

いま自身の対面には、チューリップハットを被った一人の青年の姿があった。

目は狐のように細く、口元には常に薄い笑みを浮かべており、うさん臭さを積み込めるだけ積み込んだというほどに妙な雰囲気を満載している男。

大仰な身振り手振りを交えつつの会話の中、周囲をよく観察しているのは、新たな商機を探すためか。

旅の商人、ギルズ。

手紙が来たあと、しばらくして屋敷にその姿を現した。

出迎えるなり、紐付き〈輝煌ガラス〉に目を輝かせたり、家に置いてある物品がどういうものか質問したりするなど、相変わらず商魂はたくましい。

アークスはそんな彼と、応接間で少し話をしたあと、無慈悲な言葉を突きつけた。

「――交渉は決裂だな」

「そんなちょっと待ってえな!!」

取り付く島もない返事を聞いたギルズが、ソファから立ち上がって悲鳴を上げる。

しかしこちらは、硬質な態度を崩さない。

ソファの上で腕を組んでどしっと構え、硬い表情を向けたまま。

「待ってって言われてもな」

「アークス君、この前話聞いてくれるって言うたやん！　なんでそうなるんや！」

「言ったな。言ったけど、取引するかどうかはまた話が別だろ？」

「せやけどな……」

そう、自身にとってギルズは、まだまだ油断のならない相手だ。

素性もわからず、取引の目的も定かでなく、何より話をしていて得体が知れない部分も見受けられる。まさかこちらをハメてくる……ということはないだろうが、こういう手合いはこちらの予想しえない利益を素知らぬ顔で得るタイプの人間だ。「黙っていただけで嘘を吐いたわけじゃない」的な面の皮の厚さを出す恐れがあるため、慎重にならざるを得ない。

　そもそも、だ。

「俺が作ってるものを扱わせてくれって？」

「せや」

「それ、一体どれくらいの利益が出るんだ」

「利益の方は出るまでちょっと時間かかるかもしれへん。せやけど、コネが増えるんは約束するで」

「俺に損して得取れってか？　だけど俺は素人だからな。コネが増えることで俺がどんな風にどう得するのかをきちんと説明してくれないとわからないんだよ。それが解消されないと、やっぱり取引には応じられないな」

「せやろなぁ」

「俺もそうだけど、ギルズの方はどんな利益を得るんだ？」

「そら、利益の一部をすこーし、な？」

「それだけじゃないよな？」

「いやー、ははは」

　ギルズはそうして、誤魔化し笑い。

「俺は訊いたぜ？　教えてくれよ？」

「アークス君。なんでもかんでも教えてもらえるて思うたら大間違いやで？」

　ギルズは含みのある笑みで追及をかわそうとするも、そんな手は自身には通じない。

「そうか、なら俺も別にいい」

「うぐ……」

商談らしい商談の経験がない以上、自分ができる交渉術は忍耐のみだ。

相手がめんどくさいと思って手を引くまで、手を緩めてはならない。

いずれにせよ、こちらは無理にいますぐギルズと取引する必要はないのだ。

下手（したて）に出なくてもいいというだけでも、気が楽ではあった。

「なあアークス君。儲かるのは保証するで？」

「それは絶対条件だろ？　取引相手に損させる商人なんか論外だ。儲かったうえでさらにどういう利益があるのか、それを教えてくれないとな」

「そんなん売り先の間口が広がるからに決まってるやん」

「そんな手広くなってもなぁ。いまの俺の利益になるのか？」

「いろんな知り合いができるんはええことやで。仲間がぎょーさんおったらぎょーさんおるほど、助けになることもあるんや。少なくとも貴族はそういうん、必要にしてるやろ」

確かに、コネを多く作るのは、貴族も重要視するものだ。

横のつながりを広げることで、自分の持つ既得権益を守るために利用するのはままある。

だが、それが一介の商人との取引で増えるのかと訊かれれば、どうなのだろうか。

そもそも自身はいまのところそういったコネを必要としていないので、魅力はほとんど感じられない。

……こういうのは、やり方が難しい。

自分はそんな交渉をした経験などまったくないので、その辺りの塩梅がよくわからない。

それに、

(ギルズと信頼関係なぁ……)

特にこういった話では、儲けさせる、損はさせないという輩が一番信頼できない。

あなただけに良い話がある、というのはよくある詐欺師の常套句。

あの男が知り合った営業マンらしき男は、損はさせるかもしれないけど仕事は保証する。確か酒の席でそんなことを言っていたはずだ。

ラスティネルの倉庫での一件があるため、まったく信頼できない相手ではないが、やはりギルズとの取引には二の足を踏んでしまう。

「そんな胡散臭そうに見んといてや」

「って言ってもなぁ。自覚あるだろ？　むしろわざとやってないか？」

「どやろなぁ」

「そういうとこだぞ？　そういうとこ」

薄笑いを浮かべてはぐらかすギルズに、苦言を呈する。

この男は本当に何を考えているのか。そんな態度を見せられると本当に自分と商売がしたいのかも疑わしくなってくる。

すると、ギルズがおどけた様子で言う。

「とかなんとか言いがかり付けといて、ほんまは取引できるような品物(しなもん)が全然あらへんとか……」

「そんなことはないぞ？」

そう言って、一応用意してきた物品を取り出す。

テーブルの上に出したのは、以前に工房で作った瞬間湯沸かし器のケトルだ。

ゴッドワルドたちにも見せたものと同型の物である。

「これは？」

「瞬間湯沸かし器だ」

「瞬間？　っちゅうことは……」

「あー、瞬時に沸くってわけじゃないけど、かなり早いぞ。こうして中に水を注いで、この台の上に置くと、だ」

まもなく、ケトルの注ぎ口から湯気が出てきた。

「ほ！」

「これは火を使わないで素早くお湯を沸かせるって代物だ」

そんなことを言いながら、茶葉の入ったガラスのポットにお湯を注ぐ。ポットの上部は湯気で曇り、茶葉は注がれるお湯の水流でポットの中を暴れまわり、やがて成分が抽出されてお湯が紅茶色に染まっていった。

中身をカップに注ぐと、湯気と共に芳香が立ち上る。

それを見たギルズは、まるで宝物でも見つけたかのように目を輝かせた。

「……これ売れるで。特に北の方ならバカ売れや」

「そうか？」

「そらそうやで？　極端に寒いところで湯沸かすなんて、簡単にはでけへんのや」

「確かにそうだな。これ一式あれば、雪を溶かしてすぐ使えるか。一応、寒冷地仕様に改造しなきゃいけなくなるだろうが……」

「せやせや。大助かりやで。そら、平地でもありがたがられるやろけどな」

そりゃそうだ。男の世界でもこの手の商品はすこぶる人気だった。

初めて買った者が、世界が変わるとまで言い出すほどだ。

この世界、農村部では湯沸かしだけで三十分から一時間かかるところだってある。お湯がお手軽に沸かせるとなれば、人気商品間違いなしだ。

……紐付き〈輝煌ガラス〉は大店に卸すことになったが、この瞬間湯沸かし器などいくつかの物品は自分のところで取り扱うことになった。

いまのところ、こういった武器に直結しないものであれば、という条件は付くが。

「こんなんまで見せといて、交渉決裂とかほんまに殺生(せっしょう)やで」

「懇意にしてるところ以外で見せたのはギルズだけだ。それだけでも、十分だと思うけどな」

「ま、せやけどなぁ……」

「ギルズにはラスティネルの倉庫の件で借りがあるからこそだ。それに、これだけのものが出せるなら、別に武器に拘らなくてもいいだろ？」

「せやな。どっちかゆうたら、ワイにはこっちの便利な方がええな」

「ま、次に来るときまで考えといてくれよ」

「わかったで。次は販売先まで用意しといたるわ。あと、紐付きの〈輝煌ガラス〉、もう少し見てってええかな？」

「ああ」

話が終わったあと、ふとギルズに訊ねる。

「……そうだ。ギルズ、エメラルドって知ってるか？」

「えめ……なんやって？」

「エメラルドだ。エメラルド」

「さぁ……聞いたことないなぁ」

「そうか。ギルズも知らないのか」

悩むように眉をひそめるギルズを見て、こちらも同じように眉間にしわを寄せる。

あのあと、何度か王都の宝飾店でも探したが、結局エメラルドを見つけることはできなかった。商人たちに訊ねても、「見たことがない」「知らない」という芳しくない返事しかされず、こちらは途方に暮れるばかり。

サファイアやルビーなど他の宝石や、組成が同じ宝石であるアクアマリンが存在するにもかかわらず、エメラルドだけないというのはやはり不思議で仕方がない。

「そのエメなんとかが、重要なんか？」

「重要ってわけじゃないけど。そういや見かけないなって」

「見かけない？　なんやアークス君は見たことがあるんか？」

「ああ、少し前にちょっとな」

「どんな宝石なんや？」

「磨くと緑色に輝く宝石だよ。翡翠とは違うんだ。心当たりはないか？」

「さてなぁ……欲しいんなら、探してみるわ」

「見つかったらでいい。声を掛けてくれ」

……そんな風に、ギルズの最初の会談は終了し、エメラルドの件に関しても、行き詰まりを見せていたのだった。


魔力計の発表が正式に決定した。

期日はまだ調整中であるため、正確な日にちはわからないが、近いうちにお披露されるということはほぼ間違いないとのこと。

王家が発表に踏み切る決め手になったのは、やはりポルク・ナダールの起こした戦争だった。

結局のところあの戦いは、国内の貴族が起こした反乱、内紛の域を出ず、外聞もよろしくない。王家は「反乱を起こされる国」という醜聞を打ち消し、あくまであの件は「帝国の謀略といち貴族の暴走だった」「王国はいまでも列強の一つ」ということを強く印象付けるために、この発表を使うことにしたそうだ。

魔力計の発明は革新的なものだ。いち貴族の小さな反乱の話など、これによってすぐに立ち消えとなってしまうだろう。なにせ、魔法技術の高いライノール王国の魔導師が、これでさらに強くなることが約束されたのだ。この発表は諸外国にそれを強く意識させるものであり、この機に付け込もうとしていた他国は方針の転換を余儀なくされるはずだ。

敵国も下手に手を出せば、王国の魔導師たちの餌食になる。

友好国であっても、王国の反感を買えば魔力計導入への交渉が頓挫してしまう。

ライノール王国に対する外交戦略を根本から変えざるを得ず、当分はどこもかしこも王国に下手なちょっかいをかけることすら躊躇われるはずだ。

そして、この発表は国内の結束にも寄与するものでもある。

強い軍事力が背景にあれば、貴族たちもそう簡単に王国を離れることはないし、反乱など起こそうという気にもならないだろう。

ポルク・ナダールの二の舞になるということを彼らに強く植え付けるものだ。

この発表にはそういった意図も含まれている。

こちらとしても、タイミングとしては悪くないと思えた。

すでに引っ越しを終えているため、頃合いとしてはちょうどいいし、それに向けての準備もできる。

ただ、製作者の発表に関しては先延ばしにするらしく、まだ無能の烙印は払拭できないらしい。これには魔力計の恩恵が広まったあとの方が、製作者の名声も高まるだろうという思惑があるからだという。そのため、製作者の発表は一年、長くて二年は先になるとのこと。

王家も随分と計らってくれるのだなと不思議に思ったものだが、そんな甘いだけの話があるはずもない。

それに当たって一つ、セイランから申し付けがあった。

「――魔法の製作、でございますか？」

「そうだ。そなたには何かしら、強力な魔法の製作を期待する。なに、そなたならばそう難しいことではなかろう」

セイランから王城に呼びつけられ、そんなことを申し渡された。

「そなたは魔力計の製作者だ。王国にその名を残すことはすでに決まったも同然のもの。ならば、魔導師として華も必要だろう。誰もが目を瞠るような魔法を作り出し、魔導師として大成してみせよ」

「承知いたしました」

「よい返事だ。余もそなたの一層の活躍に期待する」

……そんな風に、セイランの指示に了承はしたものの、これといった案はなかった。

強力な魔法が、そうそう簡単に作れるはずもない。

だからと言ってその場で「できません」と言えないのも辛いところ。

あの状況だ。上位者からああして言われれば、了承せざるを得ない。

それを作るにあたって問題になるのは、やはり魔力の量だ。自分は市井（しせい）の魔導師程度しか魔力がないため、魔力を大量に消費する魔法はまず作れないし、製作にあたって試行していくにしても、自分の魔力は早くに底を突いてしまうため、その分、魔法の製作には時間がかかってしまう。

まずはこれを解消する術（すべ）を模索するのが先決だと思っていたが、まさかそれよりも早く規模の大きい魔法を求められるとは思わなかった。

「……遅くなっちゃったな」

セイランの話を聞いて王城から出たあと、発表の調整のため〈魔導師ギルド〉に寄ったことで、日はすでに落ちてしまっていた。

王都は〈輝煌ガラス〉普及のおかげで基本的に明るいが、それでも自分の知る「街の明るさ」とは比べるべくもない。男の世界では、沢山の電灯や、家々の窓から漏れる明かりなどで大抵の場所は明るいが、ここは一歩路地に入ると、すぐに薄暗（うすぐら）い場所に行き当たってしまうのだ。

やはり夜道にはランタンが欠かせない。

そんな風に思いながら、曲がり角を曲がったときだった。

路地の奥の薄暗がりに、人影が見えた。

道のど真ん中に立ち、まるで路地を通る者の邪魔をするかのように立ちふさがっている。

こんなところで明かりも持たず、ただひたすら佇んでいるだけとはさすがに胡乱（うろん）と言うほかない。

君子危うきに近寄らず。接触を嫌って迂回（うかい）するのも手だが、この先はすぐに自分の家であるため、そんな遠回りをするのも癪（しゃく）だった。

歩きながらランタンを掲げ、さりげなく様子を窺う。

路地に立つ何者かはフードを目深に被っており、顔立ちは判然とせず。

背丈はだいたい百六十センチから百七十センチの間程度。

特徴的なのは、その出で立ちだ。外套の下から見える服装はどことなく和風を感じさせる色彩の使われ方で、雅な着物を連想させる。

都を追われた貴人か。不審者にしては、随分と目立つ恰好をしているように思う。

男か女かは……起伏をはっきりとさせない服装のせいで、見た目からは判じ得ない。

変わり者か、不審者か。

こちらが警戒して道の端に逸れようとすると、逆に向こうは距離を詰めてくるような素振りを見せる。

ならば、害意があるのか。

……端っことはいえ、ここは王都の、それも貴族の住む区画だ。そんな場所で貴族に危害を加えるなど普通は考えないはずだが、何に付けても例外は存在する。

最悪の場合を想定し、腰に差した剣を不自然にならないよう意識。この場で使うのにふさわしい魔法も一通りピックアップしておく。あれが囮であるということも考え、周囲に気を配るのも忘れない。

【幽霊犬トライブ】の召喚も視野に入れつつ、歩を進める。

（いや……）

そう言えば、ガウンからもらったランタンが震えない。以前も何か危険があれば震えて教えてくれていたのだ。ということは、警戒するほどのことは起こらないのか。

そんなことを考えていると、

「導士さま」

フードを目深に被った何者かは、そんな風に呼びかけてきた。

――導士、またそれか。確かその妙な呼び名は、いつかチェインにも言われた覚えがある。

チェインが口にした名称と同じものを用いたことに、こちらも少なからず驚いたが、それはともかく。

発せられた声はまるで銀鈴（ぎんれい）を鳴らしたように涼やかな高音だ。

まず女で間違いないだろう。

こちらが呼びかけに反応しないと、フードの女は再度声を掛けてくる。

「導士さま」

「……それは、俺に言ってるのか？」

警戒もあらわにそう言うと、フードの女は間違いを犯したというように声のトーンを一段階引き下げた。

「……申し訳ありません。導士さまを見つけることができた興奮がまだ少々残っていたようです。ご無礼、どうかご容赦いただきたく」

フードの女はその場に静かに膝をついた。

突然のその行為に、こちらは戸惑いを隠せない。

こんなものはまるで、主君の前にいるかのような恭しさだ。こちらはいくら貴族に連なる者とはいえ、まだまだ子弟という身分でしかない。そんなことをされる覚えはないし、むしろそのせいで不審さはいや増すばかり。

フードの女に、剣を引き抜いて突き付ける。

「胡乱だな」

「そう思われても仕方がないとは理解しております。ですが、まずは私の話を聞いていただきたく存じます」

「…………」

普通ならば、このような待ち伏せじみた行為を行う人間の話など、聞く必要はない。

だが、導士……チェインに言われたあの言葉を口にしたならば話は別だ。

彼女が精霊に関係する人物の可能性もあるし、もしそうでなくても自分が知らない何かを知っている可能性も否定できない。

「お聞きになっていただけますでしょうか？」

「いいだろう。まず、俺から距離を取れ。話はそれからだ」

そう言うと、フードの女は大人しく命令に従う。

立ち上がって、後退った。

丈の長い着物を着ているせいか、足運びは見えない。路地の石畳を踏む音も、擦る音も聞こえない。

しかし、上体は揺れず確固としているため、体幹がしっかりしているのは間違いない。

女から視線を外さず、集中しつつ、こちらも距離を取る。

一歩。まだ危険だ。

もう一歩。まだ危機感が遠のかない。

さらに一歩。一足飛びで斬られるビジョンがまだ見える。

（……なんだ、間合いがやけに広い）

動きの中から、フードの女の間合いを計る。クレイブやノアとの手合わせや、ナダールでの戦を経験しているためか、最近はそんな曖昧(あいまい)なものが、なんとなくだがわかるようになってきていた。

女の間合いから脱するならば、おそらく話にそれなりの声量を必要とするほど距離を空けなければならないだろう。

これは女の腕前のせいか、それとも身体能力のせいか。

やがて女が確認を求めてくる。

「これでよろしいでしょうか？」

「まだだ。魔法を使わせろ」

そう言ってすぐ、魔法を使う。

――【肉体よ十重に高まれ(ベーシックパフォーマンス)】

使用したのは、身体能力を一時的に向上させる魔法だ。

これに、以前細剣術の道場でものにした自分の速度域を変化させる〈集中〉を合わる。そうすれば、並大抵のことではやられないだろう。

身体の動きを確かめるようにその場でぴょんぴょんとステップを踏むと、フードの女は微笑ましいものでも見るかのような口を利く。

「随分と警戒なさるのですね」

「当然だろ。俺にとってあんたは不審者だ。何されるかわかったものじゃない以上、態勢を整えるのは当然だろ」

「いえ、私は導士さまに危害を加えるつもりは一切ありません」

フードの女はそう言うと、自分の名前を名乗りだした。

「まずはご挨拶申し上げます。私はヒオウガ族のアーシュラと申します」

「ヒオウガ族？　ヒオウガ族って確か……」

「一族のことは、ご存じでありましたか」

思いもよらない言葉に困惑気味の表情を浮かべていると、女は顔を隠していたフードを取る。

しかしてそこに現れたのは、息を呑むほど美しい面貌だった。

整った鼻筋に小さな鼻、薄い唇。切れ長の目の下には、どの世界でも美人として共通している、泣きぼくろが一つ。年齢は定かではないが、妙齢の範囲内。肌はできものとはまるで無縁そうなきめの細かさ。長い黒髪にはかんざしのような髪留めを付けており、黒髪は勝色とも言うべき艶やかさを放っている。

とんでもない美人だ。これほどの美貌など、いままで見たことがない。絶世。傾国。そんな言葉がまったく似つかわしい美しさだ。絵画など創作でしか生み出すことはできないだろう、そんな奇跡的な造形がそこにあった。

——ヒオウガ族。王国の北東部から北部連合の端まで続く高原地帯に住むと言われている民族だ。どこの国にも属さずに、中立地帯で生活をしている者たちで、王国とも交流があり、王都にも彼らの作る織物や品が流通しているという。

彼らを示す身体的な特徴が、額の上部、生え際の辺りに生えている小さな小さな角の存在だ。ヒオウガ族は総じて、額から角のような突起が生えているという。

ランタンを高く掲げる。髪の毛で目立たないが、このアーシュラという女にも、長さ一センチ程度の小さな角のような突起が生えていた。

……男の世界でも、できものや角質が硬質化して、角のようなものに変化したという事例がある。それらは基本的に一つかもしくは非対称な形で現れているため、突発的な変化と言えるが、こちらは骨のようなものが対称的に生えているため、そういうものとも違っていた。

その美貌はともあれ、問いを投げかける。

「そのヒオウガ族のアーシュラさんが、一介の貴族の子供の俺に一体何の用だ？」

「この度は、導士さまにご挨拶に伺った次第」

「よくわからないが、その導士ってのは、ヒオウガ族の人間がわざわざ王都にまで挨拶に来なきゃいけないくらいのものなのか？」

「おっしゃる通りです」

「人違いだ。じゃあな」

そう素気無く言って剣を鞘に収め、その場を離れようと試みる。

彼女になんの意図があるのかまだ判断がつかない。

そもそも、どうやって自分をその導士だと判別したのかが疑問だ。

自分には、まずはそれを確かめる必要がある。

立ち去るようなそぶりを見せれば、何かしらのアプローチがあるだろう。

「お待ちを。証拠はございます」

「どこに？」

「おそらくは、その左腕に」

「は……？」

つい、間の抜けた声を上げてしまう。なぜ、そこで自身の左腕の話になるのかと。

いま自分の左腕は、包帯を巻いた状態だ。包帯を付けていることが、その証拠とでも言うのか。もし左腕を負傷している者がその導士というのであれば、理由としてはあまりにお粗末と言うほかない。

しかし、アーシュラは至極真面目そうだ。

その落ち着きぶり、こちらを弄しているようには一切見えない。

どういうことかと訊ねようとすると、

「その話をする前にまず、お伺いしたいことが一つございます。導士さまは【クラキの予言書】についてはご存じでありましょうか？」

「知ってる。あと、導士はやめてくれ。勝手にそんなよくわからないものと断定するな」

「は。では、アークス様とお呼びしてもよろしいでしょうか」

「俺の名前も知ってるのかよ……」

ということは、すでにこちらの素性は割れていると思っていいだろう。

そのうえでの接触ということは、かなり準備をしてから臨んでいるのだと思われる。

「は。アークス様は、【クラキの予言書】に書かれた、我らヒオウガ族を導く者と特徴が一致しておられるのです」

「ヒオウガ族を導く者？」

「予言書にはこう書かれています。導士は銀の髪と赤い目を持った年若きものである、と」

「それはレイセフト家の人間の特徴だ。それに、銀の髪と赤い目をした人間なんて探せば他の国にもいるはずだぞ」

「おっしゃる通りでしょう。それにあたって、その左腕を見せていただきたく。導士さまであれば、そこに鳳(おおとり)の紋様があるとも記されています」

「鳳って……」

アーシュラの言葉を聞いて、一瞬、心臓が大きく跳ねた。

自分の左腕には、彼女が言うような紋様などはない。

そんなものないが、それに似たような痣(あざ)ならある。つい先日、スウに治療してもらったときに指摘されて、ようやく自覚したものだ。

この奇妙な符合はなんなのか。

「その者、左腕に鳳の紋様を持つ。一族に安住を与えるであろう、と」

「…………」

確かに、この痣はそんな風に見えなくもない。

見えなくもないが、そんな不確かなものをこうまで信じようとするものなのか。

……どうやら無意識のうちに、痣のある部分に目を向けていたらしい。

「やはり、予言書の通りなのですね」

「……似ているだけだ」

したり顔を見せるアーシュラに包帯を取って見せると、彼女は予言が当たったことを喜ぶように、感極まった表情を見せる。

「ああ……確かに」

「いくらなんでも偶然だ。それに、これじゃまるで……」

——本当に自分は、おとぎ話に出てくる人物ではないか。

だが、アーシュラはこちらの否定をかき消そうとするように、大きく首を振った。

「ですが、同じ特徴を持つ者はそう多くはおりません。おそらく間違いはないかと。それに、アークス様も、導士と呼ばれることに心当たりがあるのではないでしょうか？　そうでなければ、私の話に耳を傾ける必要はないでしょう」

「……特徴の一致は間違いないかもしれない。だけどどうしてそこまで確信してるんだ？　普通予言なんて不確かなものだろ？」

「いえ、【クラキの予言書】に書かれている事柄はすべて今後起こる事柄に関連性のあるものなのです」

「確かにそうは言われてるけどさ……」

「実際、これまでも当たっているということが伝えられております」

「……と言うと？」

「以前も我らヒオウガ族は、前の導士さまのお導きにより、四十二氏族すべてが苦難を乗り越えているのです」

「それで、その話に符合する俺にも、それを期待しているって？」

「……は。突然、御身の前に現れて導いて助けろと言うなど厚かましいとは存じておりますが、これも予言書に書かれた定めにございます」

厚かましいということは、彼女も自覚しているらしい。

つまり、それを弁えたうえで、なお接触する必要があったということだろう。

そもそもよくそんなもの無条件で信じられるなとも思うが――予言書はそれを信奉する者にとっては絶対的なものだ。事実彼女の言う通り、この世界の人間にとって【クラキの予言書】に記されていると伝えられる文は、今後確実に起こる出来事として認識されている。

魔導師たちが解読しようと心血を注ぐのもこれが理由の一つであり。

『くさりの精霊チェイン』も、自身の夢枕に立ったとき、内容が現実のものになるということを示唆していた。

この話を、真実だと仮定しよう。

それでも、だ。

「突然自分たちを導けって言われても困るし、俺には何かできるような力もない」

「では、これからできるようになるのではないかと」

「で、もしそれができるような立場になったら、協力してくれと？　そもそもあんたらはそういうのを必要としてるのかよ？」

「は。私たちヒオウガ族は、土地を持たぬ者として、歴史の節目節目に各地を移動してきました。安住の地は、我らにとって悲願なのです」

「いま住んでる場所は……北東のラマカン高原とクロス山脈の一部だったか」

「我らは十数年前にも移動を行い、現在の場所に住み始めましたが、合わないものが多いのです。気候や地形は問題ないのですが」

あとは。その土地に住みにくいというので、真っ先に上がるのは。

「水が合わないとか？」

「は。その通りにございます」

飲み水の変化は、土地が変わって起こる体調不良の原因の一つだ。

体質に合わないため、蕁麻疹が出る。肌荒れする。腹を下す。

「……別に俺に頼る必要はないと思うけどな。あんたらがその気になれば、でかい領地の一つ二つくらい簡単に得られると思うが？」

「は。アークス様のおっしゃる通りにございます」

ヒオウガ族は領地を持たぬと言えど、戦闘能力が高く、小規模の民族ながらその力は小国の軍事力にも匹敵するという。

それゆえ、族長を公爵待遇で迎え、戦力として取り込もうと常に各国が働きかけているのだという。

もちろんそれは、ライノール王国も例外ではない。

アーシュラとそんな話をすると、ふいに彼女は首を横に振った。

「ですが、そういった思惑で与えられた領地や爵位が、安住につながるかと言えばそうではありません。ならば、予言書に語られるお方が現れるのをお待ちした方がよいだろうというのが、一族の総意にございます」

「どっちがいいか、はかりにかけようってことか。まあ安パイだわな」

「無礼、まことに申し訳ございません」

こちらを利用しようということを隠そうとしないだけ、いいのか。

むしろ予言にさえ縛られていなければ、こんな小僧に接触する必要もないのだ。

彼女たちにとっても、この件はどう扱えばいいのか頭を悩ませるものであるのかもしれない。

「厚かましいということは重々承知しております。ですが、どうかお願い申し上げます。無論、私たちもただ頼るだけ……というのを、よしとは思いません。導士さまがお求めになるならば、ヒオウガ族が氏族の勢力すべてを以て、導士さまをお助けすることをお約束いたします。その証拠に、主従の誓いを結びたく……」

アーシュラは突然、そんなことを言い出した。

「おいおいおい待て待て待て、待ってくれ……いくらなんでも話が急すぎるっての」

こちらは急にそんなことをされても困る。

そんな契約などしてしまえば最後、こちらも協力しなければならなくなるのだ。

こんなのはとんでもない爆弾を抱えることになるようなもの。自分の知らないところで爆発してくれるのは構わないが、抱えたまま爆発しようものなら大きな被害は免れない。責任はこちらにも降りかかってくるのだ。安請け合いなどできるはずもない。

「いまも言ったけど、話が急すぎる」

「信じてはいただけませんか」

「当然だ。そもそも、一方的に話を聞いただけでその記述が実際にあるのかどうかもはっきりしてないんだ。実際あんただって、どこにその記述があるかわからないんだろ?」

「それは……」

アーシュラは黙り込んでしまう。

やはり、書かれていると口伝されているだけで、実際に【クラキの予言書】を読み解いて見つけたものではないらしい。

とは言ったものの、だ。

導士という呼ばれ方はチェインが口にしていたし、腕の痣は予言書の内容とも符合している。

おそらく、アーシュラが言っていることは間違いないのだろう。

だが、心の奥底にいる用心深い自分が、無条件でそれを信じていいのかと問いかけてくる。予言書という不確かなものを無条件に信じることが、本当に正しいことなのか、と。

つまり、それだけ自身が、あの男の人生に影響されているということの証明でもあるのだろうが。

それに、

「……なぜ、いま俺の前に現れた？」

「初めてアークス様のお姿をお見掛けしたのは、論功式典でした。接触が遅れると、それも難しくなるかと考えたゆえのものにございます」

「どうしてそう思った？」

「お立場が上に行けば上に行くほど、容易には接触できなくなります」

「俺がそうなるって？」

「白銀十字勲章をこの年齢で授与されているならば、将来どうなるかは簡単に想像できるでしょう」

「……声を掛けておくにはいましかない、か」

確かに、魔導師としての確固とした地位は欲しくある。もしそうなることができれば、彼女の言う通りおいそれとは接触できなくなるだろう。

いましかないというほど切羽詰まったものではないが、接触は早めにしておくべきという結論に至った理由は理解できる。

ともあれ、どうするべきか。

まず、安請け合いは厳禁だろう。先ほど考えた通り、ともすれば爆弾を抱えることになりかねない。だからと言って、頭ごなしに断るのも間違いだろう。くさりの精霊チェインと同じ名称を出しているということは、今後重要なかかわり合いを持つ可能性も否定できない。

この話の中心点は、やはり予言書の存在だろう。あの男の世界では胡乱な存在であろうとも、この世界では真実や事実が書き記してある書物なのだ。下手な先入観は持たない方がいいはず。

ならば、だ。

「……話を信じる信じないかは別だが、あんたのことは覚えておく」

「は。いまはそれだけで十分にございます。アークス様の柔軟なご判断に感謝を」

そう言うと、アーシュラは道の端に寄る。その様はまるで、王の通り道を開けて跪く家臣さながら。

その導士というのは、そこまでされるものなのか。

(導士……か。確かに本当にそうなら、そんな風にされるものなのかもしれないな)

そんな風に考えながら、道を通り過ぎてからしばらく。

肩越しに振り返る。

アーシュラはいまだその場に跪いたまま。石膏像のようにまるで微動だにしない。

アークスは視線を前に戻すと、そのまま家路についたのだった。

……アークスが路地から立ち去ったあと。

路地の端で跪いていたアーシュラはその場に立ち上がり、しばらくの間、アークスが消えた先を見詰めていた。

建物の谷間に位置する路地はすでに闇が深くなり、月明かりだけがよく目立つ。

いずれ彼女のいる場所も、真っ暗闇に包まれることだろう。

アーシュラはカンテラを取り出すと、その灯芯に火を点けた。

路地の壁はぼうっとした炎の色味に照らされ、そこに大きくなった影が浮かび上がる。

影法師が立つ一方で、灯火の光の及ばない闇はさらに色濃くなった。

そんな折、アーシュラはいずこかを見上げるような素振りを見せたあと、何者かに呼びかける。

「――ヤハンニ。いますね？」

彼女の断定するような言い回しに対し、呼ばれた人物が反応を見せる。

灯火の光の届かない路地の隅。そこにわだかまった暗がりから、フードを目深に被った何者かがぬるりと姿を現した。

背はアーシュラよりも低いが、彼女と同じように、雅な着物の上に風よけの外套を羽織った出で立ち。影の中に半身を浸したまま、アーシュラに応じる。

「あれが導士さま、ですか。腕の痣といい、外見は言い伝えの通りでしたね」

「ええ。心当たりもあったようですし、おそらく間違いないでしょう」

「本人は全力で否定していましたけど？」

ヤハンニの玩弄（がんろう）するような発言に、しかしアーシュラは顔色を変えるようなこともない。

「現状、そうするしかないのでしょう。年齢を考えれば随分と落ち着いています」

「そうでしょうね。あの年頃の子供ができるような話しぶりじゃなかった」

警戒の仕方もそう。アーシュラの目からも、ヤハンニの目からも、アークスの立ち振る舞いは年相応には見えなかった。

肩をすくめるヤハンニに、アーシュラが言う。

「あなたはアークス様のことをよく調べなさい。ご無礼にならない範囲で、という条件は付きますが」

「いいんですか？　あんまり裏でこそこそすると、もっと警戒されるのでは？」

「まず、我々は導士さまのことをよく知らなければなりません。そうしないと、何がご無礼に当たるのかすらわかりませんから」

「導士さまのご機嫌を損ねないために、身辺を調べると。だから、無礼にならない範囲でってことでよろしいですね？」

「そうです」

「難しいなぁ」

とはいうものの、「できない」と言わない辺りやってのける自信があるということだ。

「しっかし、紀言書に謳（うた）われる導士……本当にあんな子供がそうなんでしょうか？」

「ヤハンニ。あなたは言い伝えを疑うと？」

アーシュラの鋭い視線に、ヤハンニは飄(ひょう)げた口調で応じる。

「予言の話は子供のころから耳に穴がいくつも開きそうなくらい聞かされてきましたけど、いざ実物を目の当たりにすると、どうなのかなって思いまして」

「あなたには、そう見えなかったのですか？」

「見えませんね。アーシュラ様はそう見えるんですか？」

「……………」

ヤハンニの問いに、しかし答えは返らない。

アーシュラはヒオウガ族の中でも信心深い女だ。言い伝えを固く信じているということは、ヤハンニもよく知っていた。

「本当に言い伝えなんてものに従っていいんですか？　導士さまが言った通り、その気になれば国盗りだって難しい話じゃない」

「そんなことをすれば、我らの始祖が定めた禁を破ることになります」

「掟に従って氏族を滅ぼすことになるなんておかしい話だと思いますけどね」

「……………」

ヤハンニの言う通り、ヒオウガ族は減少傾向にある。

定住地がないからということもそうだが、現在の居住地に隣接する国家が圧力をかけてきており、最近では小競り合いにまで発展していることも原因の一つだった。

氏族存続のために言い伝えに従い座して待ち、逆に滅びることになってしまっては本末転倒だ。

このヤハンニのように、現状を憂いている者も多くいるのだ。

「確かに、あなたのように掟を古臭いものと断じる者も少なくありません。それだけ、我らは追い詰められているということですが」

「今回のことでそれが余計強まりましたよ。なにせ随分とまあ可愛らしいというか、あれでしたから」

ヤハンニは暗に頼り甲斐がなさそうなことを匂わせると、アーシュラは否定するように頭（かぶり）を振った。

「では、私と反対ですね」

「へえ。ではアーシュラ様は何か見抜いたと？」

「外見は確かに可愛らしいお姿でしたが、中身は本物です。私（わたくし）のわずかな所作を見て、間合いを看破したようですから」

「あー、やっぱりあれ、そういう動きだったんですね。なるほど白銀十字勲章授与者っていうのは伊達じゃない、と」

だが、それだけの功績を挙げていても、ヤハンニにはアークスが導士に相応しいものだとは思えなかった。

それは、もともと抱いていたイメージと、アークスの見た目の印象が大きく乖離（かいり）しているからだろう。

「それに腰元のランタンです」

「腰元のランタン？　ああ、そう言えばもう一つ提げてましたね。それが何か？」

「アークス様は片手にすでに持っているのに、もう一つ腰に提げていたのは何故だと思いますか？」

「ただの予備かなんか……って話じゃないんですかね？」

ヤハンニは首を傾げる。ランタンを手に持ち、もう一つを腰に提げる。その理由を考えれば、使用している方が壊れてしまったときのために念のために控えておいた……というものだが、だとしても用心深すぎるのではなかろうかと思う自分もいた。

「私にはあのランタンに見覚えがあります」

「見覚え？　それは？」

「導士様が腰に提げたあれは〈死者の妖精〉ガウンが持っているものと同じでした」

「同じって、あれって確かトライブを呼び出すためのものじゃありませんでしたっけ？　墓荒らしたちを懲らしめるためにけしかけるのに使うっていうあの」

「導士様は剣を抜く前に、腰元のランタンにも気を配っていました。おそらくは」

「なんでまたそんなものを持ってるんです？」

「やはりそこは、導士様だからなのでしょうね……」

「…………」

ヤハンニは黙り込む。

あのスチールランタンが、【幽霊犬トライブ】を召喚する幻燈窓。

幽玄な青白い炎を揺らめかせる猟犬は、盗人の命を吸い取ると言われている。

もしあれがそうだとすれば、やはり予言は本物ということになるのではないか。

ヤハンニがそれ以上話さないままでいると、アーシュラが口を開く。

「引き揚げます。それと、予定通りあの者に連絡をしなさい」

「例の件、やっぱりあいつにやらせるんですか？」

「ええ、適任でしょう。あなたもそれを念頭に入れて動くように」

「承知しました」

二人はそうやり取りを終えると、王都の闇の深い部分へ消えてしまった。


アークス・レイセフト、十三歳。

魔法院への入学を控えたこの年、年始早々、彼にとって大きなイベントがあった。

それはもちろん、アークスが作った魔力計の正式な発表だ。

これによって、〈魔導師ギルド〉から魔力計の存在が正式に公表され、軍関係や医療関係で使用されるのみだった魔力計が、各省庁や魔法院、魔導師系の貴族たちも恩恵を受けられるようになる。

それにあたって、国内、国外の人間にも魔力計の存在を広く知らしめるため、王城で大規模な発表パーティーを行うことになった。

招待客は王国の貴族たちだけにとどまらず、北は北部連合からダルネーネス領の領主やサファイアバーグの国王、佰連邦からは特に懇意にしている士大夫、ライノール王国に従属する十君主たちが揃った。

会場は王城の大広間で、その規模は論功式典と比べても遜色ない。

どこもかしこも豪勢な飾り付けで彩られ、テーブルの上には沢山の料理が並び、多くの貴賓が招かれるため、王城の中庭も開放されているほどだ。

会場の一角には、以前王家に贈った巨大な魔力計が置かれている。

発表パーティーと銘打って開催した通り、成果の発表の場というよりは、社交場を兼ねた宴会場というのがしっくりくる。お祝い事が好きなのは、どこの人間も同じということだろう。催し物の盛大さ、派手さは、国の豊かさを内外に示す機会の一つ。特に、魔法界の今後に寄与する物品の発表となれば、税の無駄だ浪費だと言って粗末なものにはしておけないということだ。

もちろん今回の場では製作者の発表は行われないため、パーティーには伯父であるクレイブの付き添いという形で呼ばれることになった。

製作者発表のときはパレードやら記念日の創作やらと、もっともっと大掛かりにやるらしいと聞いて、いまから戦々恐々中。

そんな目にも目映いパーティーが開催されてしばらく。

貴賓への魔力計の説明は共同で開発、出資もしてくれたクレイブが担当。

ワイルドな見た目の筋肉魔人が知的な説明をしているのは、なんともちぐはぐさが拭えないが、それはともあれ。

現在、会場の中央には、魔力計のサンプル品が置かれている。

当然来賓(らいひん)はみなそこに群がっており、サンプル品を手に取って矯(た)めつ眇(すが)めつ。

さながらワインボトルを手に取って見ているかのように、掲げて透かすように眺めたり、穴の開くほど凝視したりと、それぞれ様々な方法で魔力計の仕組みを見極めようとしているようだ。

「素晴らしい」

「このような物を作ることができるのか」

「やはり王国の技術力はさすがと言うほかない」

誰しも、口から出てくるのは魔力計のことを褒め称える言葉ばかりだ。

これを革命的な大発明と言って憚(はば)からず、ひいては王国の魔法技術がさらなる発展を迎える事実に唸っている。

そうして聞こえる声は、感嘆なのか、驚きなのか、恐れなのか。

胸の内の動きまではわからないが、貴賓たちに衝撃を与えたということは間違いないだろう。

一部は称賛やおべっかを口にしつつも、付き添いの魔導師たちにどういう仕組みなのかをしきりに探らせているらしい。

……魔力計の構造は単純なものだ。ガラス技術や工芸、細工の腕さえあれば、外見を真似することはそう難しくない。だが、同じ中身を用意するとなると話は別だろう。感液(かんえき)である【錬魔銀(れんまぎん)】の作製には【錬魔力(れんまりょく)】を必要とするため、それ生み出す知識があるかどうかが鍵となる。

自分が読んだものと同じ書物を見つけ、解読する。

解読したことを何時間も何時間も根気よく実践する。

そこで生み出された【錬魔力】を【魔法銀】に過剰に当て続け、その特性を変質させる。

それらの偶然が必要となる。

しかも、感液として使われた【錬魔銀】はすべて辰砂で赤色に着色しているため、魔力計を見ただけではどんな材質でできているのか到底わからない。

それに、たとえ【錬魔銀】を再現できても、運用に関してのノウハウまで再現するとなると膨大な時間がかかるだろう。使用方法の共有もそうだが、計測器を運用するには精度を常に一定、一律に保たなければならないのだ。

時計が時間を合わせなければ使い物にならないのと同じ。

計測器もまた、基準をしっかりと定めてそれを広範に知らしめなければ意味はない。

いまはみなそれが当たり前のように使っているが、自分はその運用法を構築してから世に送り出した。

製作に当たってあらゆる手順や知識を構築しなければならないため、一朝一夕にできるものはない。

……個人的にこの件で最も重要なのは、魔力計という計測器自体ではなく、この計測器の運用に関するノウハウだと思っている。

たとえ他国が独自で魔力計を再現できたとしても、魔力に対する【錬魔銀】の膨張率や、これが調整しなければ使い物にならないデリケートなものという意識の構築には、少なくとも年単位を要すると思われる。

これらの構築までにかかった書類仕事の量は伊達ではない。

記憶力と書類コピー魔法を駆使して、それでも五年近くの時間を要したのだ。

かなり手順をぶっ飛ばしたという自覚はあるし、魔法技術のパラダイムシフトに貢献したことは間違いないだろう。

こんなことそうそう真似できないし、この苦労を簡単に真似されて堪るかというもの。

今回の発表に当たって、他国の模倣などの憂慮を改めて話し合ったのだが――

「……なるほどな。確かにそなたの言う通り、容易には真似できないであろうよ」

国王シンル、王太子セイラン、そして国定魔導師たちの集う場にて。

セイランが、得心がいったというような言葉をこぼす。

他の国定魔導師たちも同意見なのか、特に発言はしないまま、魔力計に視線を落としたり、資料をめくったり。

その一方でアークスは、以前と同じように資料を片手にプレゼンをしている。

説明からしばしの沈黙のあと、ギルド長ゴッドワルドが口を開く
「……アークス。お前はこれを最初から見越していたのか？」

「見越していたと言うよりは、最適な運用法が取れるように作業を進めていたと言った方が正しいと思います。運用法がここまで浸透したのは、やはり結果論でしかありません。作製に当たっては何度も伯父上に助言していただきましたし、魔導師の方々が魔力計の導入に意欲的だったのが最も大きな

理由でしょう」

そう、ここまで進めることができたのは、権力を持つ者や専門家が、非常に協力的だったことが挙げられる。

世の中、新しい技術の導入には拒絶反応を起こす者も多くいるのだ。もし王国の魔導師が本人の感覚のみを至上とし、職人技と呼ばれる勘を尊ぶ者たちばかりであれば、これほど早く浸透することはなかっただろう。

その道のトップランナーたちはみな新しい技術に目がない。彼らの持つ権力が大きかったゆえ、こうしたゴリ押しも可能だったというわけだ。

それがなければ、魔力計を発表するにあたって、様々な邪魔が入っていたはずである。

ギルド長が続けて訊ねる。

「もう一度訊くが、技術が模倣される恐れはないのだな？」

「はい。他国がこれを作る場合。錬魔銀の作製に始まり、専用のガラス容器の設計から、真空という概念の確立、【錬魔銀】の膨張比率の均一化。それ以外にも、魔力計の数値の土台となる運用基準の構築から、それの周知まで行わなければなりません。それらの膨大な情報が、これです」

そう前置きをして、資料を示す。運用法に関しては、あの男の国の大辞典並みの分厚さの資料が二山も乗せられていた。テーブルの上に乗せれば、ずどんと音が鳴りそうなほどの重量がある。

「他国にこの量の情報がやすやすと編纂（へんさん）できるのか。現状でも魔法技術においては王国が周辺国から一歩リードしているこの状況でその競争に勝つことは、果たしてできるのか否か」

「できないだろうね。数値の設定、運用法、周知、思い付くのもそうだが、それを実行するまでどれだけかかるか。現物を作る以上の労力と時間がかかるだろう」

「他国の魔法技術の進行具合を考えれば、十年では利かないです。そして、十年進めば、王国はさらに十年進んだ技術を持っている、です」

ローハイム・ラングラー、続けてメルクリーア・ストリングが発言する。

すでに王国の主だった魔法は、どの程度魔力量が必要で、どの単語にどれくらいの魔力を消費すればいいのかが解析されている。

一方で他国は魔力計がないため、いまだ感覚に頼るのみ。それゆえたとえ魔力計を手に入れられても、まずそれを調べる作業から始めなければならない。

この穴を埋めている間に、王国は魔力計を用いて魔法技術をさらに発展させるだろう。

ふと、ミュラー・クイントが口を開く。

「……私たちは、これを受け入れるだけでした。魔力計の性能に熱狂し、月ごとに送られてくる資料を読んで、自分の研究のために活かす。よくよく考えれば、ここにたどり着くまでにもっと時間がかかってもおかしくはなかった」

「確かに、〈魔導師ギルド〉や王家の肝入りとはいえ、浸透は早かったであるな」

そんなガスタークス・ロンディエルの発言に、一人の男が続く。

豪奢な伝統貴族の衣装に身を包んだ、でっぷりとした腹を持つ男だ。

年齢は三十歳前後。常に顔をにこにこと綻ばせており、人当たりの良さが窺える。

ライノール王国の属国である、ツェリプス王国国王、【疾風(しっぷう)】の魔導師アル・リツェリ・バルダンだ。

「うむ、うむ。余もモノづくりは好きだが、作ったら作ったものを投げっぱなしであるからな。それでよくみなを苦労させるものよ。よく存じておるよ」

そんなことを言った国王アルは、こちらを向く。

「モノづくりに関しては、そなたは余の好敵手であるな」

「は、恐れ多いことでございます」

「うむうむ。そなたとは一度、開発談義に花を咲かせてみたいものだ」

国王アルはそう言いながら、軽快に笑っている。

国王という肩書きを持っていながら、随分とフレンドリーな気質だ。

なんというか印象は、朗らかでさわやか。王様なのに随分ととっつきやすそうだとか、巨漢なのに【疾風】という二つ名が付いているとか、どうもイメージがちぐはぐすぎる男である。

そんな感じで、今回の集まりには前回にはいなかった面々もいる。

「――ウサギさんに質問があるんだけど」

ふと口を開いたのは、車椅子に乗せられた少女だ。

集まった面々の中でもひときわ異彩を放つこの魔導師は、色素の薄い青い長髪と同色の瞳を持っており、服はいつか封印塔で見た囚人服を着せられている。

車椅子に乗っているが、別段足が悪いわけではなく、それは拘束のためのもの。

まるで包帯でぐるぐる巻きにされたミイラのように、ベルトでがんじがらめにされていた。

国定魔導師最年少。【渇水（かっすい）】の二つ名を持つ魔導師、アリシア・ロッテルベルだ。

以前に〈天界の封印塔〉に送られたとき、脱出を手伝ってくれた少女。あのときも不思議な底の知れなさ覚えたが、その感覚はいまだ変わらず。何を考えているのか一向に読めず、ただこちらに向かって薄い笑みを浮かべるばかりである。

やはりというべきか、彼女は危険人物という認識らしく、こうして常に拘束されているらしい。だからと言って国定魔導師たちや国王シンルも特に警戒していないのは不思議なのだが。

そんな話はともあれ。

ウサギさんという呼び方に苦い顔を向けると、アリシアはにっこりと微笑む。

「ウサギさんはどうして、すべてを自分の物にしなかったのかしら？」

「……なんでしょう？」

「それはどういう意味でしょうか？」

「つまり、基準はあなたが自分で全部作り直せたってこと。あなたが本気になったら、既存の魔法に数値を合わせず、既存のものに取って代わる新しい魔法や基準を作って、それを国内に広めることもできた。そうすれば、あなたが王国の魔法の支配者になることだってできたはずよ？　いえ、いまからでもそれはできない話じゃない。むしろここまで食い込ませることができたなら、乗っ取りなんて簡単なことじゃないかしら？」

確かに、アリシアの言う通りかもしれない。

王国には既に基本となる魔法が広まっており、今回はそれらの必要魔力量を解き明かした資料をもとに、このマニュアルを構築した。

これがもし、新しい魔法を作ったうえで、その魔法だけしか数値の資料を作成しなかったとすれば、彼女の言うようなことにもなるのだろう。

だが、

「私はそんなことなど、考えたこともありません」

「そうかしら？　それを考えるのが普通だし、考えられない頭ではないでしょう？」

「そんなことをしても、意味がないと思います。使いにくい魔法は淘汰されますし、たとえ魔法を広めたとしても、魔導師は常に新たな魔法を作ります。それに、地域地域で使用されてきた特色ある魔法などは残る傾向にあるでしょう」

「今回は王家の後援があったわ。それを利用すれば、すべてを刷新できるのではなくて？」

「それをしたとして、です。先達たちが残した魔法は洗練されていますので、それを変えるとなれば大きな反発を生むでしょう。そして魔力計の製作に至っては、その精度の競い合いが始まるでしょう。独占し競争を遅らせれば遅らせるだけ、進歩に遅れが生じます」

「ふうん。つまり、ウサギさんはこれがこの先どう扱われるのか、わかっているってことね」

「…………」

この少女、不思議ちゃんムーブをしているかと思いきや、視座が広いと言うか、物の見方が他とは違う。確かに、あの男の世界の考え方と照らし合わせているため、考え方としては未来を見ているというのがしっくりくるかもしれないが、よくもまあそんな部分を掬（すく）い上げようとするものだ。

不用意な発言をしないよう警戒していると、アリシアは年齢に見合わぬ妖艶な笑みを見せる。

「あら、ウサギさん。そんなに怯えなくてもいいのよ？　私とあなたの仲じゃない？」

「その言い方は要らない誤解を生むと思うのですが？」

「あら誤解だなんて。そんな風に拒絶するなんて私は悲しいわ」

悲しそうなそぶりを見せるが、内心何を考えているかわかったものではない。

「…………」

「ふふふ……」

口数がまったく減らないことに閉口していると、アリシアは楽しそうに笑い出す。

そして、冗談もひとしきり楽しんだというところで、再び真面目なお話。

「なら訊くけど、あなたがこの運用法を使って次にすることはなぁに？」

「今後作られる計測器の数値基準を統一するということでしょう」

「具体的には？」

「たとえば、そうですね。呪詛（スソ）の量を測る計測器を作ったとして、その数値はその魔法を使うときに必要な魔力と、その魔法を使って出る呪詛（スソ）の量数を合わせるといったところでしょうか」

そんな話をしていると、ローハイムは得心がいったというように首肯する。

「ふむ、なるほど。確かに」

一方で、幾人かの魔導師たちはあまりピンと来ていない様子。そんな者たちを代表して、ミュラーが訊ねる。

「ローハイム様。その意義とはなんでしょう？」

「クイント卿。なんということはない。その方がわかりやすいし、共有がしやすいからだよ」

「共有、ですか」

「はい。現在、マナという単位を使用していますが、10マナを消費する魔法を使用したときに発生する呪詛の量を同じく10という量にしないと、割り出すときにいちいち計算しなくてはならず、手間がかかるからです」

「そうなると、対応する数値を覚えきれない者も出てくるだろう。伝達時に、早見表も必要になる」

確かに、数値がバラバラであれば、伝えるときに手間がかかる。

摂氏や華氏、メートル法、ヤード・ポンド法などと似たようなことになるのは明白だ。特にヤード・ポンド法は国によって数値の値が微妙に異なるということもある。

まずは呪詛排出のメカニズムについて考えなければならないが、統一は必須だろう。

「そうね。つまりウサギさんがそう考えるのも、わかりにくいものを見たことがあるってこと。ふふふ、一体あなたはどこでそんなものを見たのかしらね」

……やはりアリシアは、穿った見方をしてくる。

これに取り合うと泥沼にハマる可能性がある。ここは下手に発言せず、沈黙で応じるのが正解だろう。

こちらの警戒を悟られたのか、アリシアはその様子を面白そうに眺めている。

やはり、苦手なタイプだ。油断していると取り込まれてしまいそうな不安感が襲ってくる。

そんな中、席の一つにかけていたフード姿の女性が視線を向けてきた。

「その呪詛（スソ）の計測器というのは、すでに？」

「え？　ああいえ、いまのはたとえとして例に挙げただけで、まだ着手はしていません」

「……そうか」

声には、どことなく残念そうな色がにじんでいた。

猫耳のような突起が付いた黒フードを被った女性。

彼女の名前は、シュレリア・リマリオン。彼女は、友好国であるサファイアバーグから選ばれた国定魔導師だ。二つ名は【狩魔（かるま）】。魔物狩りの名手と言われており、以前サファイアバーグで発生したスソノカミを滅ぼしたことで、国定魔導師に推挙されたのだという。

彼女が興味を示したのは、サファイアバーグでは定期的に魔物の被害に遭っているためだろう。魔物が出現する原因である呪詛（スソ）の量を測定することができれば、突発的な被害を防ぐことが可能になるかもしれない。

「陛下」

ギルド長が、国王シンルに声を掛ける。

「いいだろう。運用法の先んじた構築、その資料の死守さえしていれば、他国もアークスが構築した王国の運用基準に沿わざるを得ない。魔法技術に関しては、ますます王国の傘を頼らざるを得ないわけだ――ガスタークス」

「この老骨、魔力計がいずれ広まるものだと推察すれば、他国がこれを構築する前に運用法を広めてしまうべきかと存じます」

「ローハイム」

「ガスタークス様のおっしゃる通り、他国に先んじて新しい基準を作るというのは大きな利益を生むでしょう。政治的にもここは多少無茶をしてでも、公表するのには意味があるかと」

「ふむ……」

ガスタークス、ローハイムともに肯定的だ。ギルド長はもともと仕掛け人の側なので、これで上位三席のお墨付きが出たということになる。

「では、陛下」

「ああ、可決だ」

ギルド長の訊ねに答えるような形で、国王シンルが最終的な決定を下す。

それに合わせて、国定魔導師たちに文書が回され、それぞれが判を押していく。

すでに公表に向けて動き出しており、稟議(りんぎ)も多分に形式上のものだったが、これで魔力計は正式に発表される。

書類にすべての判が押されたあと、ふとシンルがこちらを向いた。

「アークス」

「はっ」

「俺たちはこれを受け入れるだけだった。お前が俺たちに合わせて基準を構築しただけだからな。まあ簡単だ。だが、お前はそうなるように全部最初から、そう仕向けたってことだ。本来ならば運用法の構築も、もっと手探りだったとしてもおかしくはないはずだな」

「……確かに、そうでしょう」

「さっきアリシアの言ったことと同じだが、お前はそれを一体どこから持ってきた？」

「陛下。私は知識に合わせて構築したにすぎません」

「馬鹿を言うな。これはまったく別の方式だ。お前はそのやり方を全部わかってやったんだろう？」

「それは……」

こちらが答えに窮していると、シンルは口元に笑みを作る。

「まあ、思いついたことをしらみつぶしにしていった、ということもあるか。やはりお前の頭は一度開いてみるべきだな」

シンルはそう言って、豪快に笑い出した。

こちらは本当に頭を割って開かれそうな気がして、全然笑えないのだが。

「これからも研究は好きにやって構わん。お前たちも、あまり詮索（せんさく）はしてやるなよ」

シンルがそう言うと、集まった面々から了承が返ってくる。

これについては詮索されても答えに困るものであるため、シンルからそう言ってもらえるのはこちらとしてもありがたかった。

……ともあれ先日の〈魔導師ギルド〉では、そんな話がされたわけだが。

もちろん今回のパーティーにも、国定魔導師たちが出席している。

クレイブは自分の代わりに魔力計のことを説明しており、ギルド長ゴッドワルドは近衛（このえ）と共に国王シンルに付き従い、第三席ローハイムは王太子セイランの脇に控え、大英雄であるガスタークスは一族を率いて会場の一画を占有中。

クルミをにぎにぎしているのが印象的なフレデリック・ベンジャミンは近衛の一部と国定魔導師カシーム・ラウリーと共に王城警護。

ミュラー、メルクリーアは各貴族、諸侯（しょこう）への挨拶回り。

国王アル、サファイアバーグのシュレリアも出席しており、アリシアのみ欠席という状況だ。

クレイブ以外との接触は、極力控えるといった形になっている。

……皿に盛った料理を食べ終わった折、とある男の姿が目に入った。

その男も、こちらの存在に気付いていたようで、不機嫌な様子を隠そうともせずに近づいてくる。

それを見ているだけで、埋火（うずみび）のような怒りが、沸々と湧き上がってくるのを感じた。


――この日、リーシャ・レイセフトは父ジョシュアと共に、魔力計の発表パーティーに参加していた。

発表パーティーは王城で開催される大掛かりなもので、しかも王族まで出席するという。

リーシャもこれまで、魔導師が主催するサロンや王都住みの貴族が主催するパーティーなどに出たことはあったが、ここまで大規模な会への出席は初めてだった。

そのせいか、母セリーヌの張り切りぶりはすさまじいもので、自分が出席するわけでもないのに、あちこち忙しなく動き回るほど。

ドレスを見繕い、着付けをしてくれるメイドたちに神経質なほどに気を遣わせ、身に付ける装飾品も気合の入ったものばかりを選んでくれた。

最近ではいままで着ていたドレスの大きさが合わなくなってきたので、仕立て直しでちょうどいい頃合いだったということもあるが、それでもやり過ぎではないかと感じてしまうくらいの気合の入りようだった。

全身揃え直しであり、いつもサロンやパーティーに出席するときよりも数段綺麗に整っているような印象を姿見の前で受けたほど。

父ジョシュアは、赤を基調とした伝統貴族の衣装に身を包み、右手にはステッキを持ついつもの堂々とした立ち姿。

そんな父と共に見知った招待客たちに挨拶を行い、
いまは壇上に登った伯父クレイブの説明を聞いている。

クレイブは軍服を肩に引っ掛けた様相であり、まるで出兵前の演説のため登壇した将軍のよう。

だが、いつもの豪放磊落（ごうほうらいらく）な雰囲気はなりをひそめ、説明する口調も厳かで力強さを感じる。

話し方も抑揚などを織り交ぜ、とても引き込まれる話し振り。話術の緻密さ、計算高さは、いつもの優しく豪快なクレイブからは全く想像がつかないほど。

当然、招待客の間からも、何度も驚きや感心の声が上がる。

説明では、材料や原理などについてはほとんど触れず、魔力計の性能についてのみに留まり、魔力計でどんなことができるか、どれほど成果を出せたかなどを重点的に話している。

もともと王国の魔法技術は高い水準を保っていたが、それと比較してもかなり向上していることがよくわかる内容だ。

中でもわかりやすいのが、詠唱不全の大幅な改善だろう。

一般的な魔導師でも十回中二、三回の失敗は普通だった魔法の行使が、ほぼほぼなくなったほど。

もちろん、他国の来賓は衝撃というよりも恐怖を感じるほどだっただろう。

これにより、もともと高かった魔導師の脅威度が、格段に増えることになるからだ。

これで、王国に攻め入ろうなどと軽々に思えなくなる。

国内の魔導師たちもそうだが、他国の魔導師たちも欲しくて欲しく仕方がないといったように落ち着きを失くしていた。

魔力計の話を聞いている中、ふと、背後が気になった。

後ろを向いても、誰もいない。

誰もいないが、何かはいる。

そう、後ろの悪魔は健在だ。

レイセフト領の洞窟で解放してから結局背後に付きまとわれることになり、ことあるごとに話しかけてくる。

始めは幽霊のような存在で少々不気味だったが、別にいたずらをするわけでもなく友好的なので、思いのほかすぐに慣れてしまった。

それに、自分が察知できないことを教えてくれたり、知識を披露してくれたりするため、最近ではこちらから話しかけることの方が多くなったほどだ。

――ほら、お得だっただろ？

そんなことを言われて、得意満面な顔が想像できたのは、やはりなんとなく憎たらしかったが。

実際頼っている部分もあるため、そんなことを言える立場ではないのだが。

ともあれ、彼から話しかけられたときは適度に会話に付き合っているといった状況だ。

周りには彼の声が聞こえないため、下手に会話していると周りから怪しまれるからだ。

その辺りおろそかになっていたこともあり、最近父や母から独り言を直せと言われるほど。

ふいに、その悪魔が話しかけてくる。

『魔力計、ね。リーシャちゃんも使ってたよね？　あれ』

「そうですが、どうかしましたか？」

周りに人がいるため、悪魔に応じる声は小さめ。

特に父には怪しまれないようにしつつ、訊ね返す。

『どうかしたってわけじゃないけど、あんなものが作られるのが、やっぱり意外だなって思ってサ』

「意外とは、一体どういう意味でしょう？」

『だってそうじゃないか。あんなの、この国の技術で作れるようなものじゃない。確かにこの国にもところどころ昔の遺構があるから、絶対にあり得ないとは言えないけど、こうして作られてるってのがまずおかしいんだよ』

悪魔はそんな風に説明してくれるが、どうもピンとこない。

こちらが不思議そうにしていると、悪魔が質問してくる。

『だってあれの中身、変性銀でしょ？』

「変性銀？　名前は別のものと聞いていますが？」

『いや、あれは変性銀だよ。確かに変性銀を利用すれば、他の波長に邪魔されずに魔力線の線量だけを測ることができるけどさ』

「そうなのですか？」

『そうサ。あの測定器はね、魔力が発している波長の影響で変性銀が膨張する性質を利用して、数値を導き出しているんだよ。魔力線はその場にある魔力の量によって変わるから、膨張率さえ一定に保てれば確かにあんな使い方もできる』

らしい。

『ただね、問題は変性銀の生成に必要な、『圧縮した魔力』の精製だ。そんなの魔導高速度増幅装置でもなけりゃ作れないだろうに。それこそ先に作られる技術が逆転してるゼ？』

悪魔はそういった説明をしてくれるが、よくわからない言葉も多いため、いまいち理解できないときもある。

まるであの人の話を聞いているかのようだ。

あの人との違いは、悪魔は面倒臭がって細かいことまで説明せず、すぐにはぐらかしてしまうという点だが。

『にしてもあれを温度計で再現するなんて、随分また原始的というか、上手いこと落とし込んだものだよとは思うけども』

「温度計……とはなんでしょう？」

『温度計は温度計でしょ。そのまま、気温や温度を測る道具のことだ』

「空気の温度は……酒精などを利用して測るというのはよく聞きます」

『うん、なんていうか、単純なやり方だね。僕が言っているのはそれをもっと使いやすくしたものさ……水銀を利用したものは見たことないかい？』

「見たことはありませんね。聞いたこともありません」

『いやいやいや、それじゃあなんであああしてあれが温度計の形態をとってるのさ？』

「それを私に訊かれても困ります。その変性銀というのを使いやすくすればあんな風になるのではないのですか？」

『確かにそうかもしれないけど、まず順序が逆でしょ？　どう考えても温度計の方が先に生まれるしさ。というか、先に魔力線量測定器（まりょくせんりょうそくていき）が生まれたら、もっと別の形になるはずだゼ？　普通は他の波長が混ざらないよう特殊なガスが封入されたガラス管を使って、魔力線だけを読み取れる装置になるはずだから……いや、それをやるにはまず電極が要るから雷電力（ライノ）が必要になるか。でも、雷電力（ライノ）なんてここじゃさっぱり使ってないし……うーん、やっぱり温度計みたくはならないはずなんだけどなぁ』

「私にはわかりませんが……」

『あれ作ったの、君の伯父さんだっけ？』

「いいえ、あれを作ったのは兄様です」

『お兄ちゃん？』

「はい。あそこにいらっしゃいます」

そう言って、隅の方にいるあの人を見る。

今日のあの人は、伝統貴族の服ではなく、落ち着いた色合いのジャケットを着用していた。

ちょっと着られている感は否めないが、似合っていることは間違いない。

銀髪と赤い目が特徴であるため、見つけることはそう難しくないはずだ。

やがて悪魔もこちらの視線を読み取って、あの人のことを見つけたらしい。

『…………いや、いやいやいや。確かにこの前の祝賀会で見たから知ってるよ？　知ってるけどサ。あれってホントに君のお兄ちゃんが作ったものなの？』

「はい」

『え？　それマジ？　マジで言ってんのそれ？　だって彼が作ったっていうなら、一体いつから作り始めたのサあれ！』

「確か……製作に取り掛かったのは八歳頃だったと聞いています」

『ちょ！　なにそれ⁉　いやいくらなんでもおかしいでしょ……』

「おかしいと言われても、実際出来上がったものがあしてあるのですから」

『でも、だからって、あれは原始的とはいえ魔力線量測定器なんだゼ？　しかも温度計がないのに、使いやすいようにきちんと温度計に落とし込んでるんだ。そもそも変性銀を作る装置だって必要なのに、これって一体どういうことなんだよ……』

悪魔は、随分と混乱しているらしい。いままで聞いたことがないような声音を出している。

確かに魔力計は驚くべき発明だ。現実にこんなものがこうして存在することに、驚いてしまうのも無理はない。

しかし、悪魔は自分たちが目を瞠った部分とは、別のところに衝撃を受けているらしい。

話を聞くに、段階飛ばしをした開発だからという理由らしいのだが、定かではない。

『……そう言えば彼、ソーマ酒も作ってたよね』

「はい。あなたがあのお酒を知っているのが意外でした」

『僕の頃はまだ作られていた頃だからね』

「……いつ頃でしょう」

訊ねると、『サア？』と言ってはぐらかす。相変わらず思わせぶりなことは言うくせに、肝心のことは話してくれない悪魔である。いや、この存在が悪魔というのも疑わしい。以前の祝賀会でガウンと顔を合わせたとき、ガウンは後ろの悪魔のことを「悪い物ではない」と言っていた。

「そういえば、あのときガウンがあなたのことに気付いていたようでしたが」

『まあ、僕もガウンとは言葉を交わしたことはあるからさ』

「あなたは本当に悪魔なのですか？　嘘なのではないですか？」

『さあね』

悪魔は相変わらず重要な部分をはぐらかす。

「リーシャ」

後ろでそっぽを向きながら口笛を吹いている姿が目に浮かぶようだ。

「リーシャ？」

「え？　は、はい！　なんでしょうか。父様」

「リーシャ、どうした？　何か気分でも悪くなったか？」

「いえ、なんでもありません。大丈夫です」

「ふむ、では緊張したか？　今回は貴賓や上級貴族もことのほか多いからな。こういうことも今後増えるだろう。いまのうちに慣れておきなさい」

「承知いたしました」

悪魔と話していたことを悟られぬよう、父にしっかりと返答する。

その一方で、心の中で安堵の息を吐いた。

危なかった。悪魔との話にかまけ過ぎていたせいで、周囲に気を配るのがおろそかになってしまっていた。上の空に見えないよう、今後もよく気を付けるべきだろう。

『油断したね』

「誰のせいですか。誰の」

悪魔と小声でそんなやり取りをしたあと。

ふと、父ジョシュアが会場内を見渡す。

「王家主催の会だ。やはり魔力計ともなれば、これだけの数が集まる」

「はい」

「重要な地位にいる方たちばかりだ。こういった会に出られるということは、光栄なことだ」

父ジョシュアの言う通り、国内で高い地位にいる者だけでなく、海外の貴賓も多い。

普段ならば話をすることはおろか、お目にかかることもできないだろう。

「この会にそぐわない者も、ここにはいるようだがな」

「…………」

ジョシュアの顔が、苦虫を嚙み潰したように渋く歪む。

どうやら父は、すでにあの人の存在に気が付いていたらしい。

父はあの人に対し、疎むような視線を向ける。

肉親であるはずなのに、仇敵を目にしたような冷ややかなまなざしだ。

それだけにとどまればよかったのだが、父はクレイブの話を聞くのも途中にして、無言のままあの人へ向かって歩き出した。

「と、父様?」

呼びかけても、ジョシュアは聞こえていないのかずんずん進んでいく。

こちらは慌てて、その背中を追いかける。だが、父が止まる気配は一向にない。

やがてあの人も、父が近づいてきたことに気付いたのか、こちらを向いた。

その顔は剣呑(けんのん)そのものだ。あの人も父同様、さながら仇敵が近づいてきたかのように、目を細めて待ち構えている。

父はあの人の前に立つと、あの人を静かに威圧し始めた。

「どうして貴様がここにいる」

「今日は伯父上の付き添いでまかり越しましたが、何かありましたか？」

「この度のものは王家が主催する会だ。貴様のような者が出席できるような会ではない。ならば、身の程を弁えて辞退するのが普通だ。お前の頭ではそんなこともわからなかったのか？」

「いえ、私もそうするべきと伯父上に願い出たのですが、国定魔導師である伯父上の強い命令であればいかんともしがたく、こうして出席になった次第です」

視線が交差し、火花が散る。

「体調がよくないとでも言って引き下がることもできるだろう」

「すぐにバレる嘘を吐くのは、それこそ度量が知れるというもの」

「ふん。頭を使うこともできないか。だから貴様は無能だと言うのだ」

父がそんなことを言った折、あの人は一度大きなため息を吐いた。

そして、

「――いちいちうるせえんだよこのクソ親父」

「な……⁉」

「なにが立場を弁えろだ。単に俺の顔を見て気分を害しただけなんだろ？　親の義務もまっとうできないくせに、いちいち保護者面して説教なんてするんじゃねえよ」

あの人は肩を大仰にすくめて、父に冷めた笑みを差し向ける。

当然父の顔はみるみる紅潮していった。

「貴様っ！」

「なんだ？　反抗されて腹でも立ったかよ？　余裕ぶった態度してる割には、随分沸点が低いんだな」

ふいに、父の腕が持ち上がる気配がしたそのとき、さらにあの人の口が追撃を放つ。

「ん？　前みたいに感情に任せてぶん殴るか？　いいぜ？　やってみろよ。そんなことここでした瞬間、レイセフト家は終わりだ」

「不心得者を罰するだけだ。お家に罰を与えられることなどない」

「そうかな？　こんなとこでそんなことしたら、すぐに騒ぎになる。なんなら俺がそうしてもいい。年相応にピーピー泣けば周りの注目も集まるだろ。折角の会に水を差せば、お家は一体どんな目に遭うかな？」

「そんなことをすれば貴様とて」

「俺は構わないぜ。死なばもろともだ。いますぐ『領地で隠居』にまで引っ張っていってやるよ」

あの人はそう言って、父を睨みつける。

この場と立場を逆手に取った綱渡りにも似た攻撃だ。

——うわ、君のお兄ちゃんってばよくやるね。

悪魔のひきつった声が聞こえる。

こういうときのあの人は、大胆不敵だ。

これまでも綱渡りが多かったためだろう。覚悟や度胸が他の子供とはまるで違うのだ。

お家のことを盾にされれば、父もやすやすとは手を出せないか。

「っ、調子に乗りおって……！」

「どっちがだっての……！」

あの人と父が、圧力を高めあう。

殺気を含んだ視線がぶつかり合っているせいで、火花が散っているように見えるほどだ。

父の威圧感もそうだが、あの人の発する気もなかなかのもの。以前のあの人は気圧されるだけだったが、いまは耐えられるまでになっている。

だが、ぶつかり方が強すぎる。

であれば、周囲に気付かれるか。

（このままでは、本当に……）

どうにかして仲裁に入ろうと模索していたその折。

「——おやおや、そこにいるのはレイセフト子爵かな？」

ふと、横合いからそんな声がかかる。

声は、女性のもの。だが、この場にしては随分と飾り気がない口調である。

振り向くとそこには、以前あの人の家で出会った、ルイーズ・ラスティネルの姿があった。

眼帯は以前と同じだが、この日は公の場であるため、軍服をきっちりと着用している。

「これは、ルイーズ閣下……」

ルイーズの姿を認めた父は、やがて我に返ったように略式の礼を執る。

「お見苦しい姿を見せて申し訳ございません」

「何か変わった様子だったけど、問題でもあったかい？」

「いえ、お家の事情でありますれば、ご容赦いただきたく」

「そうかい？　込み入った話だったならすまないね。だけど今回は王家が主催する会だ。陛下の臣として、会に水を差すようなことは極力排除したくてね」

「は……申し訳ございません」

ルイーズのトゲのある言葉に対し、父は会釈程度に頭を下げる。

そんな父に対し、ルイーズは不穏な笑みを向けた。

「なあ、子爵も楽しいだろう？　今日という日は、王国の魔法史の新たな歴史の幕開けを感じさせるものだ。あんたも魔導師なら、そう思えるんじゃないかい？」

「…………は」

ルイーズが差し向けたのは、「頷いておけ」と言うような恫喝的な笑みだ。

騒ぎなんて起こそうというのなら、ただじゃあ置かないと、笑顔が語り掛けている。

父はルイーズの話に同意したあと、目を伏せて頭を垂れた。

ルイーズは事態が完全に収まったことを確認し、こちらを向く。

「リーシャ嬢。元気そうだね」

「閣下、ご無沙汰しております」

「リーシャ？　閣下と面識があるのか？　一体どこで」

「ああ、前にちょっとね。クレメリアのお姫様と一緒に挨拶をしに来たことがあってね」

「そ、そうでしたか……」

確かに、あのときはシャーロットの付き添いということで誤魔化したため、ルイーズの言葉に間違いはない。

ともあれ、自分が動くならばここだろう。

目くばせでルイーズに謝意を示して、父に声を掛けた。

「父様、そろそろ……」

「そうだな。貴様も、お家の恥になるような真似はするなよ」

父は最後にそう言うが、しかしあの人はそっぽを向いたまま口も利かない。

父にとってはその態度も腹立たしかったようだが、さすがにルイーズがいる前では雑ぜっ返すことはできないか。

そのまま大人しく、もといた場所に歩き始める。

ありがとうと言うように目配せしてくるあの人に頭を下げて、父に続く。

その最中、悪魔が後ろから話しかけてきた。

『……君のお父さんって、こんな感じの人だったっけ？』

「……はい」

悪魔も、これまで何度も自分の後ろから父を見ている。

いまそんなことを訊ねたのは、そのときに見る父の顔と、いまの父の態度がかなり乖離しているためだろう。

やはり、レイセフト家の家族関係に疑問を持ったらしい。

『あれ、お兄ちゃんなんでしょ？　一緒にも暮らしてないみたいだし、どうしてまた』

「父や母は兄のことを、魔力が少ないという理由で疎んでいるんです」

『あー、魔力至上主義者ね。この時代にもいるんだ。いやまあ、いないわけないんだけどサそういうのは。ああ、それで家庭事情が複雑なことになってるってこと』

「……ええ」

『なるほどなるほど親が子を疎むのか。ククク……自分の子供だから余計目障りに感じるんだろうねえ。まさに人間って感じじゃないか』

「そんなものなのでしょうか……」

『そうだよ。人間なんてそんなものサ。家族なんてのは特に近い場所にいるから、一度疎ましく思ってしまうとどうにもならない。それこそ毎日一緒にいるからね。見たくもないものを否が応でも見ることになる。それだけ嫌気の積み重なりが大きくなるってわけサ』

「だから、父も母も、あの人をあんなに毛嫌いするのでしょうか」

『そうサ。家族だからとか、肉親だからとか、どこかに情があるとかそういう風に考えない方がいいゼ？　特に君は貴族なんだ。金や権力が絡めば、親兄弟だって醜く争う。親子の美しい愛なんて物語で語られるだけのまやかしだよ。ハハハハハ！』

「…………」

そんなことを言われて、無性に悔しい気持ちになる。

そんなことはないと思いたいが、きっと悪魔の言う通りなのだ。

もう二度と、父や母があの人に歩み寄ることはないのだろう。

『おいおいそんな顔するなよ。僕は真実を教えてやっただけだゼ？』

「……あなたは本当に意地が悪いですね」

『そりゃあどうも。リーシャちゃんも、わかり合えるなんて希望、持たない方がいい。信じて信じて信じ抜いた果てに、結局裏切られたときの落差はそりゃあデカいもんさ。それこそ目の前が真っ暗になる』

悪魔は最後に、そんなことを口にする。

その声にはどことなく、真実味があったような気がした。

「はぁ……ざまあねえよ」

ジョシュア・レイセフトが去った折。

アークスは床に向かって、己の不甲斐なさに対して口汚く悪態を吐いた。

心臓は早鐘を打っており、両足は情けなく震えていた。

どうやら思った以上に、あの男の圧力が心に響いたらしい。

戦場に出たときも、こうはならなかった。

黒豹騎(こくひょうき)に囲まれたときも、こうはならなかった。

驚異的な存在バルグ・グルバに遭遇したときは……という例外はあるが、そのときも怯えがここまで身体に表れることはなかったはずだ。

つまりそれだけ、幼いころに怒鳴られたことや、殴られた記憶は、根強いものだということだろう。

援護してくれたルイーズが、声を掛けてくる。

「あんたも、親は怖いかい」

「怖くはないと思っていましたし、いまもそう思っています。ですが、こうして身体に表れるということは、怖かったということなのでしょう」

「いやいや、いい反抗っぷりだったよ。きちんと様(サマ)になってたじゃないか」

「そうでしょうか……」

毅然と立ち向かえたのかは甚(はなは)だ疑問だ。

自分のことを別視点から観測できるのなら話は別だが、自分では自覚していない弱みを見ることはできないのだ。

いまの自分には、あの男の人生を追いかけたという土台もある。

これまでの戦いの経験という後押しもある。

だがそれでも、あの男と相対するにはまだ足りなかったような気がした。

自分の情けなさに奥歯を噛み締めていると、ルイーズが呆れたような息を吐く。

「あのねぇ、あんた自分の歳を考えたことあるかい？　むしろその年頃であれだけ力のある親に反抗できたんだ。なかなかの度胸じゃないか」

その言葉に、応えることはできなかった。

褒められることの嬉しさよりも、今回は情けなさの方が上回ったからだ。

「あれが、あんたを廃嫡した親か」

「ええ」

「ここから見てる分にはまともそうに見えるが――あんたはどう見る？」

ルイーズはそう言って、右後方に付き従っていた地方領主に訊ねる。

「性格のことはわかりませんが、やはり東部軍家の古参というのは伊達ではありませんね。圧力も相応のものでしょう。私たちにはギリス帝国という大敵がありますが、向こうは常に異民族と戦っていると聞きます。凄みは確かにあったかと」

「そうだね。で、あんたのことになるとああいう風になるわけだ」

「それだけ、魔力を重視しているということなのでしょう」

「魔力が少ないのは恥ってことか。あたしからすればそこらの魔導師とどっこいどっこいって気がするけど、魔導師の家のことはほんとわからんものだね……」

「王国は魔法技術に重きを置く国ですから、一に魔力、二に魔力。魔力がないとお話にならないということなのでしょうね」

そうだ。自分の魔力は、魔導師系の貴族の中ではかなり低い方に分類されるが、市井の魔導師の平均値とはそう大きく変わらない量なのだ。

むしろ魔導師系の貴族たちの方が、魔力が多すぎるとさえ言える。

非魔導師系の家系は魔法や魔力のことには疎いため、こうして不思議に映るのだ。

ともあれ、援護をしてくれたルイーズに改めて謝意を示す。

「ルイーズ閣下、助けていただき感謝いたします」

そう言って頭を下げると、ルイーズは改めて、「久しぶりだね」と言ってくる。その言葉に「ご無沙汰しております」と返し、お互い簡単な挨拶を終えたあと。

「陛下に、あんたのこと見に行ってやってくれって言われてね」

「陛下がですか？」

「あんたのことだ。何かしら巻き込まれるかもしれないだろうから、【溶鉄】殿が離れられない間は頼むってね」

「それは……」

ありがたいことだ。大概は物騒なことを言い、厳しいところも多いが、論功式典や少し前のギルドでの会議などなんだかんだ目を掛けてくれる。

「ですが、なぜ閣下に？」

「他の国定魔導師たちを付けると勘繰る奴も出てくるだろう？　その点あたしなら、ナダールの戦で一緒だった伝手があるから、こうして話に来るのも自然だろうってね」

「そうだったのですね。重ねて感謝申し上げます」

ルイーズに謝意を示したあと。

「今日は、ディートは来ていないのですか？」

そう言ってきょろきょろするが、目的の姿は見えず。

「今回ディートは留守番さ。王都に来る前にちょっと試験を出してね、それに合格できなかったんだよ」

「試験、ですか？」

「あの子も来年には、魔法院に留学だ。あんたならそこまで聞けばわかるだろ？」

「あー、えー、その……立ち振る舞いなどの所作が、基準を満たせなかったと」

「そうそう、そういうことさ。お菓子がかかっていたから、死ぬ気でやってたんだけどね。まあいかんせん時間が足りなかった。それに関しては普段からきちんとしてなかったあの子が悪いんだけどさ」

　さすがにやる気だけでは、日常的な継続を覆すことはできないらしい。

　書類仕事で死んでいたディートのことだ。もっと気を遣わなければならない所作や立ち振る舞いのお稽古になると、あのときと似たようなことになるのは想像するに難くない。

以前のように、魂魄を口から漏らしている姿が目に浮かぶというものだ。

だが、

（ディートくらいの歳なら少しヤンチャだな程度で済みそうなものだけどな……）

ラスティネル家はその辺り、結構厳しいのかもしれない。

それにしたって、普段の奔放さを見るにどうにも辻褄が合わないような気もするが。

疑問はあるが、それはそうと、だ。

「お菓子、ですか？　何かディートの好きなものでも？」

「だってあんたんところに寄れば、なんだかんだお菓子を用意してくれるだろ？」

「……まあ出しますけど、もしかして出汁に使ったんですか？」

「ああ、使わせてもらったよ。ご褒美がある方が、やる気も上がるってもんだろう？　それもこれも、ラスティネル領のためさ」

ルイーズは悪びれる様子もなく、豪快に笑う。

そして、狙いを定めるような視線を、テーブルへと向けた。

「で、あそこにあるのはやっぱりあれかい？」

「はい、ソーマ酒です。ある程度製法が形になったので、正式に献上しました」

「そうかい。どう扱うかに関しても話は落ち着いたわけだ」

「一応、販売に関しては制限がかかりました」

「当然だろうね。むしろこっちとしては取り分が確保されてありがたいが……」

「は？」

「いや、なんでも。で？　お召し上がりになった陛下は、なんて言ってたんだい？」

「……なんでこんなうまい物があるのにいままで黙ってたんだって怒られました」

それは、クレイブと一緒に持って行ったときの話。

四阿（あずまや）のある庭園で献上したところ、最初は気にもしていなかったのに、飲んだ瞬間態度が一変。

「これだけなのか」とか「どれだけ用意できる」などとしきりに訊かれることになった。

そのあとは、怒られたというよりはつらつら文句を言われたというのが正しいだろう。

その様子がどことなく仲間外れにされた子供のようだったとは、口が裂けても言えないが。

そのときの様子を話すと、ルイーズは愉快そうに腹を抱えて笑った。

「はははは!!　だろうねぇ！」

「あと、伯父上にも嫌味をぶつけてましたね。むしろ知ってた伯父上の方がくどくど言われてた気がします」

「【溶鉄】殿と陛下は親友だからね。で、どうやって切り抜けたんだい？」

「ガウンの名前を持ちだしました。精霊や妖精への捧げ物と言えば、陛下も納得せざるを得ないでしょう」

「くくく、よくやるよ」

ルイーズはそう言って忍び笑いを漏らす。

ともあれ今回の主役は魔力計だが、ソーマ酒も地味にとてつもない人気を誇っている。

貴賓たちが給仕に「もっとないのか」「どこで造っているのか」と問い詰めているほどだ。

王家の許可がなければ販売はできないため、ここでは周知しないようにしている。

これに関しては今後領地でももらわない限りは、増産体制を整えることは難しいだろう。

それこそソーマの森でも作らないことにはお話にもならない。

当面は、クレイブが陛下から嫌味を言われる対象になるだろうが、定期的にソーマ酒を飲めるのだからその辺りは我慢してもらいたい。

そんなクレイブと言えば、つい今しがた終わった魔力計の説明が面白かった。

比較する対象をことあるごとに突き出して、まるでビジネスマンやプレゼンターのような話ぶりだ。

普段の豪快なクレイブからはあまり想像できない。いや、魔力計の開発時も、計画や報告を重んじたりしているため、決して想像できない姿ではないはずなのだが。こういう姿を見るのが初めてだからだろうか。

クレイブや魔力計のことを見ていたせいか、ルイーズに思考を読まれてしまったらしい。

「しかし、魔力計ねぇ。あんたもまたとんでもないものを作ったもんだよ」

「ルイーズ閣下、一体なんのことでしょう」

「おや？　まだしらばっくれるのかい？　もうわかりきったことだと思うけどねぇ」

ルイーズはにやにやと視線を向けてくる。銀を求めに行ったこともあり、彼女に関しては、他の貴族よりも推測する材料が多い。それに、以前の祝賀会で感付いているような節（ふし）を匂わせていたこともある。

「……勘弁してください。公式にはまだ製作者の発表はしないということになっているんです」

「ははは。ま、どこに聞き耳立ててる奴がいるかわからないからね。あたしも迂闊なことは言わないでおくよ。で、公爵家の当主たちと挨拶は？」

「先ほど、ブレンダン・ロマリウス閣下、コリドー・ゼイレ閣下と済ませました。サイファイス家のご当主であるエグバード・サイファイス閣下は、諸事情で出られないとのことでご挨拶はできませんでしたが」

「魔法院の爺様はもう結構な歳だからねぇ。さすがに夜になると眠くもなるか」

ルイーズはそんな冗談を口にして、地方領主を焦らせている。

「あと、アルグシア家のご当主がいらっしゃらないようなのですが」

訊ねると、ルイーズはいつものことだというように口を開く。

「ああ、あそこの当主はこういう会には出ないんだよ」

「そうなのですか」

スウとは仲良くしているため、会えるのであれば一度挨拶しておきたかったのだが。

「かく言うあたしも一度として見たことがないんだ。不思議な家だよねぇあそこもさ」

ルイーズはそんなことを言ってケラケラと笑っている。十君主とも呼ばれる大領主が会ったことがないというのは疑問を通り越しておかしい話だが、一体どういうことなのか。

顔をしかめて唸っていると、ルイーズが俗っぽい笑みを近付けてくる。

「なんだい？　仲のいいお姫様がいないから、寂しいのかい？」

「そ、そういうわけではなくてですね！」

「ははは！　別に隠さなくてもいいじゃないか！　仲がいいのは間違いないんだからさ！」

「うぐっ……」

確かに仲良くしているし、彼女を探していたのも事実だ。こういった場は緊張と切り離せないため、気安さを求めてどうしても話慣れている人間を探したくなってしまうもの。

やはり今日は来ていないのかなと再度周りを見回すが、やはりそれらしい姿はない。

クレイブの説明が終わったためか、招待された貴賓がちらほらと目に付き始める。

アークスが王家の席に目を向けると、諸侯や他国の貴賓が続々と挨拶に赴いているのが見えた。

その中に、見覚えのある人物がいることに気付いた。

それは、以前にガウンが持ってきた騒動にかかわった折、〈魔導師ギルド〉でギルド長に案内されていた軍服の女性だ。

「ほう？　メイファ・ダルネーネスか」

「確かそれは、北部連合の」

その名前は、アークスも耳にしたことがある。

二十代手前という若さで、北部連合の盟主の座に就いた才媛だ。

前盟主の跡を継いだあと、血の粛清を敷き、その地位を盤石なものにしたと言われている。

いまは国王シンルに挨拶に赴き、何かを話している様子。

黒のドレスの上に軍服の上着を羽織った女。波打つダークブロンドを持ち、肌は新雪のような白さだが、決して不健康そうには見えない色艶とハリがある。年のころは二十歳を越えた程度だろうか。ところどころにまだ少女の面影が垣間見えるが、見た目や年齢にそぐわない怜悧な威厳に満ちていた。

「北部連合は、王国とは同盟関係にあるのでしたか」

「形式上は一応ね」

「というと？」

「連合は色んな国王や領主の集まりだからね。一枚岩じゃないのさ。帝国寄り、王国寄り、さらに北のイシュトリア寄りと、中身を見れば結構バラツキがある」

その手の話は、よくあることだ。

メイファの政策もあって、ギリス帝国の侵略政策に対抗するため、王国との同盟関係を強く推しているとは聞いているが。

「メイファ本人は王国寄りだが……王国が同盟関係に足るものでなくなれば、すぐに切るだろうさ。まあ、こんなものが発表された以上、そんなのはあり得なくなったろうがね」

彼女の言う通りだろう。これから王国の発展に期待して、もっと結びつきを強くしたがるはずだ。

メイファは話を早々に切り上げて、シンルのもとを辞した。

「意外に話が短いね。ということは、すでに裏では話を済ませてるのか」

他の来賓が挨拶に相応の時間をかけていたところを見るに、すでに交渉は済ませていると見るべきだろう。

そんな中、見覚えのある姿を見つける。

成人男性二人分はあろうかという肩幅に、背丈は二メートルを超える巨体。グレイの交じった黒髪と、長い髭を蓄え、着込んでいるのはさながら海賊船の船長が身につけるような衣装。

以前に王都で会った大男、バルバロスだ。

「ほう……我らが陛下はグランシェル王まで招いたのか」

「南は海洋国家グランシェルの国王、バルバロス・ザン・グランドーン……」

「へぇ、アンタよく知ってるね」

「以前に王都の酒場でちょっとありまして」

「王都の酒場に？　まったくなんなんだあのジジイは……」

ルイーズは呆れているというか困っているというか、そんな様子。

だがそれはこちらとてまったく同じ意見だ。グランシェルはライノール王国と敵対の関係にある。にもかかわらず、こんなところに顔を出しているのだ。おかしいを通り越してもうよくわからない。

「閣下。なぜあの方がこのような場に招かれているのでしょう？」

「まあ、あそことはちょっと事情が特殊でね、国王同士の関係は悪くはないのさ。それに、敵国って言っても色々あるだろう？　ギリス帝国みたいに完全に敵対しているところなら話は別だけどさ。いまは戦いたくないとか、今後の平和的な関係を模索したいところってのもある。ギリス帝国と結託して攻め込まれたら困るだろう？」

確かにそうだ。グランシェルにギリス帝国と同時に攻め込まれたら、防衛は困難だろう。友好関係を保とうとしているのは、それを回避するための外交手段の一環ということだ。

「っていうかほんと見た目が変わらないねあの男は」

「そうなのですか？」

「あたしが若いころに見たときもあんなだよ？　もう相当ジジイのはずなんだが……」

こんな世界だ。不思議なことはよくある。国王シンルだってあんなに若々しいのだ。魔法のある世界だし、なんかよくわからない不思議な力が働いているということで、その辺は納得することにした。

視線をシンルの方に戻すと、中華風の装束と和装がごっちゃになったような衣装をまとった一団が挨拶に赴いているのが見えた。

「あれは佰連邦（バイリャンバン）の士大夫だ」

以前の論功式典でも、佰連邦（バイリャンバン）の人間は招かれていた。

彼（か）の国の来賓は国王シンルとも友好的らしく、挨拶を終えたあとの会話は他の貴賓たちに比べても長いようにも思う。

その後の会話も、どちらも高圧的にはならず、談笑を交えたものとなっている。

「佰連邦（バイリャンバン）は友好的ですね」

「でも、腹の中身はどうなのかわからん連中だよ。いまこうしていい顔をしてるのも、策の内の一つかもしれない」

となれば、考えられることは。

「王家の乗っ取りを画策している可能性があると？」

「へえ？　わかるのかい？　いや、あんたはそういうのを考えるのも得意だったね」

「得意というほどではありませんが……」

ルイーズは言ってみろと言うように、ニヤニヤとした笑みを向けてくる。それに対して渋々ながら、考えを口にしてみた。

「クロセルロード家は東から流れてきたので、ルーツはそちらにあります。もし王統の血筋が潰えたときに、自分のところから相応しい血筋を用意し、後継だと言い張って簒奪する。もしくは開戦の理由にする。でしょうか」

「そうだ。帝位を巡って年がら年中殺し合いしてるあの連中なら、そんなことを考えていてもおかしくはないだろうね。ライノールの技術も、喉から手が出るほど欲しいはずだ」

いまは友好的だからといって、今後も友好的だという理由にはならない。

ライノールと佰連邦はクロス山脈を隔てているため、かなり離れているが、彼の超大国が本腰を入れれば、数十万の軍を送り込んでくることも可能なのだ。

あの笑顔の裏では、目に見えない応酬が繰り広げられているに違いない。

士大夫は次いでセイランに挨拶し、そのすぐ近くにいた二人にも近づく。

派手に着飾った女性と、自分と同い年くらいの子供だ。

こちらも、近衛たちが周りを固めている。ということは王族なのか。

子供の方はセイランほど顔を隠してはいないため、近寄れば輪郭はわかりそうだ。

「閣下、あちらの方々は？」

「ああ、あの方はセイラン殿下の弟君と、第一夫人だよ」

「夫人と弟君……殿下にはご兄弟がいらっしゃったのですね」

「弟君は正当な後継じゃないからね。知らないのも無理はないさ。表舞台にも出さないし、政務にも携わらせないから、夫人と一緒に奥に引っ込んでる。見たことがある人間は少ないだろうね。かく言うあたしも、お目にかかったのは今日が初めてだよ」

「そこまでしているのですか？」

「王国はもともと、王族の子供を隠すのもそうだけど、弟君に関してはそういった場から徹底して遠ざけてるんだよ。王太子は両殿下が生まれる前に決め打ちしているからっていうのもあるんだけどね」

「お生まれになる前、ですか？」

「ああ。王家の権威のためさ」

ルイーズの言葉で、ピンと来る。その話は以前にセイランから打ち明けられている。

「【神子(しんし)】、でしたか」

「……ほう、どうしてそれを知ってるんだい？」

その言葉を口にした途端、ルイーズの片目が細まり、鋭利さを帯びた。

「以前に、殿下からそう伺いました。詳しいところまで踏み込んだものではありませんでしたが、殿下は王国の新たな権威を生み出すための存在であると」

「殿下はそこまであんたを買っているのか。なるほど。そりゃあ、あんたも殿下のためにとまで言い出すわけだね」

「では、殿下の母君もあちらの？」

「いや、セイラン殿下は第二夫人のお子だ。つまり異母兄弟ってことだね」

「……うわ」

そんな言葉を聞いて、ついつい引きつった声を上げてしまう。

一方でルイーズはその態度でこちらの内意を正確に把握したのか。

「おやおや、それは下種の勘繰りってやつだよ？　不敬だ」

「あ、いや、その」

「そんなことを考える気持ちはわかるよ。どこの王族も後継争いからは逃れられないからね。でも、そこはあんたが心配するようなことじゃない。陛下も上手くやってるさ」

「そうですね」

再び視線を会場の方に彷徨わせると、会場の一角に人だかりが見えた。

諸侯たちの交流も、再開したのだろう。

それにしても、かなりの人の集まりようだ。

見たところロンディエル家が占有する場所でもないようだが。

「閣下、あれはどこのお家の集まりでしょうか？」

「さてねぇ。王国内の貴族のようだけど、見覚えはないね。どうだい？」

ルイーズはそう言いつつ、従えた地方領主に訊ねるような視線を向ける。

「あの中心にいるのはおそらく、南部のラズラエル家のご当主かと」

「ほう？　あの？」

「閣下、ご存じなのですか？」

「ああ。なんでも嫡男がかなり魔法の才に秀でているって有名なお家だよ。こっちにも伝わってくるくらいでね、ほら、傍らにあんたと同じくらいの茶色髪の子供が見えるだろ？」

「えっと、彼ですか」

ルイーズの言った通り、集団の中心には茶色の髪を持った貴族男性と同色の髪を持った少年がいる。服装は伝統的な衣装ではなく、自分と同じようにジャケットと長ズボン。見た目も爽やかそうで、愛想も上手なのだろう。周囲の者に好かれやすそうな笑顔を見せている。

「名前は確かケイン・ラズラエル。勇傑の再来なんて言われてたはずだね」

「勇傑……ここで言うのは、魔王と戦ったという者たちのことでしたか」

「そうさ。紀言書でも、勇傑と魔王の戦いは正当な英雄譚だからね。飛び抜けた才を持つ者が現れたら、そんなものになぞらえたくなるんだろうさ」

「でも、【三聖】のようだとは言いませんね」

「さすがにそっちは恐れ多くてできないんだろうさ。なんせ世には当時を知ってる妖精様がいらっしゃるんだ。ご気分を害されてしまう可能性があるからね」

「ああ……」

この世界には、以前アークスが夢で会ったチェインよろしく、おとぎ話に語られる妖精というものが実際に存在する。【精霊年代】の話は最も有名だろう。双精霊ウェッジとチェインが救世の旅に出

て、妖精や件（くだん）の【三聖】たちと数々の冒険を繰り広げたものだ。

特にガウンは人々の生活に寄り添った存在であるため、勝手なことを言えないということだろう。

「アンタの持ってるそれも、かかわりがあるものなんだろう？」

「はい。ガウンから預かったものです」

「すごいねぇ。【幽霊犬トライブ】を使役できる幻燈窓（スチールランタン）か」

ルイーズが視線をランタンに落とすと、地方領主が追随する。

「おとぎ話では、ガウンがよく用いると聞きます。なんでもトライブに触れた者は魂を吸われるとか」

「いえ、さすがにそこまではないですが……当てられて失神するくらいです。トライブが本気になったらどうなるのかまではわかりませんが」

「怖いねぇ。子供に持たせる玩具じゃないよ」

「まったくです。お礼だって言って半ば押し付けるみたいに預けてきて……おかげさまで何度も助けられましたが」

「ははは！　そいつは彼（か）の妖精様の先見の明ってやつだね！」

それはそうと、人だかりの方。

いまも多くの貴族がひっきりなしにラズラエルの当主に挨拶に赴き、ケインにも挨拶をしている。

大抵こういったパーティーでは、主役もしくは公侯伯（こうこうはく）と言った上級貴族のもとに人が集まる傾向にあるため、なかなかに珍しい光景だ。

魔力量も多く魔法の才に秀でていれば、将来の展望も明るい。上も目を掛けるし、下も寄ってくるのも自然ということだろう。

「すごいですね」

「本来ならあんたも、ああいったことになるはずなんだがねぇ」

「それは発表のときまで取っておきます。それに、ああいうのはあまり得意ではないですし」

「ああやって群がられるのは宿命みたいなもんさ。そのときは、付き合う相手もよく考えなくちゃならない。どんな思惑ですり寄ってくるか、知れたもんじゃないからね」

「肝に銘じておきます」

やがて、豪奢な衣装をまとった小柄な中年男性が、ケインのもとに現れる。彼が姿を見せるとラズラエル家の当主を含む周りのほとんどの貴族が礼を執るが、中年男性は偉ぶる様子もなく、にこやかに接している。

あの貴族男性は、アークスも先ほど会ったばかりだ。

「あれは……コリドー・ゼイレ閣下ですね」

「さっき挨拶を済ませたって言ってたね」

「はい。先ほどはお一人のようでしたが……」

どうやらいまは、少女を一人伴っているようだ。年齢は自分やケインと同じくらいで、まるでこれからお見合いに出席するかのように、花のように着飾っている。

「あれは末のご息女でしょう。察するに彼と引き合わせに来たのでは？」

なるほど、両者を引き合わせるのに利用するのは、発表パーティーはいい機会なのかもしれない。

地方領主がそんな風に推し量っている間も、ラズラエル家のもとには人が途絶えない。

才能を言えばリーシャもそれに該当するはずだが、それがないのはレイセフト家が質実剛健を旨としており、ジョシュアもその信条に忠実で、不必要に社交性を求めないためだ。ラズラエル家当主のあの話ぶりと喧伝ぶりも相まって、こうして差が浮き彫りになったということだろう。

ふいに、ざわめきが聞こえてくる。

ラズラエル家の人だかりなどまるでなかったかのように、人々の視線がそちらに集まる。

驚きの入り交じった声に引かれて、ルイーズたちと共に騒ぎの方を向くと。

「ほう？　珍しい人間が来たじゃないか」

ルイーズがそんなことを口にした。

「珍しい？」

「あんたの背丈じゃ厳しいかもしれないけど、ほら、もっと奥を見てみなよ」

軽くぴょんぴょんと飛び跳ねていると、やがて人垣が割れて、そこから特徴的な衣装を身にまとった者たちが現れる。

アークスはそのうちの一人に、見覚えがあった。

それは、先頭を歩く長い勝色の髪を持った女だ。

以前、家に続く路地で待ち伏せしていた、アーシュラと名乗った女である。

「あ、あのルイーズ閣下？　あの方々は？」

「ヒオウガ族だ。あたしらは西方だからかかわりなんてほとんどないけど、衣装が特徴的だからね。知ってるよ」

知らないふりをして訊ねると、彼女はそう言って教えてくれた。

そして、視線を落としてニヤついたような表情を見せる。

「なんだ、気になるのかい？」

「ちょっと、いろいろと」

「あれだけの美人だからねぇ。あんたの年頃なら気にもなるか」

「いえ、そういう意味では……」

「ははは。隠すなって。男の目を引くのは間違いないんだからさ」

弱ったようにしていると、頭をうりうりしてくる気安い大領主さま。彼女の言う通り、アーシュラは多くの男の視線を引き付けている。貴族たちだけでなく来賓までも、彼女の容貌に釘付けだ。

「確か、いまはどこかと争っていると聞きましたが……」

以前まではヒオウガ族の話など気にしていなかったが、自分の話になると気付きやすくなるもの。それもあって調べたのだが、いまはちょうど他国と小競り合いをしているということだ。

それに関しては、地方領主が答えてくれた。

「確かいまは東北部にあるドネアス王国と争ってるはずだよ」

「ドネアスですか？」

「魔法技術に秀でた国さ。国力も技術力も王国ほどじゃないんだけど。歴史があるからとかいって周辺国に対してやたらと態度が大きいらしい。それもあって、最近だと図々しくもヒオウガ族が住んでる土地の領有権を主張し始めたっていう話だ」

「ああ……国家間の争いの理由第一位の」

「はは、そうだね。確かに大義名分として持ち出しやすいのは領土問題だ」

なるほど、やはりこの前話に聞いた通り、住んでいる土地のことで苦労しているらしい。

「ですが、そのドネアスがライノールと同じ魔法技術に力を入れているということは」

「そうだね。今回のことでもっと敵視されるんじゃないかな？」

「では、こうしてヒオウガ族が挨拶に来たのは、それもあってということでしょうか？」

「案外それもあるのかもしれないね。王国に歩み寄れば、向こうへのけん制にもなる。王国の後ろ盾があると邪推させておいて対象を分散させる狙いもあるというのは十分考えられると思うよ」

「したたかですね」

「だからこそ、これまで滅びず、維持させることができてきたということなんだと思うよ」

地方領主とそんな話をしている最中、ふとアーシュラがこちらを見た気がした。

このまま接触されたらどう対応しようかとも思ったが、その辺は向こうも汲んでくれているらしい。

そんなときだ。

――ぞく。

「……！」

ふいに感じた肌が粟立つような気配に、背筋が硬直する。

これまで感じたことのないほどの焦燥（しょうそう）だ。華やかな祝いの場でこのような感覚を味わうなど、あってはならないはず。にもかかわらず、冷たい汗が伝うのが止まらない。

まるで自分が小動物にでもなり変わってしまったかのように思えてしまう。

その気配に向かってゆっくりと首を回すと、一人の女がこちらに向かって歩いてきているのが見えた。

「……あれは」

先ほどルイーズとの話で出た、メイファ・ダルネーネスだ。

他の来賓との挨拶を終えたあとなのか。後ろに多くの供を引き連れて、こちらへ向かって歩いてきている。

凍えそうな視線だ。顔を直視できない。

見られているだけで、手足が固まってしまいそうだ。

背中がざわめく。指先がびりびりとしびれ始めてきた。ヒールの音がすぐ近くで止まる。

やがて、ルイーズとメイファの会話が聞こえてきた。

「これは、北部連合の盟主殿じゃないか」

——単眼の蛇と目を合わせてはいけない。

「〈馘首公（かくしゅこう）〉に会えて光栄だ」

——紫に魅入られれば、黒くひび割れて朽ち果てる。

「〈鐵（くろがね）の薔薇〉殿。わざわざ挨拶しに来てくれたのかい？」

――【鐵(くろがね)の縛瞳(ばくどう)】。

「この度もギリス帝国に一泡吹かせたと聞いてな。敵を同じくする者として、挨拶の一つもしないとまずかろう」

――バールーの怪物。

「それはありがたいことだ。あんたも飲むかい？　うまい酒だよ」

――世を飲み込む、巨大な魔。

「ほう。勧められたとあれば、飲まないわけにはいかないな」

ルイーズは気安げにそんな話をしている。談笑だ。盟主や大領主のパワーバランス以前に、よくこんな怪物にそんな風に応対できるものだと、背筋が凍えて仕方がない。

（な、んで……）

以前に〈魔導師ギルド〉で会ったときは、こんな風にはならなかったはずだ。なのに、どうしていまはこれほどの恐怖を覚えてしまうのか。こうして聞き覚えのない言葉を思い出し、緊張で身体が雁字搦(がんじがら)めに縛られるのか。

それは、以前は接触らしい接触ではなかったためか。

それとも、自身が双精霊チェインにかかわったためか。

まるで新しい感覚器官が生まれたかのように唐突だった。

ヒールの先がこちらを向く。

やがて、自分の方に冷ややかな響きが浴びせられた。

「お前がアークス・レイセフトか？」

「……は」

短く答えて、型にはまった礼を執る。頭は上げ過ぎない。目を合わせないよう、なるべく下を向いたままだ。

だが、名乗りもしていないというのに、向こうはこちらの名前を把握しているらしい。一体いつ知ったのか、一体なぜ知ったのか。そんな疑問が湧き上がって尽きない。そう言えば以前、自分たちがスソノカミを追いやったかたわらで、ノアたちが接触したという話を聞いた覚えがあるが――

メイファがルイーズの方に視線を戻す。

「先ほど〈鹹首公〉は、気安げに話していたようだが？」

「うちの子とは仲良くしてもらっていてね。で？　なんであんたがこの子の名前を知ってるんだ？」

ルイーズの訝しげな訊ねに、メイファが答える。

「なに、先だってのナダールでの戦では獅子に随分苦渋を舐めさせたと聞いてな。どんな者か一度会ってみたかったのだ」

「勲章をもらってるからね。耳聡く（みみざと）していれば、北部にまで聞こえるか。そういや以前も北部の使者に、根掘り葉掘り訊かれた覚えがあったか。あれもあんたの差し金かい？」

「そうだな。よく話を聞いておけとは言ったような気もする。それに、会うのも初めてではない」

「どういうことだい？」

「以前に〈魔導師ギルド〉の視察に訪れた際、見た覚えがあってな」

「そんな短い出会いでよく貴族のいち子弟の顔なんか覚えられたね」

「当然だとも。これでも記憶はいい方でな」

メイファはそう言って、不敵な笑声を漏らす。いまのは場を和ませる冗談なのか、それとも余裕を演出しているのか、そのどちらもか。顔色を窺うこともできないため、いまの自分にそれを知る術はない。

ともあれ、二人の会話に一区切りが付いた折。

メイファは突然、そんなことを言い出した。

「アークス・レイセフト、私のもとに来ないか？」

驚きで身体がわずかに跳ねる。

それは、あまりに唐突な話だった。唐突どころか、まるで脈絡がない。北部の盟主と呼ばれるほどの者が、他国のいち貴族、それも子弟を召し抱えようと打診したのだ。まったく意味がわからない行為と言える。

そうそれは、自身がやったことを知らなければ、だ。

メイファがそんな勧誘の言葉を口にしてすぐ、ルイーズがすかさず口を挟んだ。

「おいおい〈鐵の薔薇〉殿、なんのつもりだい？」

「なんのつもりもなにも、そのままだ。私はアークス・レイセフトを我が国に迎え入れたいと思っている」

メイファはそう言うと、またこちらに足先を向けた。

「……閣下のお言葉に答える前にまず、こちらから質問をする失礼をお許しいただきたく」

「よかろう」

「感謝いたします。なぜ、私のような子供にそのようなお言葉をお掛けになられたのでしょうか？」

「有能な者を部下に迎え入れたいと思うのは、為政者ならば当然のことだ。そうではないか？」

「私のような卑小な者が、閣下のお眼鏡(めがね)に適(かな)うとは思えません」

「先般の戦で、帝国の魔導師部隊を屠(ほふ)ったそうだな？　黒い礫(つぶて)を間断なく放つ魔法だと聞いている」

「……はは」

魔導師部隊を魔法で倒したというのは、論功式典の件で知られていることだ。

しかし、魔法の内容までには触れなかったはず。

それを知っているということは、目や耳を潜ませていたということだろう。

抜け目ない。だが、メイファの話はそれでは終わらなかった。

「それに、だ。あのようなおとぎ話でしか聞いたことのないような魔法まで使えるのだ。欲しいと思うのは当然のことだろう？」

「――――!?」

メイファの言葉を聞いて、さながら心臓を掴まれたような気分に陥る。

そう、彼女が語った話は、当然身に覚えがあるものだったからだ。

「閣下、それは」

「・・・・・・・・・・」

「私もあのとき、見ていたからな」

そうだ。以前にノアたちと接触していたなら、彼女も【無限光】を見ている可能性がある。自分がそれを撃っているところを目撃すれば、『おとぎ話でしか聞いたことのない魔法』と言ったのも不思議なことではない。

しかし、ルイーズがそれを知っているはずもなく。

「一体なんの話をしてるんだい？」

「以前に王都を訪れた際、スソノカミのなりかけが現れたことがあってな」

「は？　いやそんな話聞いたこと……」

「それも当然だろう。発生して即座に討滅させられたからな。そこにいる、アークス・レイセフトの手によってな」

「そんなことが……」

あったのか。そう訊ねるように視線を落としてきたルイーズに、静かに頷く。

返答はそれでよかったのか。「またとんでもないことを……」と驚きの声を上げるルイーズ。

そんな中も、メイファが話を続ける。

「なりかけとはいえスソノカミを一撃で消滅させる魔法を使ったのだ。実力は十二分にある。いや、過ぎるほどにな」

「いえ閣下。あれはガウンの協力があったからできたことです」

「謙遜するな。魔力が多くても能のない魔導師はいくらでもいる」

「ですが、同じことは二度とできないでしょう」

「そうかもしれんな。だが、魔法を作る才があるのは間違いないはずだ」

「それは……」

言葉に詰まる。確かに魔法を作ることができれば、彼女にとっては魔力の量など些細（ささい）なことなのかもしれない。いまは魔力計があるおかげで、魔力の正確な量を数値化し、それを他人に伝えることができるようになったのだ。自分が魔法を作り、魔力の多い者にそれを使わせる。そうすれば、彼女にとって結局は同じことなのだから。

「いつまでもそうしていては辛いだろう。顔を上げよ」

「いえ、恐れ多く」

「ここは祝いの場だ。かまわぬ」

メイファは気を遣ってそう言っているのだろうが、こちらはどうしても上げたくない。

何もないことは頭ではわかっているが、身体がそれを許そうとしないのだ。何故だかは、わからないが。

こちらがいつまでも言うことを聞かないことで、メイファの部下が苛立ちの声を上げた。

「メイファ様は顔を上げよと仰せだ。顔を上げぬか」

「…………」

「貴様、聞いているのか！」

声を荒げるが、どうしても上げられないのだ。しかし、どうすればいいか。にっちもさっちもいかずに難渋していると、ルイーズが割り込んでくれた。

「おいおい、名高い盟主様を前に緊張している子供に怒鳴り声を上げるなんて随分大人げないじゃないか？　なんだい？　それとも積極的に騒ぎでも起こしたいって腹積もりかい？　え？」

「い、いえ、そういうわけでは……」

ルイーズが圧を掛けたことで、メイファの部下は及び腰になる。

ここはライノール王国の新技術の発表の場兼祝いの席だ。明らかな無礼を働いたのなら話は別だが、そうでないのならば悪いのはメイファ側になる。

それゆえか、すぐにメイファが事態を収めにかかる。

「――部下が失礼した。そんなつもりはない」

「ならいいんだけどね。ここはライノールの城だ。自分の城と同じようにされちゃあ困る」

「気を付けよう。だが、スソノカミや帝国と勇敢に戦った者にしては随分と覇気に欠ける。もしや具合でも悪いのか？」

メイファはそう言って、再びこちらを向いた。

言葉の抑揚から、失望というよりは不思議がっているように思える雰囲気だ。

彼女の疑問に対し、こちらも口を開く。無論それは、自身もこの硬直がどういう理由なのか知りたいからだ。

頭の中に思い浮かんだ単語を呟くように口にする。

「……バールーの怪物。ダルネ・ウアア・ネウト」

「……？」

口にするが、ルイーズも地方領主もメイファのお供も気付いた様子はない。

その一方で、メイファは驚いたように目を丸くさせた。

「ほう？　お前はその名を知っているのか」

「はい」

「そうか。ならば私と目を合わせたくはないだろうな」

「やはり、閣下に関係がおありなので？」

「そうだ。だが、それは双精霊にかかわる者でなければ知るまい。ならば、お前は一体誰だ？　それとも、『何』の方か？」

「……それは、私にも」

「ふむ……まあいい。いまは古（いにしえ）の因縁を持ち越すこともないのだ。それはお前も知らぬことだろうし、私も知らぬことだ。興味があるのかもしれんが、知らぬままの方がよかろう。知る必要があるならば、いずれは知れることだ」

「は……」

「先ほどの返事を聞こう」

メイファが勧誘の返答を催促する。自分のもとに来るのか、それとも来ないのか。

無論そんなのは決まりきったことだ。

「こうして閣下のお声に与（あずか）ることが叶ったのは身に余る光栄ですが、お断りさせていただきたく存じます」

「相応の地位を約束すると言ってもか？　私は男爵待遇でも構わないと思っているが？」

「はい。私にはすでに仕えるべき方がいますので」

「そうか。王国の王太子とは随分と仲がいいのだな」

メイファはそれ以上食い下がることはなかった。

だが、初めて会った者、しかもこんな子供に対してそこまでの条件を提示するのは腑に落ちない。強力な魔導師であるというように仮定しても、しかし果たしてこの場でここまでのことを申し出るだろうか。

そんなことを考えていると、メイファはふっと笑みを漏らす。

「だが、必要なことは知れた」

「なに？」

「私は視線に敏くてな。主要な者はみなこちらを注視しているぞ」

「っ――」

ルイーズが歯噛みする。自分やメイファにばかり気を向けていたせいで、気付くのが遅れたか。おそらくは周囲の者に、いまの勧誘を聞かれていたことだろう。先ほどまではラズラエル家の一角が注目されていたが、視線のほとんどを集めている。

「……あんた一体なんのつもりだい？」

「別に他意などない。アークス・レイセフトを召し抱えたいというのは、私の本心だ。だが、こんな話をしていれば、たとえ内容が聞こえていなくとも周りは気になるというもの。特に警戒しているのが国定魔導師たちであれば、やはりそういうことなのだろうよ」

「なんの話だい？」

「さてな？　あえてここで言う必要もないだろう。私もライノールとの関係を悪くしたいわけではない。だが――」

メイファはそう言うと、再びこちらに視線を落とす。

「やはり得難い人材のようだ。今度はもっといい条件を持って誘いに来よう」

彼女がそんなことを言ったそのときだった。


「――おっと、そいつは困るな」


妙な空気になったこの場に、思ってもみなかった第三者が現れたのは。

一つの大きな影が立つ。

「……グランシェル王」

「……バルバロス・ザン・グランドーン」

声に呼ばわれ振り向いたそこには、それこそ目を瞠るほどの巨体が立っていた。

その大きさは、片手に持ったソーマ酒の一升瓶が、まるで三百ミリの小瓶にも見えるほど。

そう、そこにいたのは、以前に王都の酒場で出会った大男バルバロス・ザン・グランドーンだった。

この巨体でこの場の誰の視界にも入らずどう動いたのか。

そんな男は、気安げに話に加わろうとする。

「ダルネーネスの。抜け駆けは勘弁して欲しいな。そこにいるアークス・レイセフトはこれから俺様の船に乗る予定なんだぜ？」

「は？　いえそれは……！」

身に覚えのない予定立てに驚き、ばっと顔を上げると、そこにはしてやったりというように白い歯を見せて笑うバルバロスの顔があった。

「お？　アークス、やっと顔を上げたな。これも俺様の徳ってヤツか？」

「――⁉　そういえば……」

確かに言われてみれば、いつのまにか身体を縛っていた緊張が解けていた。何故かはまるでわらないが、メイファの存在から端を発する恐怖と緊張が霧散している。

「なんで……？」

そんな風に一人困惑していると、バルバロスがまるで冗談でも口にするかのように言う。

「北部の人間に言わせりゃ、俺様の心がクロス山脈の雪解け水並みに綺麗だから、なんじゃねえのか？」

「バルバロス王、北部北部と一括りで一緒にするのはやめていただきたい。それは胡散臭い者共が言う誤魔化しにすぎん」

「わはは！　そいつはなかなかひでえ言いようだな！」

メイファの苦言に対しても、バルバロスは愉快そうだ。

そう言った掣肘がまるで利いていないのは、年の功ゆえか。

メイファがバルバロスに訊ねる。

「バルバロス王も、アークス・レイセフトを迎え入れたいと？」

「おうよ。アークスにはいろいろと世話になったからな。それに、だ。なんせあのときは特等席で見させてもらったからな」

「そういえば、そうだったな……」

「そういうことよ」

そう、バルバロスはあのとき魔法の行使を間近で見ていたし、直後に迷わず勧誘してきた。そのときの考えは、変わっていないということだろう。

ふいにバルバロスが肩を掴んでくる。

そして、

「そろそろ男同士で話でもさせてくれよ。これでもずっと大人しく待ってたんだ」

「バルバロス王陛下。そういうわけにも参りませんね」

ルイーズが割って入ると、やはりバルバロスは笑みを見せる。

「おうおう〈緘首公〉殿。別に俺様はアークスをとって食おうってわけじゃねえ。そっちだって、さっきから楽しげに話をしてたんだ。俺様だって話くらいさせてもらったっていいんじゃねえか？　今日のこの場は祝いの場で語らいの場でもある。折角呼ばれたんだ、俺様にも話をさせてくれよ」

「ですが、陛下はグランシェルの王。要らぬ誤解を呼びましょう。そして、それから子供を守るのもえのか？」

「なんだ？　俺様がアークスと話して何か不都合でもあるのか？　ただの貴族のいち子弟なんじゃね

そっちで押し通そうとしてくるのか。確かにライノール側としては、自分のことはいち貴族の子弟ということにしておきたい。そこを突けば、確かに何も言えなくなる。

一方でルイーズの目は「アンタが一番厄介なんだよ」とでも言いたそうだ。

だが、バルバロスは一向に離れようとしない。

こうなればこの男は梃子でも動かないだろう。

ルイーズに「こちらでどうにかする」と目配せする。

すると、渋々というように下がっていった。

「じゃ、借りるぜ」

「……ふん」

バルバロスがそう言うと、メイファも下がっていく。

やがて緊張が緩んだ折、バルバロスが顔を突き合わせるように近付けてきた。

「おうアークス。随分とモテモテじゃねえか。この前のお姫様方だけじゃ満足できないってか？」

「勘弁してください。そういうのではないのは見てわかるでしょう」

「だがよ、〈馘首公〉にダルネーネスの黒女豹だぜ？」

「確かにお二方ともお美しくはありますが……」

続きの言葉に詰まっていると、バルバロスは笑いながらソーマ酒の入った一升瓶を傾ける。しかしおいしそうに飲むものだ。

「俺は酒の肴ですか」

「おうよ。うまい酒にはうまい肴が必要だ。にしても随分とまあうまい酒だなこれは。お前のところで造ってるんだって？」

「……どうしてそれを？」

「クレイブが言ってたぜ？」

「まあ伯父上の口からバレたのなら……」

仕方がないか。バルバロスにバレてもさほど影響するとは思っていないのだろう。むしろ売りつけたり、何らかの交渉の材料にできると考えてのものかもしれない。

「こんなうまい酒を持ってるなんて、どうして教えてくれねぇんだ？」

「教えるにも伝手が必要でしてね。というかその手の話、色んな人に言われましたよ」

「そいつぁシンルとかクレイブとかだろ？　言いそうな連中だ。まあ俺様もその中の一人ではあるんだがな」

「理不尽……」

バルバロスの笑っている顔を見て、呆れ声で呟く。

飲んだくれ共の理論はどこでも理不尽なのかもしれない。

ともあれと、ようやくバルバロスと遅ればせの挨拶をする。

「アークス。久しぶりだな」

「グランシェル王陛下。ご無沙汰しております」

恭しく礼を執ることで、明確な線引きを試みる。

「おいおい。そんな他人行儀にしなくてもいいじゃねえか。俺様とお前の仲だろ？」

「いえ、陛下は南の大国の王。いち貴族の子弟でしかない私が礼を失した行為を取るわけには参りません」

「お堅いねぇ。まあそこがお前のいいところなんだろうが」

バルバロスはそう言って、巨大な手のひらでこっちの小さな肩をバンバン叩いてくる。

ライノールとは敵対しているはずの国家の国王が、こうしてこの場に呼ばれているのは全くの謎だが、その辺りはまたいろいろと事情があるのだろう。

大きな手のひらから繰り出される大きな衝撃に動揺していると、バルバロスはその様も面白かったのか忍び笑いを漏らす始末。

「それで、俺様が贈ったお宝は、受け取ってくれたか？」

「……む」

その言葉で思い出す。

そう、以前にあった論功式典のあと、バルバロスから家に大量の金銀財宝が届いたのだ。

わざわざ部下を送って、家の前で大きな声で口上まで述べられたほど。邸宅の場所が密集していない場所だから良かったものの、そうでなければきっと騒ぎになっていたし、変な噂まで流れていたはずだ。

　この大男、恐ろしいことを平気でやってくれるものである。

「陛下。ああいったことをされては困ります」

「そうか？　俺様はただお前の活躍を喜んだだけなんだがな。聞いたぜ？　帝国の黒豹騎部隊を全滅させて、彼の獅子殿に一泡吹かせたんだって？」

「黒豹騎を全滅させたのは、セイラン殿下の類稀なるお力によるものです。私など傍に付き従っていただけで、何の活躍もしておりません」

「ほーん。ま、あいつの子供もできることではあるだろうが。まあ、そういうことにしたいなら、そういうことにしといてやるよ」

「あくまで、知らないふりをする、ということですか」

「少なくとも、俺様はお前がとんでもない魔法を使ったのを見てるからな。あんなもの見せられちゃあ、どんなことをしでかしても驚きはしねぇよ」

「…………」

　魔導師部隊を全滅させたということはすでに周知の事実だが、まさか黒豹騎との戦いのことまで知っているとは思わなかった。つまり、この大男はそれだけの情報網を持っているということだろう。

　無論黒豹騎壊滅はセイランの力に依るところが多く、自分が倒したのは三割程度なのだが。

「ですが、しれっと送り付けてくるのは違反ですよ」

「俺様の厚意が違反だとはひでぇな。純粋な祝福の心だぜ？」

「そこに、あわよくば陛下か陛下の周りの人間が私を疎んでくれればいいとでも思ったのではないですか？」

「ハハハ！　考えすぎだ！」

「そうでしょうか？」

「当然だ。人間一度手にしたお宝はそうそう簡単に手放すもんじゃねぇからな」

「お宝？」

「そうよ。誰だってそうだ。誰だってな」

バルバロスはそう言って、思わせぶりに口角を吊り上げる。

さていまのは、一体どういうニュアンスの言葉なのか。自分が手に入れたお宝を手放したくないという意味なら、ああやって得たお宝を自分のところに送り付けることはないはず。であれば、いまのは誰に対する言葉なのか。杳として知れない。

そんな中、バルバロスは目の前でしゃがんだ。自分の背丈に合わせるように。

それでも、自分よりもかなり大きいのだが。

すると、バルバロスが耳元でふっとささやいた。

「魔力計」

「…………!?」

「なあ、お前なんだろ？　随分とまあ面白いもん作ったじゃねぇか」

「……なんのことでしょうか？」

「ははは。隠すな隠すな。あれを作ったのはお前で間違いねぇはずだ」

「子供である私に、あんなものを作ることなどできるはずもありません。真っ当に考えれば、国定魔導師様のお力と考えるのが普通でしょう」

「なら訊くが、どうしてお前がここにいる？」

「伯父上に見学しておけと申しつけられたからです。珍しい物ができたというので、よく見ておけと」

「そうかもなぁ。で？　お前はあれが誰の作ったものか知ってるか？」

「……私はよくわかりませんが、伯父上などは作りそうだとは思います」

「なら、クレイブはもうこの場で自分が製作者だって発表してるだろ？　だが、実際はそうじゃねえ」

そうだ。その辺はよく考えればわかることだ。製作者が国定魔導師であれば、発表を先送りにする必要はないのだから。

「なに、よく考えりゃあすぐわかる話だ」

「……それは？」

「王国の魔導師連中は、他国に比べて質が良い。特に、上に行けば行くほど個人の技術が高くなる。そんな才能溢れる奴らが、果たして魔力計なんてもの必要とするかって話だ」

「バルバロス王陛下？」

「アークス。要は、作ったものを必要とするか、しないかだ。自分が必要だと思わないものを作ろうとする酔狂なヤツってのはそう多くない。その点、お前は、あれが絶対に必要だ。魔力が少ないヤツはみみっちく魔力を節約して戦わなきゃならないからな」

「…………」

「どうだ俺様の名推理は？　なかなかいい線行ってるだろ？」

そうだ。確かに自分が魔力計を作ったのは、偶然という部分も大きいが、魔力を計測する必要があったからだ。絶対に必要だと思ったから完成まで努力したし、こうして軌道にも乗せることができた。

ふいに、バルバロスはいつかの出来事を振り返るような素振りを見せる。

「あとは……だ。あのとき、お前があの連中を追っかけてた理由とも符合するしな」

「っ、奴らの話を聞いていたと⁉」

「多分お前らよりははっきり聞いてたと思うぜ？　なんせ目や耳が良くなきゃ船乗りはやってられねぇからな」

「ではあのときから」

「いやいや、さすがに実物を見てねぇからな。そのときは何か隠してやがるなとしか思ってなかった。だが、情報が出てくるたびに点と点が線でつながっていった……というわけよ」

バルバロスはそんなことを言い当てると、魔力計が置かれた方を見る。

「まあ、魔導師連中にはとんでもねえもんだ。なるほどお前は俺様の願いを叶える前に、シンルの願いを叶えてたってことだ。そりゃあシンルがお前のことも知ってるわな」

「願いを？」

「ライノールの国策で最も急務なのが、国を富ませ、兵を強くすることだ。お前はその両方を叶える術を叩き出した。シンルは随分と喜んだはずだろうぜ？」

それは……確かにそうかもしれない。ライノール王国は敵対している国家も多く、防衛力の強化は急務。もちろん魔力計はそれに一役買ったのだから、シンルの願いを叶えたと言っても過言ではないわけだ。

だが、よりにもよってバルバロスにそんな確信を持たれているのはよろしくない。

そんな風に警戒した視線を向けていると、バルバロスが口を開く。

「安心しろ。言い振らしたりはしねえよ。そんな話をしても俺様に益はねえからな」

「どういうことでしょう？」

「どういうこともなにも、俺様はお前と仲良くしたいんだよ。なんせお前は、俺様の望みを叶えてくれたんだからな」

「ゼイルナーを攻略したことですか？」

「そうさ。あれはお前の策が図に当たったのよ。お前の言った船を移動させたり、思いもしない場所から攻めたりしたら、連中の守りはあれよあれよと崩壊していった。あの財宝はな、ゼイルナー王が抱え込んでいた財宝の一部だ。つまり、あれはお前の正式な取り分ってわけだ」

「私は陛下の臣下ではありません」

「なに言ってやがる。お宝は仲間に山分けが船乗りの流儀だろ？　部下だ臣下だなんてそんなつまらない括りの話じゃねえんだよ」

バルバロスは笑い飛ばすようにそんなことをうそぶく。

だが、勝手に仲間認定されているのは困りものだ。要らぬ誤解を呼びかねない。

「送られてきたものはすべて王家に納めました」

「別に構わねぇぜ。それに、いずれシンルも俺様の仲間になるんだ。取り分が早めにいきわたったようなもんだ」

「…………」

なんとも呆れた物言いだ。捕らぬ狸の皮算用という、あの男の国の言葉を思い出す。

先走り過ぎているように思えるが、まったく荒唐無稽な夢でないと思えてしまうのが、この男の度量というものなのだろう。


バルバロスとの話を終えてしばらく。

アークスは王城にある控室に戻っていた。

発表パーティーは途中退場。すでにクレイブの説明も終わっており、あとは貴族や貴賓たちの交流の時間であるため、こうして抜け出すことができたというわけだ。

〈輝煌ガラス〉が少し眩しいので、薄布を掛けて調整。間接照明程度にまで光量を落ち着けたあと、ソファに身を投げ出す。

衣服のシワなどもうどうでもいい。

そんな勢いで、ぼふんと身を埋める。

「……疲れた。なんかめっちゃ疲れた」

さすが王城に設えられたソファは、柔らかくて居心地がいい。お高めのソファの購入を検討したくなったほどだ。あの男が見向きもしなかった『人間をダメにする』シリーズはかなり偉大だったらしい。

ノアはその疲れ切った様を見て、顔に薄い笑みを浮かべる。

「随分と大変だったようですね」

「他人事だな。っていうかなんでついて来てくれなかったんだよ！」

「申し訳ございません。クレイブさまに裏で待機していろと言付かっていましたので」

「それはそうだけどさ……」

それはそうだが、やはり納得がいかない。せめてノアがいれば、心の負担は減ったはずだ。

「会場ではルイーズ閣下が付いてくれると聞きましたが？」

「ああ、あのクソ親父が来たときには助けてもらった」

「なら大丈夫だったのでは？」

「それだけならな。そのあと接触してきたのがメイファ・ダルネーネスにバルバロスのおっさんだぞ？　さすがにあんなのは閣下でも捌き切れんて」

「おっさん……いえ、クレイブさまも同じように『おっさん』とおっしゃっていましたね」

「あれで王様とか何の冗談だって。いや、器のでっかそうな人だけどさ」

「クレイブさまからもそう伺っています」

やはりその辺りは共通の認識なのだろう。あの懐の深さは正直にすごいと思う。

含蓄があり、頭もいい。ふとした強引さも魅力だろう。

底が見えない人間というのは、ああいう人間のことを言うのだろう。

「……ああいう大人って憧れるよな。性格は違う意味で悪そうだけどさ」

「あくどさではアークスさまも負けていませんよ？」

「それは褒め言葉じゃねえ」

「大丈夫です。褒めてはいませんので」

「…………」

薄笑いを浮かべるノアを、恨めしそうに睨む。

いま鏡を見たら物凄い顔になっている確信があった。変顔ここに極まれりである。

ノアとそんな話をしていた折のこと。

ふいに部屋の扉がノックされた。

すぐに身を起こして、一方でノアは扉に向かう。

「アークス・レイセフトはいるか？」

「はい」

声は……エウリード・レインのものに相違ない。

どうしたのか。いや、彼がここに来るなら、彼の用ではないのだろう。

もっと上の人間に伴われてということは十分に考えられる。

しかして、その予想は的中した。

遅れて聞こえてきたのは、男か女か判断に困るような中性的な声音だった。

「アークス。余だ」

「——⁉　で、殿下⁉　はい！」

「入るぞ？」

ノアが扉を開ける前に、セイランが扉を開けようとしている。

そして自分は、身を起こしたとはいえだらしないままだ。

セイランにこんな醜態は見せられない。

扉が開き切るまでのわずかな間にどったんばったん。

急いで、しかしなるべく物音を立てないよう座り直して、衣服の状態を整える。

ソファから立ち上がって、出迎えの態勢。

やがて扉が開き切り、セイランがエウリードを伴って室内へ入ってくる。

やたら大人しい様子が不自然だったのか、セイランが口元に薄い笑みを浮かべた。

「焦っているな」

「い、いえ。少しばかり休んでいましたので……」

「ははは。余は今日のことを労い(ねぎら)に来たのだ。アークス、ご苦労だったな」

「いえ、お言葉かたじけなく存じます」

そんなやり取りのあと、セイランはすぐさま本題というように声のトーンを落とす。

「――ところでだ。そなたに訊いておかなければならないことがある」

「はい。先ほど会場で話していたことですね？」

「余は遠かったため細かくは聞き取れなかったが、あの二人とどんな話をした？」

「ええと……主に勧誘です」

するとセイランは口元に笑みを見せ、

「まさか、なびいたのではあるまいな？」

「それこそまさかです」

こちらもセイランに笑い返す。

これは互いそんなことはないという確信があっての会話だ。

そんな中、ふとセイランが業腹だとでも言うように口をとがらせる。

「泥棒は遠慮しないとはよく言うが、連中のやり方はまったくそれだな」

「泥棒、でしょうか？」

「そうだ。奴らは厚かましくも人の物を盗ろうとしたのだ。泥棒であろう？」

「は、はあ……」

セイランは何故か自分の物認定しているらしい。いやまあ自分の部下のようなものなのだから、その言い様も間違いではないのか。

「なんだ？　不服か？」

「い、いえそういうわけではありませんが……」

「ククク、冗談だ。そなたのそんな顔が見たかっただけだ」

　ということは、遊ばれたのか。セイランはこちらの焦ったような、困ったような表情を見て笑っている。しかし、こちらからは顔の全体像が見えない。いや、顔が見えたとしても、セイランの表情やそれに付随する感情は窺いづらいのだが。

「それと、メイファ閣下の最後の言葉なのですが」

「うむ。あれは余にも聞こえていた」

「やはりあれは魔力計の製作者に気付いているかと存じます」

「余もそう思う。あれは明確な気付きがあってのことだろうな」

　北部にはまず間違いなく漏れてはいないはずだし、それに以前の騒動でも、ガウンが引き渡した連中の記憶を操作したと聞いている。漏れたのか、何か別の判断材料があったのかは判然としないが、メイファ・ダルネーネスという相手には、今後もよく気を付けなければならないだろう。

「バルバロス陛下は、私が魔力計の開発者だということを確信している様子でした」

「確信か。やはり以前に王都に現れたときにか？」

「……あの件、ご存じだったのですか？」

「うむ。その事件のあとに、バルバロス・ザン・グランドーンが表敬に訪れた際、そなたと会ったことを余や父上、【溶鉄】に話したのだ」

　そうだったのか。それで会話が円滑なのか。

「よもやあの程度の接触だけで確信に至るとはな」

「はい。そのあと何度否定しても、バルバロス陛下の確信を打ち消すことができませんでした」

「……父上もおっしゃっていたが、勘のいい男だ。やはり油断ならんな」

メイファにバルバロス。まさかそんな重要人物たちに、製作者ということがバレているとは。こうなると隠している意味がないような気もするが――隠す意味は外だけにではない。内にも隠す意味はあるのだ。そもそもバレているのだとしても、バラされるということはないだろう。向こうもそんなことをすれば、ライノール王国との関係を完全に断つことになりかねない。グランシェルはそれでもいいのかもしれないが、バルバロス個人についてはバラす気がないと先ほど言っていたため、その辺りは心配しなくてもいいのかもしれない。

「気苦労が絶えません」

「まったくだな。ところかまわず魔法を撃ちまくりたい気分だ」

「で、殿下が魔法を無遠慮に放てば、その、被害の方が……」

「冗談だ。本気にするな」

焦って止めに入ると、セイランはむっつりと否定する。

だが、いまの声音はほとんどマジだったような気がしないでもない。

だが、ストレスが溜まるだけ忙しいということだろう。頭が下がる思いである。

「殿下」

「なんだエウリード。言いたいことがあるのなら申してみよ」

「殿下は立場のあるお方です。不用意な発言は控えていただかなければ」

「……むう。父上が事あるごとに斬首だなんだというのは、不用意な発言ではないのか？」

「それについては発言は差し控えさせていただきます」

「ずるいぞ。それでは余だけ悪口を言ったことになるではないか」

「…………」

「…………」

ノアの方を向くと、肩を大仰にすくめて首を横に振る始末。

やっぱりそこは共通認識らしい。やはりセイランは魔法がかかわるといろいろと威厳が怪しくなる傾向になるのかもしれない。

魔法院

まほういん

ライノール王国の王都にある魔導師たちの学校。王国最高峰の教育が受けられる学術機関。魔導師ギルドの敷地に隣接しているため、周辺は警備の人間が頻繁に巡回している。生徒は貴族だけでなく、平民も教育を受けられる。院長は四公の一人エグバード・サイファイス。筆頭講師は国定魔導師のメルクリーア・ストリング。

三聖

さんせい

双精霊や妖精たちと救世の旅に出て、多くの人々を救ったと伝えられる三人のこと。世界を脅かす悪魔との戦いを基軸に、人々を苦しめる怪物や権力者たちを打倒するため、世界中を巡ったとされる。その冒険は紀言書の一つ【精霊年代】に記述され、おとぎ話としても語り継がれている。それぞれ【宿り木】【聖賢】【鈴鳴り】と呼ばれたと伝えられている。

ヒオウガ族

ひおうがぞく

王国北東部から北部連合の東端まで続くのラマカン高原に居を置く少数民族。どこの国にも属さずに中立を保ち、大国からの侵略を幾度も撥ね退けているが、それは彼らが高い身体能力と戦闘能力を有しているためでもある。種族的な特徴として、額の上部に数ミリから数センチ程度の角のような突起を持つ。他国では彼らが作る織物が珍重されている。氏族を束ねる大族長がトップであり、現在の大族長はアーシュラ。

第二章

「魔法院入学」

Chapter2 ∽ School of Witchcraft

――ライノール王国の学術機関である魔法院は、夜間になると閉鎖され、生徒や講師の出入りも制限される。

これは主に、外部からの侵入を防ぐことを目的としてのものだ。

魔法院は王国における魔導の中枢の一つでもあるため、外部に漏らせない秘密も相応に存在する。

門は閉じられ侵入者を拒み、敷地内には侵入者を感知して警報が鳴るよう仕掛けが施される。

すでに当直の講師も建物内の巡回を終えており、あとは隣接する〈魔導師ギルド〉の外周を警備している衛兵たちに任せるのみだ。

そんな人っ子一人いないはずの魔法院に、一人の少女の姿があった。

サイファイス公爵家令嬢、クローディア・サイファイス。

この夜、彼女は祖父であるエグバード・サイファイスに呼び出され、夜間は立ち入りを禁止されている院内へと足を踏み入れていた。

エグバードが待ち合わせの場所として指定したのは、生徒たちの憩いの場である中庭だ。

クローディアが中庭にたどり着くと、中央に設置されている刻印式の噴水の前に、エグバードの姿があった。

サイファイス家代々の当主はここ魔法院を管理する院長を司り、エグバードも現院長を務めている。

すでに「枯れ枝」と形容されることもある老齢の境だが、衰えを感じさせない立ち姿。

偉丈夫と呼ばれるに相応しい身の丈を持ち、身体には強大な魔力が充溢（じゅういつ）している。

白の法衣に身を包み、星を眺める姿はさながら大魔導師と謳われた【大星章（だいせいしょう）】にあるメガスのよう。

クローディアは敬愛する祖父の前で、優美な礼を執った。

「おじいさま。お待たせして申し訳ございませんわ」

「クローディア。このような時間に呼び立ててすまぬな」

「いえ。おじいさまがわざわざこうしてわたくしをお呼びになったということは、重大な用件ということでしょう。サイファイス家の一員として、孫娘として、大変光栄に思いますわ」

クローディアはそう言うと、エグバードに向かって穏やかに微笑む。

慇懃（いんぎん）さと装飾に過ぎた言葉だが、それを嫌味に思わせないのは、彼女の育ちの良さゆえか。

エグバードはそんな孫娘の言葉を自然のものと受け取って、すぐに本題に入る。

「今日お前をここに呼んだのは他でもない。お前に見せておきたいものがあるからだ」

「はい」

「お前はサイファイス家の次の当主となるべき身であり、私ももう老齢だ。そろそろ頃合いであろう」

「そんなことをおっしゃらないでくださいませ。おじいさまはまだまだお元気ですわ」

「うむ。気を遣ってくれてすまぬな」

「いえ、気遣いなどではなく……」

健気に食い下がろうとするクローディアを、エグバードは慈しむように見下ろす。

やがて、エグバードがゆっくりと歩き出した。

言葉少なな祖父の、言外に「付いてきなさい」という態度に対し、クローディアは大人しくそのあとを付いて行く。

中庭から回廊を経て、建物内の廊下へ。

そんな中、ふとクローディアは、自分が見覚えのない場所を歩いていることに気付いた。

……クローディアも、魔法院に入学してすでに二年の月日が経つ。

院内の構造は見慣れたものであり、すでに知らない場所はない。

そう思っていたが、いま歩いてきた場所は、まるで見た覚えがなかった。

調度品は逆さ向きに置かれており、踏みしめるのは床ではなく天井で、窓から見える外の景色も同じ、足元には星がちりばめられている。

まるで、自分たちだけ逆さ向きの世界に囚われてしまったかのようにも思えた。

「おじいさま、これは」

「クローディア。この道順をよく覚えておきなさい。ここに来るには、この道順をたどらなければ来ることはできない」

エグバードはいつものように、特に多くは語らず。

であるがゆえに、発した言葉はいつも重要なものばかりだ。

クローディアはそれ以上問いかけることはせず、大人しくエグバードのあとを付いて行く。

やがてそんな二人の前に、『地下へと上る階段』が現れた。

「これは、逆さ向きですから、地下へ続くもの……なのでしょうか？　院内にこのような場所があったのですね」

「そうだ。ここはサイファイス家の当主しか知らぬ秘密の場所だ。王家も、この場所のことは把握しておらぬ」

「それほどまで秘密にされたものがこのようなところに存在したのですね」

王家までもが把握していないとは驚きだったが、あり得ない話ではない。

サイファイス家はライノール王国が勃興する前からこの地に存在しており、当時は異民族や他国の侵略軍と戦っていたという。劣勢であっても頑なにこの地を離れず、やがて訪れたクロセルロード家の助力を受けて、侵略を跳ね返したと記録されている。

つまり、これからエグバードがクローディアに見せようとしているものこそが、父祖が頑なにこの地に残った理由ということだ。

クローディアは緊張でわずかに身体を強張らせるが、それと同じくらいに誇らしかった。

エグバードが足を踏み入れると、壁に設置された鉱石のようなものに、自動的に明かりが灯る。

照らし出したのは、螺旋階段だ。

デザインはクローディアがこれまで見てきたものとは一線を画しており、のっぺりとしたもので、華美な装飾は見当たらない。金属のようで金属ではなく、しかし、木の温かみは少しも感じられない材質。角はどこも滑らかで、どう加工したのかまったく想像がつかないほどだ。

クローディアは古の技術を思わせる遺構に驚かされつつも、エグバードのあとに続く。

スカートの端を摘まみ、裾を踏まないように慎重に、しかし優雅さは忘れない。

ヒールの音は最低限になるよう静かにゆっくりと、階段を一歩一歩踏みしめて。

どれくらい上っただろうか。

一番上にたどり着くと、周囲の様子を明らかにするように、明かりが一斉に灯った。

広い空間だ。魔法院の敷地がすっぽりと収まってしまいそうなほどの広さがる。

「魔法院の地下に、こんな広大な空間があるなんて……」

「ここは我らの父祖が、【魔導師たちの挽歌（ばんか）】に描かれた時代に築いたものだと伝えられている」

「それほど昔に作られたものなのですね。この特徴的な造りも頷けますわ」

「驚くのはまだ早いぞクローディア。この先にあるものは、それよりももっと時代をさかのぼっているのだ」

クローディアはエグバードの言葉を聞いて、ごくりと唾を飲み込んだ。

見たこともない素材で作られた床。

踏み出すたびに点灯する照明。

驚くほど広大な空間。

果たして、その先に何があるのか。

地下の最奥にあったのは、きらめきを反射する、三メートルはあろうかという巨大な鉱石の塊だった。

「これは……水晶」

「うむ。これは【聖賢】様が生み出したものと言われている」

「聖賢？　聖賢とは、あの【三聖】の一人と謳われるあの？」

「そうだ。見るのだ。その奥にあるものを」

「あれは、黒い、影……でしょうか？」

「それが悪魔の下僕である、魔人と呼ばれる存在だ。お前も、グロズウェルのことは知っていよう」

「はい。先ほどおじいさまがおっしゃられました聖賢と、幾度も戦いを繰り広げたという存在ですわ」

　聖賢の話は、当然クローディアも知っていた。

　聖賢に関する逸話は、おとぎ話としていくつも存在するからだ。

「この水晶は、その魔人を封じたものだと伝えられている」

「わたくしには黒い影にしか見えませんが、おとぎ話に出てくる魔人が、このような場所に封じられているとは思いも寄りませんでしたわ」

「お前が驚くのも無理はない。だが、事実だ」

　エグバードはそう言うと、クローディアに向き直る。

「クローディア。これが、私がお前に伝えたかったものだ。王国が勃興するさらに前、気が遠くなる果て、我らサイファイス家の始祖は、聖賢様よりこれの守り人の役目を託された。いずれ聖賢様がこれを滅ぼすときまで、決してこの封印から解き放ってはならないと言付かってな」

クローディアも守り人という話は理解できた。

だが、エグバードの発言には、聞き逃せない一文があった。

「おじいさま。これを守るというのはわかります。ですが、聖賢がこれを滅ぼすというのはどういうことなのでしょう？」

「うむ。【クラキの予言書】にはこう書かれていると言われている。【決して傷つかぬ魔は、聖賢の左腕にしか滅ぼすことはできない】とな」

「ですが聖賢は、すでにこの世にはいないのではありませんか？」

「そうだ。聖賢様はお前も知る通り、【精霊年代】に描かれる時代の人間だ」

「ではどうやって」

「…………」

エグバードは、クローディアの疑問には答えなかった。

何も答えなくなった祖父を尻目に、クローディアは目の前の水晶に手を触れる。聖賢が生み出したという鉱物はじんわりと冷たく、触り続けていると身体の奥底にある魂まで冷え切ってしまいそうな錯覚を彼女に与えた。

「【決して傷つかぬ魔】……おとぎ話では、悪魔にその魂を売り渡し、無敵の力を手に入れたと伝えられていますが」

「言葉通りだ。魔人は悪魔からその力を授かり、いかなる傷も負うことはなかったらしい。だからこそ聖賢様もこうして封印せざるを得なかったのだろう」

「おとぎ話の通り、強大な力を持っていたということですね」

「そうだ。ゆえに聖賢様が再びこの地に降り立ち、この厄災を解き放って滅ぼす。それまで我らサイファイス家が、主である聖賢様の言葉に従い、これを何者からも守り通さねばならないのだ」

「主……我らが戴くのは王家ではないのでしょうか？」

「それもお前の言う通りだが、それに関しては約定がある。初代陛下から、サイファイス家は二君を戴いてよい、とな」

「初代国王がそのようなことをお許しになられたのですか？」

「そうだ。我らの事情を鑑みてのものだという。『平時は王家に、聖賢が現れれば聖賢に従うがよい』とのことだ。初代陛下のお言葉であれば、現陛下であってもこれは覆せぬ」

クローディアにはとてつもない話のように聞こえた。

国内でも大きな力を持つ公爵家に、二君を許すという。それは裏切りや面従腹背を容認することにほかならず、どのような国のどのような統治者だろうと決して許しはしないだろう。

だがこれがまかり通っているということは、【精霊年代】の時代の出来事は、統治者も無視できない重みがあるということなのだ。

「クローディア。我が一族に伝わる魔法は聖賢様より授けられたものだ。天稟による不遇に嘆く我らの始祖を憐れみになり、そして大きな役目をお与えになった。戦乱に巻き込まれた折、危機を迎えた我ら一族を庇護してくださったクロセルロード家に仕えるのもそうだが、聖賢様から授かった大恩に報いることこそ、我らサイファイス家の本懐である」

「はい」

「いずれ近いうちに、魔法院共々これをお前に引き渡すときが来よう。クローディア。お前には魔法院をまとめる者に相応しい格と、決断力を期待する」

「はい。これを残した父祖に恥じぬよう、これからもより一層、魔法院でのお役目に励むことをお誓い申し上げますわ」

「クローディア」

「おじいさま。わたくしは、わたくしの心は感動で震えておりますわ。これでわたくしも、サイファイス家の当主に相応しいと認められたということなのですから」

クローディアが水晶に向けているまなざしは喜びだ。大役を任せられることへの、それだけの信任を得られたのだという嬉しみである。

ふいに、これまで厳しかったエグバードの瞳が、穏やかな光を宿す。

それは次期当主に対して向けるものではなく、孫娘に対して向けるものだ。

一人の家族として、たった一人の家族に向き合うための、慈愛に満ちた光である。

「……クローディア、気負い過ぎずともよい。ここにはいくつもの仕掛けがある。誰もここまでたどり着けぬ」

しかし、クローディアは首を横に振る。

「いえ。おじいさま、わたくしはこれから一層励む所存ですわ。いずれはおじいさまのように魔法院の院長も務めなければなりません。であれば、このまま漫然と日々を過ごすわけにはいかないでしょう」

「しかし、そなたはまだ若い。無理をせずともよいのだ。周りの者に任せることを覚えるのも、上に立つ者にとって必要なことだ」

「いいえ、次期当主として、これからお役目を誰よりもこなさなければならないものだと存じています……お父様やお母様も、もういらっしゃらないのですから」

「お前の父と母のことは、不幸な事故だったのだ」

「はい。それゆえ、次期当主として、励まなければならないものと存じます」

「クローディア……」

エグバードの慈しみの言葉は、クローディアの瞳の輝きには届かなかった。

それは、彼女の父母がすでにこの世にはいないということも理由にあったが。

聖賢から仰せつかった誇りある一族であること。

これまで守り通してきた、末裔であること。

それらがクローディアに弥(いや)が上にも、己の責任というものを自覚させた。

サイファイス家の一員として、より一層励むべく。

誇りある一族の末裔として、より一層気高くあるべく。

そのためには、一層厳しくなければならないのだと。

自分にも、そして他人にも。

エグバードは静かに炎を燃やすクローディアに、一抹の不安を覚えながらも、話を続ける。

「……【決して傷つかぬ魔は、聖賢の左腕でなければ滅ぼすことはできない。この魔が再びこの世に降り立つとき、世は肉の海に呑まれ、再び荒廃の道をたどるであろう。人々は苦しみに喘ぎ、やがて鉥力(ブリキ)の兵に縋るであろう。世のすべてが真紅の落日に傅(かしず)くまで、人々の苦しみの喘ぎは決して途絶えぬことを心せよ】」

「おじいさま、そのお話は……」

「予言書に語られることは、世の行く末を悲観したものが多いという。我らに伝えられている予言も、それを暗示したものだ」

「で、ですがいまの内容では聖賢が魔人を滅ぼすことを示唆したもののようには聞こえませんが」

「そうだ。この予言は、世の滅びを示唆するものなのだ」

「では先ほどは一体なぜ聖賢が再びこの世に降り立つなどとおっしゃられたのですか？」

「………………」

ふいに黙り込んだエグバードに、クローディアは動揺を隠せない。

「お、おじいさま？」

「これは私の、いや我ら一族の願いだ。いつかこれを聖賢様が滅ぼしてくださるだろうというな」

クローディアは思う。

いまエグバードが口にした言葉は、これから起こり得るであろう現実を受け入れたくないがために、自分を誤魔化しているようなものなのではないのかと。

だが、無理もない。解決法は伝えられていないのだから。

だからこそ、自分たちがこれを必ず守り通さなければならない。

先ほどの言葉は、言外にそういう意図を含んでいるものでもあるのだろう。

「この予言が現実のものとならぬよう、封印は誰にも触れさせてはならぬ」

「はい」

その事実が、胸に火をともしたクローディアを、より奮起させた。

それが良い方に向かうにせよ、悪い方に向かうにせよ。


魔法院の入学に際して、最初に立ちはだかる関門が入学試験だ。

とは言っても、その手続きはさほど煩雑なものではない。事前に推薦状を提出したあと、魔法院の敷地内で行われる筆記試験に合格すればいいだけという単純なもの。

試験についてもしっかりと勉強していれば合格できる難度であり、ある程度【魔法文字（アーツグリフ）】の読み書きと、魔法に関する一般的な知識、そして紀言書の内容さえ把握していれば問題なく対応できるという。

推薦状は、すでにクレイブからもらっているためこれに関しては問題なし。

あとは試験の前に、魔法院を卒業した先輩たちにいろいろとお伺いを立てたのだが。

「アークスさまなら問題ないでしょう」

「むしろ行かなくてもいいくらいに使えるからな。キヒヒッ」

とのこと。

魔法は普通に使えるし、魔法に関連する知識の学習も疎かにした覚えはない。

紀言書は読める部分も読めない部分も頭の中に入っていつでも書き起こすことが可能だ。

正直、試験に関する事前知識を入れれば入れるほど、落ちる気が全くしなくなると言ったところ。

「あとは、あれだ。実技試験だな」

「ん？　試験に実技なんてあるのか？」

「ええ。基本的に、『魔法は魔法院で習う』ものとされているので、入学時点で魔法が使えなくても構いませんし、挑戦は任意です。ですが、どちらも良い成績を残せれば、魔法院では優秀な生徒として扱われます」

「へえ。だけどそれ、勉強してる人間は有利になるだろ。ずるくね？」

「そうすることで、特に貴族は庶民に対して体面を保てます」

「考えてもみろよ。優秀な庶民がいれば、お貴族様は面白くないだろ？」

「……あー、なるほどなぁ。カズィの場合はやっぱ嫌がらせとかあったのか」

「些細なモンだがな。逆に勧誘も多かったぜ？　引き入れたいってヤツがしつこくてな。そっちの方がうんざりするくらいだったぜ。キヒヒッ」

だそうだ。

平民出身では初めて、魔法院を首席で卒業。

しかも、ノアの話を聞く限りでは、次席にぶっちぎりの差を付けたという。

となれば、やっかみも勧誘も同じくらいあったのだろう。

「魔法院は五年制で、各地から呼ばれた平民は寮で生活をします。アークスさまはこの屋敷がありますので、寮とは無縁でしょう」

「そうだな。普通に通える距離だし」

そんな話をする中、カズィがノアに訊ねる。

「そういや、お前はどうしてたんだ？」

「私もカズィさんと同じで寮ですよ。もともと地方に住んでいましたので」

「お前も変わってるよな。貴族サマって感じもすれば、叩き上げって感じもするしよ」

「私にもいろいろあるのですよ。苦労は人それぞれです」

二人はそんな話をしている。

どうやら、ノアはもともと王都住みではなかったたらしい。王国の貴族は、家族を一律王都に住まわせるというわけではなく、業務によっては家族と共に地方に住むこともあるため、そういった家系だったということだろう。

両方に家を持っていないということは、家は男爵位、もしくは勲爵位（くんしゃくい）だったのかもしれない。

ノアは北部の出身だと聞いているが、それ以上詳しいことは知らない。

今度その辺のことも聞いてみるべきか。

「試験と言えば、〈認定魔導師試験〉の方も覚えておいた方がよろしいでしょうね」

「あー、そういやそんな試験もあったなぁ」

そう、王国には〈国定魔導師国家試験〉と〈認定魔導師試験〉の二つの試験が存在する。

国定魔導師国家試験は国定魔導師になるためのものだが、認定魔導師試験は魔導師としての一定の実力を持つという証明を得る試験であり、関連する職業に就くために要求される資格でもある。

これによってモグリの魔導師を振るい落とし、就労する魔導師の質の底上げにもつながる。

国家試験を受ける前に、まず認定魔導師試験を受けるのが一般的だ。

「これに関しては魔法院の在籍期間中に取得なさった方がいいかもしれませんね」

「ノアも持ってるんだよな？」

「ええ。私は在籍中、三年目に取得しています。最近ではカズィさんも再取得しましたよ」

「一応貴族の家で働くわけだし、取り直しておいた方がいいと思ってな」

「真面目だなぁ」

「もともとの気質がそうなのでは？」

「別にあんなもん真面目にしてなくても簡単に取れるっての。ド基礎さえしっかりしてりゃ落ちることもねえって」

カズィは手をひらひらさせて、なんてことはないと言う。

「ま、お前なら気楽にできるだろ。国王陛下に謁見するよりはよっぽど楽だ」

「そうだな。突然斬首とか、頭を開いてみたいとか言われることもないからな。ははは……」

乾いた笑いを見せると、ノアもカズィもどこか憐れむような視線を向けてくる。

「なんだ。まあ、お前も大変だよな」

「アークスさまには成り上がりたいという目標がありますから、その『大変』からは逃れられないでしょう。それに、大変な目に遭いたくなければ大人しくしていればいいのです。アークスさまの性質上、困難なことではありますが」

「侯爵邸にカチ込みかけるわ、旅に出れば戦争に巻き込まれるわだもんな」

「まだ十代に入ったばかりなのに、濃厚な人生ですね。本当に恐れ入ります」

主人いじりになると好き放題言い出す従者たちを半眼で睨みつけたあと。

「それじゃ、行ってくるよ」

そう言い残して、アークスは魔法院へと向かったのだった。


魔法院の試験日は複数設定されている。

これは、試験における講師の負担や、期日に外せない予定がある者などの事情を考慮してのものだ。トラブルなどがあったときの場合は別に予備日が設定されているため、かなり融通が利いている。

魔法院は、〈魔導師ギルド〉とも近いため、これまでも生徒の往来をちょくちょく見かけていた。

学生服を身にまとい、鞄を持って歩く姿は、どこからどう見てもあの男の世界の学生そのもの。

あの男の国の学生の制服制度は、西洋の様式を取り入れたことから始まったというが、もちろんここでは独自の理由があるらしい。

なんでも魔法院の制服制度は、もともと私塾だった頃の名残なのだそうだ。魔法院は設立当時から、国内最高峰の私塾として初代院長が他の私塾との差別化を図り、権威付けを行うため、この制度を取り入れたらしい。

確かに、見た目が違えば周囲にもわかりやすく受け入れられるだろうし、生徒たちも誇りや矜持を持つようになるだろう。

現在、王国の衣服事情は過渡期にあり、伝統貴族の衣装や、ジャケットなどが入り交じっているという状況にある。伝統を重んじる家系であれば伝統的な衣装を、しゃれっ気が強く新しもの好きであればジャケットなどを。特に新興貴族などはジャケットを着用する者が多い傾向にある。

魔法院では最先端を取り入れているようで、近年では以前までの法衣のような制服から、ジャケット、ブレザーをもとにした制服へと移行していた。

色は白を基調としており、男子はスラックス、女子はスカート。

デザインは、あの男の世界の学生服とそう大きくは変わらない。

（あれ着ると、白一色みたいに見えそうだなぁ）

そんなことを考えながら、くせっ毛を指で摘まむ。

銀髪であるため、白地が強い服を着ると、なんだか印象が薄い感じになってしまいそうだ。

いつもはこのまま〈魔導師ギルド〉へ向かうのだが、今日はその前を通り過ぎる。

門の前にいる顔見知りの守衛に簡単な挨拶をして先に進むと、やがて魔法院の入り口が見えてきた。

出迎えたのは、巨大な黒格子の門だ。観音開きで、いまは試験に挑む者たちを迎え入れるために、その口を大きく開け放っている。

脇には生徒が立っており、中に入ろうとする者に対してしきりに呼びかけていた。

……どうやら、会場がどこにあるのか案内をしているらしい。

アークスはその案内に従って、試験の会場へ。

会場には教室を用いており、試験中は監督官役の講師が見回りをするようだ。

試験を受ける者は各教室へ振り分けされて、そこでペーパーテストを受けるという。

形式は男の世界の試験方式とそう変わらない。

席に着き、講師から案内を受けると、やがて用紙が配られる。

一通り目を通したが、基礎的な問題ばかりだ。

魔法に関する一般的な知識を求めるものが多く。

複雑な現象や、由来やいわれなどには踏み込まず。

あっても、基本的な魔法に限り、虫食い部分に単語を当てはめるといった程度のものになっている。


――問う。【魔法文字（アーツグリフ）】で書かれた最古の書物は何か。

「紀言書」

――問う。前問の書物に分類されるものを、年代の古い順からすべて答えよ。

「【天地開闢碌（てんちかいびゃくろく）】、【精霊年代】、【クラキの予言書】、【大星章】、【魔導師たちの挽歌】、【世紀末の魔王】の六つ」

――問う。詠唱を完遂できなかった場合、失敗することをなんと言うか。その事例を複数述べよ。

「詠唱不全。詠唱中に正しい魔力を供給できなかった。間違った単語や成語を組み込んだ。舌を噛んでトチった」

――問う。魔法の行使後に発生する残滓（ざんし）は何か。

「呪詛（スソ）」

――問う。前問の答えが及ぼす影響は何か。また、それを取り払うにはどうすればよいか。

「呪詛（スソ）は澱（おり）を作ると、やがて魔物の出現に影響する。この呪詛（スソ）を取り払うには、呪詛（スソ）を散らす呪文を行使するか、呪詛（スソ）の澱ができないよう場を整える必要がある。基本的に呪詛（スソ）を消し去ることは不可能とされている」

――問う。スソノカミの脅威について述べよ。

「……である。あとは、スソノカミはその本体もそうだが、周辺から呪詛（スソ）を招き寄せるため、魔物嵐を発生させることがある……こんなところかな」

――問う。魔王の名前を答えよ。

「オーム、クータスタ、ガンザルディィ、サマディィーヤ」

——問う。魔導師ラデオンの残した有名な言葉を答えよ。

「言葉に始まり、言葉に終わる」

そんな風に用紙を埋めていくと、やがて魔法院の試験で最大の難問と言われるものにぶち当たる。

「紀言書の記述か」

そう、紀言書の内容の穴埋めだ。この試験では、これが一番の難問だろう。どれだけ紀言書を読み込んでいるか、読み解けているかで結果が大きく左右される。

試験を受ける者の記憶力もそうだが、下手な解説書を下地にしているとそれだけでアウトになる可能性すらあるのだ。

古代中国の科挙と呼ばれる試験は、大量の書を丸暗記しないといけなかったというが、それに比べれば簡単な方だろう。

瞬間記憶能力やカメラアイなどと呼ばれるような力を持つ自分にとっては、なんの苦にもならないことではあるが。

その後も問題は続いたが、特段悩むような内容はなかった。

その一方で、周囲からはうめき声やうーんうーんという唸り声も聞こえてくる。

問題が難しくて悩んでいるのか。いや、行われているのは筆記試験なのだからそれ一択だろう。

「めんどくせぇ……穴埋めとか解読とかほんとめんどくせぇ」

「くっ、疼く……疼くぞ……我の左目が疼きよるわ」

「私の筋肉魔法さえ使えればこのような問題如き障害にもならないというのに……」

……若干おかしな連中もいたような気がしないでもないが。

左目が疼くなら病院に行ってこい。

そもそも筋肉魔法とは何なのか。用紙を破り捨てるつもりなのか。

ともあれ、筆記試験は大方の予想通り、つつがなく終わった。

次は実技試験だ。

再び案内に従い、会場となる訓練場へと向かった。


「実技試験の会場はこちらです」

白い学生服を着た生徒が、試験を受ける者たちに向かって声を張っている。

ここでも、生徒たちが受験生に対して場所の案内をしているようだ。

門の前にいた生徒を含めると、これで十人以上は見かけた計算になる。

案内に立つ数が随分と多いが、こうして案内が複数人必要なのにも理由がある。

魔法院の構造がかなり複雑で通路も入り組んでおり、案内がいなければすぐに迷ってしまうような造りになっているからだ。

おそらくこれは侵入者や、有事の際の防衛を考えてのものだろう。

意味のないドアが多数設置され、歩けばすぐに曲がり角にぶち当たり、意図的な行き止まりも複数ある。極めつけは階段だ。段数も高さも合わせられておらず、どれだけ上ったのか下りたのか感覚が狂わせられる。

まるで迷路のアトラクションにでも迷い込んでしまったかのような気がして仕方がない。ここに初めて入るいち生徒としてはわくわくさせられるが、ここに攻め入ろうとする者は堪ったものではないだろう。迷うのは約束されたようなものなのだから。

廊下には刻印具のレプリカが置かれた展示台が設えられ、立ち入り禁止を示すポールパーティションもところどころにあり、男の世界の西洋の城にあったアーチと柱を組み合わせた回廊なども存在する。

案内に従ってたどり着いたのは、訓練場だ。

ここは魔法院の敷地の端にあり、試験に使われた教室からそこそこ歩かされた。

訓練場に集まったのは、仕立ての良い服装に身を包んだ少年少女ばかりだ。

とりわけ身分が高そうな者が多く、全員が貴族の子弟であることが窺える。

カズィの言った通り、平民との差がつくようにするためだろう。

リーシャの姿がないところを見るに、別日に受験した、もしくはするのだろうと思われる。

しばらくすると、訓練場の中心で目印のように立っていた講師が集まった者たちを見回す。

「これで、実技試験を受けたい者は揃ったか。担当の者を呼んでくるので、待っているように」

講師はそう言うと、足早に訓練場を離れた。

やがてその講師に連れられて、一人の青年が訓練場に現れる。

黒の法衣をまとった眼鏡の人物だ。

濃い紫の髪はくせっ毛で、短めに切りそろえられており、その髪質にはどこか親近感が湧く。

この青年には、見覚えがあった。以前、〈魔導師ギルド〉で国定魔導師国家試験を見た際に、メルクリーア・ストリング、フレデリック・ベンジャミンと共にいた人物である。

おそらくは国定魔導師なのだろう。激しい威圧感はないが、厳かな雰囲気が感じられる。

彼は試験を受ける者たちの前に出て、自己紹介を始めた。

「私は今回の実技試験の監督を務める、カシーム・ラウリーと申します。魔法院の講師ではありませんが、今日は皆さんの実技試験の監督を務めさせていただきます。よろしくお願いします」

カシームが自己紹介をすると、周囲から「おお！」と驚きの声が上がる。

やはり、国定魔導師だったか。カシーム・ラウリーと言えば、【眩迷(げんめい)】の二つ名を持つ魔導師だ。

幻惑、幻覚の魔法を得意とし、戦場では撤退戦で味方を逃がすときに大きな活躍を果たすという。

〈魔導師ギルド〉での会議で顔合わせをしていない国定魔導師の一人でもある。

顔だけを見れば、柔和で気弱そうな風にも見えるが、身体にまとう圧力は本物である。

確か、カズィの後輩だというようなことを何度か聞いた覚えがあった。

（というかあいつすごい知り合い多すぎだろ）

先輩は国定魔導師のメルクリーア・ストリング、後輩は現監察局長官のリサ・ラウゼイ伯爵と目の前の【眩迷】の魔導師ときた。

それを考えるに、当時はかなりヤバい世代だったのではないか。そんな気がしてならない。

「ではこれから、実技試験を始めます。国定魔導師だからと言って厳しくなどしませんので、気を楽にしていただいて結構ですよ」

穏やかに微笑んで言われるが、当然、素直に気を抜く者はいないだろう。ここでいい成績を出せば、今後の評価にもつながるのだ。自然と気合は入るし、ほとんどの者が鼻息を荒くしている。

カシームはそんな様子を穏やかに見つめながら、説明を続ける。

「実技試験は、こちらが指定した魔法を一人ずつ使っていただきます。もちろん一発勝負ですので、その点をよく留意して望んでください」

やがて、呪文が書かれたテキストが渡される。

指定された魔法は、【鬼火舞(ソウルイグニス)】だった。

火炎系の攻性魔法で、青白い炎の球を複数、対象にぶつけるタイプのもの。

攻性魔法の中では呪文もちょうどよい長さで、使用難度も低い。

自身にとっては、いまいち威力が低く、コストパフォーマンスに劣るという認識だ。これを使うならば、もう少し威力のある魔法を使うか、即興で創作した方が魔力も節約できる。

だが、魔法の実技で測るのは、そういった独自性、独創性ではない。

この試験で判断するのは、魔法を正しく使えるかどうかだろう。

正しい量の魔力を単語や成語に込め、呪文を正しく発音、発声するのは、魔法を行使するうえで当然のものとして。

魔法自体は同じものだが、効果に差異が出ることもままある。

魔力の動きが滞れば、行使速度に影響が出るし、イメージの強度が甘ければ魔法の形質や強度、威力も低下。

最悪それらが合わされば、詠唱不全で不発ということもある。

逆に威力が上がったり、大きくなったりするということはない。

……一部そう言った例外をこともなげにやってのける人間はいるが、基本的に魔法の効果というのは、低下しやすい傾向にある。

自分やリーシャの使う魔法を比べてもそれは歴然で、自分で作ったオリジナルをリーシャが使うと威力が下がり、逆に炎の魔法は自分よりもリーシャの方が優れているということが多い。

魔法の威力を上げるには、やはり呪文を改造する一択だろう。

ともあれこの試験は、どれだけ基準に沿った効果を出すことができるかが、焦点となるのだと思われる。

まず、カシームがお手本を目標の対象物へと撃ち込む。

複数の青白い炎が巻き藁に向かって殺到し、焼き尽くした。

周囲から「おおっ！」と感心とも驚きともつかない声が上がった。

試験に挑む者たちが、順々に指定された魔法を使い始めた。

「――も、《燃ゆる魂魄。奥津城を漂う。ゆらりゆらり……揺らめき煌めく……誘うはガウンの灯火。迷い出でて殺到しろ。ほむらの群舞……》」

金髪の受験生が呪文を唱えるが、魔法は現出しない。

魔力が霧散し、宙を舞った【魔法文字（アーツグリフ）】が砕けて散った。

「あ……」

「失敗ですね。呪文をしっかりと覚えて、言葉に込める魔力の量も正確にする必要があるでしょう」

詠唱不全を起こしてしまった彼に、カシームが簡単な助言を入れる。

初っ端から失敗してしまった受験生は、悔しそうに肩を落として元の場所に戻っていった。

カシームが「次の方」と言うと、女子の受験生が名乗りを上げて前に出る。

「――《燃ゆる魂魄！　奥津城を漂う！　ゆらりゆらり！　揺らめき仄めく！　誘うはガウンの灯火！　迷い出でては殺到せよ！　ほむらの群舞よもっと輝け》！」

彼女が呪文を唱えると、【魔法文字（アーツグリフ）】が現れ、宙を勢いよく暴れ回る。

しかして魔法の効果はと言えば、【魔法文字（アーツグリフ）】が複数の青白い炎に変じたかと思うと、これもまた宙を野放図に暴れ回り、巻き藁の半分の距離まで行くと地面に着弾して炎上した。

「どうです！」

彼女はドヤ顔で胸を張っているが、カシームは少し呆れたような様子で言う。

「どうして自慢げなのですか。ダメですよ」

「あうっ……」

「呪文に余計な単語を付け加えましたね？」

「つ、つい我の高ぶる心の抑えが利かず……」

「完成された呪文に勢いで余計な言葉を付け足すのは、当然ですが悪い行為です。あとはこの魔法は幽玄な趣(おもむき)のある魔法ですので、詠唱にかかる抑揚テンションについても、抑えるべきでしょう」

「うう……もっと輝いて欲しかったのだ……」

「魔力の込め具合は良かったですよ。もっと自分を制御しましょう」

一体どういうこだわりなのか。墓場の鬼火が輝き過ぎるのはダメだろう。運動会や野球だってもっと大人しいはずだ。

ともあれ、他の受験生の魔法だが。

次の受験生は緊張のせいか詠唱をトチって失敗。

その次の受験生は魔法を発生させることはできたものの、お手本の魔法に比べて随分と効果が見劣りするといった具合だった。

……順番待ちで行使の様子を見ていたのだが、詠唱不全を起こす者が思っていた以上に多い。

魔導師系の貴族は事前に魔法の教育や練習をしている者が多いと聞いていたため、失敗がここまで出てくるのは意外だった。

いや、よく考えれば、この中の全員が全員試験に合格するわけでもないのだ。

一部は筆記で落ちるということも十分考えられるのだから、魔法を使えない者がいるのも当然と言えば当然だろう。

現在十人中、魔法の行使に成功した者は先ほどの女子を含めて三人ほど。

女子以外の二人も、普通の【鬼火舞(ソウルイグニス)】よりも物を燃やす力が弱かったり、火球が小さかったり。巻

近所の穏やかなお兄さんと会話しているような気分になる。

「その……ラウリー閣下、そろそろ」

「ああ、失礼しました。つい」

講師に促される形で、カシームが試験の進行を再開する。

共通の知り合いがいるせいか、ついつい世間話をしてしまった。

「腕前についてはすでに話を聞いているけど、試験だからね」

「はい。では――《燃ゆる魂魄。奥津城を漂う。ゆらりゆらり。揺らめき仄めく。誘うはガウンの灯火。迷い出でては殺到せよ。ほむらの群舞》」

――【鬼火舞（ソウルイグニス）】

さっと呪文を詠唱し、魔法を行使する。

【魔法文字（アーッグリフ）】が散らばって宙に舞い上がると、やがてそれに青白い炎が点（とも）り始める。ガスに着火具を用いて火を点けたように、ぼっ、ぼっ、と。それらはまるで墓場に飛び交う鬼火のようにふらふらと辺りを彷徨い、すぐに目標物に向かって飛んでいった。

青白い炎が藁でできた目標物に着弾すると、青白い炎は油を得たように激しく燃え上がる。

威力もまったく問題なし。他の受験生が使った【鬼火舞（ソウルイグニス）】のように、途中で息切れすることもない。

すぐに周囲から、声が上がる。

「成功したぞ」

「完璧じゃないか」

「【眩迷】様の使ったものとまったく一緒だ」

「あんな簡単に？　小石をちょっと飛ばすみたいになにげなく使ったぞ……？」

受験生たちの声は、どれもこれも驚きに満ちていた。

そこまで驚くようなものではないのだが、やはりある程度、認識に差があるらしい。

先ほどカシームを呼びに行った講師の方も、

「これは……ここまで正確に魔力を制御できるとは」

横で驚きと共に唸っていた。

「お見事……というのは失礼だったかな？」

「いえ、ありがとうございます」

「威力、行使速度、どれをとっても申し分ない。お手本のような魔法行使だったよ」

「これに失敗したら伯父上に何を言われるか……」

「【溶鉄】様かぁ……それは恐ろしい」

確かに、苦笑いするほかないだろう。

こちらもクレイブに火の魔法を失敗したと言えば、訓練のやり直しだとどやされるだろうし、何よりこんな魔法を失敗していては、ジョシュアを打倒するなど夢のまた夢である。

実技試験についてだが。

別の組では成功者が複数人いたようだが、アークスがいた組では彼一人しか完璧な成功者は出なかったという。

アークスは鏡に映した自分の顔に向かって、独り言をぶつぶつと呟いていた。

「前よりは幾分……幾分は良くなったかなぁ……でもなぁ、やっぱりまだ女の子に見えなくもないというか」

そんなことを言いながら、ほっぺをぐにぐに。

年齢は十三になり、女の子に見間違われるほどの女顔は、多少なり凛々しさを帯びてきたという程度にはマシになった。

このままいけば、少なくとも、『可愛い』という評価からは脱却できるのではないかというところまでいけるかもしれない。そんな希望を抱けるくらいには良くなったように思う。

それが『可愛い』から『綺麗』に変わるだけなら、まったくもって意味はないのだが。

それでも、まだまだ遠目からでは女の子と勘違いしてしまう者もいるほどだ。

それに関しては、髪を伸ばしてみたのがいけなかったらしい。

伸ばせば多少なり印象が変わるかと思いチャレンジしてみたのだが、ただただ女の子っぷりが上がってしまうだけというほど。多分に予想できたことではあるが、やはり実物を見ないとわからないと思うのは人情だろう。ロングヘアでも男らしい男は沢山いるのだ。

外ハネした毛先をくるくるといじって、ため息を吐く。

思い浮かんだのは、髪を伸ばしてしばらく経ったころの周囲の者たちの言葉だ。

「アークスさまは自ら可愛いらしい方に向かっているように思うのですが」

「そんなことはない。これは俺なりに努力した結果だ」

「私は好きだけどなー。可愛いの、いいと思うよ？」

「よくない。全然よくない。というか髪先をいじるなって」

「嫌ならバッサリ切ればいいじゃねぇか。その方が楽だぜ？　キヒヒッ」

「そうなんだけどさ。そうなんだけど」

「アークス君。何事も挑戦だ。どんなに望みに乏しく困難な道でも、諦めなければ必ず芽が出る」

「エイドウさんエイドウさん、そんなに希望ないんですかね……」

「兄様。我慢するしかないのではありませんか？　いまジタバタしても、余計おかしくなるだけのような気がします」

「うーん。リーシャの言う通りかもなぁ……」

「そうね。当分その長さにしてみたらどうかしら？　まだまだ成長途中だし、そのうち落ち着くかもしれないし」

「いや、それならもういっそのこと丸刈りにでも……」

みんなの前でそんなことを言ったのだが。

「それはダメだよ！」

「ダメです！　いけません！」

「絶対ダメよ！　許されないわ！」

女性陣からは完全否定される始末である。

丸刈りならば否が応でも男っぽく見えるのではないかと思ったのだが、「そんなことをしたら許さない」だの「絶対余計おかしくなる」だの「兄さま。それはダメダメです」だの抗議の声に晒されて、結局第二案は断念。そのまま女性陣に押し切られるような形で、当分この髪型のままにするということになった。

いまのところ切らずに、形を変えるだけにとどめて誤魔化している。

だが、あまりにもダメそうだったら、カズィの言う通りバッサリ切ってしまうべきだろう。

髪問題はまあなんとかなるのだが、問題は体つきの方だ。鍛えているのに筋肉はあまり付かず、肩は撫肩。男らしい体付きとは全く無縁といった有様なのだ。もうすでに体格にも特徴が出てきておかしくないのだが。背にしか影響がないのはほんとどうにかして欲しい。

だからと言って躍起になって鍛えても、運動能力が向上するだけで見た目は全く追いつかない。

あの男に引っ張られるのなら、普通に男子的な体形になるはずだが、顔も体つきもいまいち男らしくなってくれない。

一体何が自分を女の方に引っ張ろうとしているのか。まったく困ったものである。

あとは左腕の方も経過はかなりいい。元の状態に戻るまで、もう少しと言ったところだ。

（問題なさそうで、本当に良かった）

一時はどうなるかと不安だったが、いまは日常生活に使える程度までには回復している。

これも、腕を診てくれる魔導医や、効果の大きい魔法をかけてくれるスウのおかげだ。

あとはこのまま、何の違和感も残さず治ってくれることを祈るのみである。

ともあれ魔法院への入学だが、そちらは大方の予想通り問題なく入学できた。

「順当な結果でしょう」

「ま、当然だろうな」

「むしろ落ちたら説教だぞ？　そんなことはあり得ないがよ」

とは、従者たち&クレイブの言葉。これまで魔法の勉強や練習を見ていてもらっていたため、入学に関しては疑いもしていなかったようだ。

一応、魔法院は「院」と呼ばれているため、初登校ならぬ初登院ということになるのか。

制服については、あらかじめサイズの情報は送っておいたので、大きさに関しては問題なし。

送られてきた白い制服に袖を通し。

ソックスとガーターを着けて、落ち着いたカラーの革靴を着用。

護身用に帯剣が認められているため、腰にはいつも使っている剣を一振り。

「……アークスさま。勲章はお付けになって行かれた方がよろしいのでは？」

「いやいいよ。なんか示威的な感じがするし、学校にまで付けてくようなものじゃないだろ？」

「私は付けた方がよろしいと存じます」

「大丈夫だって。気にしすぎ気にしすぎ」

そんなやり取りを経て、勲章については制服に付けるまでもないだろうと考え見送った。

その他の準備も整え――まずはちょっとした寄り道。

場所は、王都にある一番大きな墓地だ。墓石の並ぶ区画はどこも綺麗に保たれており、あの男の住んでいた国で墓地と言えば不気味な気配を感じる場所だが、ここは海外の墓地のような神聖な趣のある公園だ。まったくメモリアル・パークと言っていいほど、美しく整えられている。

墓石である石碑は整然と並んでおり、水場や花壇も綺麗に整備されている。

その入り口で、荷馬車に載せた荷物を見上げる。

「たる」

「樽ですね」

「樽だな」

荷台の上には、ドン、ドン、ドンと、大きめの樽が三つも並んでいる。

なにはともあれと、きょろきょろと辺りを見回して、目当ての人物を探していると。

余った袖を垂らしながら、じょうろを掲げて歩いているガウンが見えた。

「お、いたいた。ガウン」

フードを被った黒子の姿。顔は闇に包まれており、黄色い瞳がぱっちり輝く。袖も裾もかなり余っており、両方を引きずるように歩いていた。

呼びかけると、じょうろを器用に片手で持って、もう片方の手を振ってくれる。

「あ、アークスくんだー。こんにちはー」

「ああ、こんにちは」

「ノアくんもカズィくんもこんにちは」

ガウンの挨拶に、ノアとカズィも「こんにちは」と挨拶を返す。

〈死者の妖精〉はいつも通り、平常運転である。

「今日はどうしたの？」

「あれだよあれ。捧げ物のソーマ酒だ。いい感じに仕上がったから、今年の分を持ってきたんだ」

「ほんと!?　ありがとう！」

ガウンは「わーい」と言って万歳をする。この無邪気な稚気がお酒を持ってきたことによるものというのが、どうもちぐはぐな気がしてならないが、まあ古い時代から飲んでいるものなのだから良いのだろう。

「前に樽でいいって言ってたから、こうして絞り方とか変えたものが三つくらいあるけど、大丈夫かな？」

「大丈夫だよー」

どの樽にどんなものが入っているかの説明と印を付けたあと、ガウンが荷場車に近づいていく。やがて、樽を魔法とは別種の力で持ち上げ、石畳で舗装された地面に下ろした。

まるでエスパーの念力だ。便利な力だなと思いつつ、見守っていると。

「他のみんなのところにも届けておくね」

「ああ……少なくて申し訳ないけど、頼む」

「ううん。いいよ。でもまた欲しくなったらもらいに行ってもいいかな？」

「用意しておくよ」

そんな話のあとは、ガウンに見送られながら〈魔導師ギルド〉のある街区へと向う。

初登院の日であるためか、魔法院の周辺はいつもよりも騒がしかった。

あの男の世界の入学式よろしく、家族でお祝いというのも多いのだろう。

しかも、そういうことをするのは貴族の家であるため、大掛かりさもあの男の世界の比ではない。

家族総出なら可愛いものだ。一族のほとんどが顔を出しているようなところもある。

人出もそうだが、停留（ていりゅう）している馬車も多い。

いまも目の前で馬車が止まり、制服を着た少年が降りてきた。

送り迎えで馬車を使うということは、間違いなく公候伯以上の上級貴族の子弟だろう。

生徒らしき少年の脇には従者まで控えており、教育の手厚さが窺える。

そんな折、ふとレイセフト家のことも思い出した。

（あの二人がいるかもしれないな。気を付けよう）

レイセフト家は質実剛健を旨とするお家であり、ジョシュアもあの性格だ。

リーシャの合格で浮かれて家族でニコニコ初登院は絶対にあり得ないことだと思うが、一応念のため、警戒するに越したことはない。

八方睨みをしながら、エントランスまでの行き道を歩いていた折。

「え？　もしかして男装？」

「いや、あれ男じゃないか？」

「あーん。かわいいー」

「くっ、こんな可愛い子が（以下定型文）……」

「罠だ！　罠！」

周囲から、同じく初登院の生徒たちの声が聞こえてくる。

（うぅ……聞こえない、聞こえない）

周りを飛び交う黄色い声に頭を痛めつつ耳をふさぎ、エントランスを進んでいると、やがて人だかりが見えてくる。

どうやら新入生たちが揃って、何かを見ているようだ。

「おい、一番上の名前ってもしかして、レイセフト家のあの？」

「だって、長男って無能だって話だろ？　一体どうしてこんな順位に……」

「筆記なんて満点だぜ……？　最後は紀言書の記述関連だったのにどうしてこんな点数出せるんだよ」

聞こえてきたのは「レイセフト家」や「無能」「長男」という言葉だ。

先ほどの生徒たちのように、自分の姿を見てそんな話をしているのか。

確かに、国内で銀髪赤眼はレイセフト家だけであるため、特定するのはそう難しくないだろう。

だが、どの生徒も、自分のことを見ているわけではなかった。

声を上げている生徒は、掲示板の前に群がっている者たちだけらしい。

それを見て、あそこに入学試験の結果を張り出しているのだろうと思い至る。

他の生徒たちの間を縫って前に出ると、やはり掲示板には順位が書き起こされた用紙が張り出されていた。

すべての受験生の順位が出されるわけではなく、上位者のものだけらしい。

ということは、自分も試験でそこそこいい成績を叩き出したのかもしれない。

首席……アークス・レイセフト
次席……ケイン・ラズラエル
…………

…………

…………

……………リーシャ・レイセフト
「お、首席だ」

掲示された用紙の一番上には自分の名前があり、首席とされていた。

点数に関してだが、筆記は文句なしの満点。実技の方の正確な実数はわからないが、こちらもそこそこ良い点数をもらえたらしい。課題として出された魔法を文句なしに成功させたため、点数が悪いわけがないのだが。

他の生徒たちも掲示板を見始めたのか、ざわめきが徐々に伝播(でんぱ)していく。

「ど、どういうことだ⁉」

「どうして首席なんだ？　レイセフトの長男って無能って話なんじゃないのかよ？」

よく聞く言葉だ。論功式典でも、集まっていた貴族たちがそんな風に騒いでいたのを思い出す。

やはり他の生徒たちは混乱しているらしい。

何か細工でもしたのか。

コネでも使ったのか。

不正なんじゃないのか。

そんな声がしばしば上がるが、しかし、その一方でそれを否定する声も聞こえてくる。

「いくらなんでも細工なんてできるわけないだろ」

「むしろ廃嫡されてるのにコネなんてあるわけない」

「試験も不正なんてできるような感じじゃなかったぜ？」

まったくもってその通りだ。

試験で不正はできないし、合格のためのコネなんてものも持っていない。

実際は、伯父が国定魔導師であるため、コネ自体はあるのだが、当たり前だが使えるわけがない。

「それに、実技がダメならケイン・ラズラエルが首席になるはずだろ？」

「そうだよなー。ケインが首席になるよなー」

ケイン・ラズラエル。掲示板に張り出されていた次席の名前だ。確か以前、魔力計の発表パーティーのときにもその姿を見ている。南部ラズラエル家の嫡男で、勇者や勇傑の再来とまで噂される人物だったはずだ。

新入生で知っている者が多いということは、かなり名前が浸透しているのだろう。喧騒が大きくなり始め、居心地が悪くなってきたころ。

ふと、背後から声がかかった。

「おい、そこの貴様。貴様がアークス・レイセフトか？」

「うん？　ああ、そうだけど」

振り向くと、そこには一人の少年が立っていた。同じ白の制服を着ているのは当たり前として、金髪碧眼色白と、王国民のスタンダードな特徴を持っており、背は自分よりも高い。

自信や自負が強いのか、胸を張りだすような堂々とした佇まい。

腰には身幅の広い大ぶりの剣を差し、仕立てのいい靴がよく目立つ。

いまは眉間にはシワを寄せており、先ほどの突っかかってくるような発言からも、憤慨していることが窺える。

「この結果は一体どういうことだ⁉　なぜ貴様が首席で合格している⁉」

「どういうこともなにも、そのままだよ。試験で良い点取ったから、首席なんだろ？」

「そんなわけがないだろう！　貴様は無能ともっぱらの評判で、由緒ある子爵家も廃嫡されているじゃないか！　そんな者が難しいと言われる魔法院の入学試験に合格できるはずがないだろう⁉」

「いや、そんな噂を鵜呑みにするなよ。結果がすべて物語ってると思うけど？」

「ではどうして廃嫡されたのだ⁉　無能でなければ廃嫡などされるわけがないだろうが⁉」

「だよな。俺もほんとそう思うよ。でも現実にはこうして、廃嫡なんてことが起きたんだよ」

「誤魔化さないできちんと答えろ！　胡乱なことを言って俺を煙に巻くつもりか⁉」

少年の興奮度合いはもともと高かったが、そのエキサイトぶりがさらに激しくなる。

「ちょっと落ち着いてくれ。落ち着いて考えてみてくれ。むしろ俺はどうやって試験でズルをしたんだよ。親のコネは使えないし、監督してた講師に金でも握らせるとか？　それはさすがに苦しくないか？」

説明しつつ宥めにかかると、突っかかってきた少年は興奮を抑えてくれたのか。

「う……そ、それもそうだな」

そう言って、少年は「うん？　うん？」と不思議そうに首を傾げ始める。

どうやら、きちんと考えを巡らせようとしてくれているらしい。

というか、普通に状況を把握する頭があれば、おかしいということに気付けるはずなのだ。

本当に落ちこぼれならば、試験で不正を働かなければ良い点数は取れない。

しかし、試験では不正を働ける環境ではなかった。

なら、実力で点数を勝ち取ったことになる。

そんな風に、自動的に答えが導き出せれるのが当然なのだ。

まあ、そのせいで、彼のように混乱してしまうのだろうが。

そもそもこんな面倒くさい言いがかりを付けられるのも全部、話をややこしくしたあのクソ親父のせいなのだ。あの男決して許されない。

タメ口を使うのはさすがにここまでにして、襟を正して少年に訊ねる。

「ちなみにお名前をお伺いしてもよろしいでしょうか？」

「俺の名前はオーレル・マークだ」

（マーク、マーク……マーク伯爵家のか。ああ、試験結果で八位につけてる）

彼の名前も、掲示板に張り出されていた。順位は十位以内という有望株の新入生。

「オーレル様ですね。私に訊くよりも、講師の方にお訊ねになられた方が確実でしょう。実技の方も、監督をされていたのは国定魔導師のカシーム・ラウリー閣下ですので、閣下にお訊ねになられた方がより正確かと存じます」

その説明で、オーレルはかなり冷静になったらしい。

「……そうだな。国定魔導師様が不正を許すとは考えにくい。あの噂は間違いだったのだろう」

「ご理解いただけて幸いです」

「ああ。俺も試験の結果を見て熱くなっていたようだ。おかしな言いがかりをつけてすまなかったな。謝罪する」

軽く頭を下げたオーレルに、こちらも軽く頭を下げ返す。

まともであれば、こうしてきちんと謝ってくれるのだ。話がわかる人間というのは本当に素晴らしい。そもそも普通は話のわからない人間の方が少ないのだから、こうなるのが当然なのだが。

オーレルとの話を聞いて、周りからも声が上がる。

「だよなぁ。普通に考えても妙だよなぁ」

「じゃああの噂はウソってことか？　当主はなんでまたそんなことを？」

「ホントかウソかはそのうちわかるだろ。不正だったらボロが出るだろうし」

聞こえてくる声からも、それなりに納得しているということが窺える。

結果論にはなるが、オーレル何某のおかげでエントランスの騒ぎは収まったと言えるだろう。

彼がエントランスを去った折、それを見計らったようにして、また一人の少年が現れた。

白い制服を着た、茶髪の少年だ。

ちょっと余った後ろ髪を、ちょこんと小さく結んでおり、耳に小さなピアスを付けてさりげなくおめかし。二重まぶたで目はぱっちりと開いていて、柔らかい雰囲気を醸している。

その顔に浮かぶのは、誰に握手を求めても素直に受け入れられるような温かい笑顔。

この風貌には、見覚えがあった。

「――君がアークス・レイセフトかな？」

「ああ。そうだけど」

「そうか。僕の名前は」

「ケイン・ラズラエル、だったよな」

そう、いま自身ににこやかに話しかけてきたのは、ラズラエル家の長子、ケイン・ラズラエルだった。

こちらが名前を言い当てると、ケインは面食らったような表情を見せる。

「……君と会うのは初めてだったはずだけど？」

「挨拶するのはそうだ。前にあった発表パーティーで見かけてさ。顔を覚えてたんだよ」

「そうか。そういえば君もあの会に来ていたんだったね」

発表パーティー。その言葉を出すと、ケインはどこか納得したように頷く。

あの会に出席できる人間は、たとえ貴族の子弟でもそう多くはなかった。

そうでなくてもメイファやバルバロスのせいで軽い騒ぎになったのだ。覚えられていた可能性は十分ある。

ケインが掲示板の方を見る。

「試験の首席が君だったそうだね。まさか筆記で満点を取れる人がいるなんて思わなかった。満点は君以外いなかったそうだよ」

「筆記の満点だけなら結構いそうだと思うんだけどな」

「……！　なるほど、君にとってはそれくらい簡単だったってことだね」

「え？　いや、まあ……」

「そうか。うん。そうなんだね」

こちらのなんの気ない発言を、ケインはなにか別の方向に解釈してしまったらしい。

彼の視線に興味深げな色が浮かび上がる。

「君とはこれからよく話すことになるかもしれないね。よろしく」

「あ、ああ、よろしく」

握手のために差し出された手を握り返し、一度その場は別れたのだった。

初登院の日に関して。

この日はケインと出会った以外のことは、特筆することは何もなかった。

リーシャも一人での登院だったらしく、危惧していた両親との接触もない。

お互いの姿を見かけ合った折、てとてとと小走りで歩み寄ってきたリーシャ。彼女はいつもの青を基調とした服ではなく、女子用の制服を身にまとっていた。

銀髪は薄青いリボンで結われ、どこの服飾文化から流入してきたのかはわからないが、下はスカート。護身用の短剣を携行し、いまは笑顔の花を咲かせている。

「兄様、試験の首席、おめでとうございます」

「ありがとう。リーシャも上位だったな」

「はい。私は六位でした。まだまだ精進が足りませんね」

「そんなことないよ。それに、むしろ俺は取れて当たり前っていうか」

「兄様はなんでも覚えておける力がありますからね」

「そうそう。だから正直な話、筆記の方は意味なかった。リーシャだって実技の方は楽勝だっただろ？」

「はい。【鬼火舞(ソウルイグニス)】でしたから。ただ……」

「ただ？」

「思っていた以上に失敗する方が多かったのが気になりました。実技に臨むなら四属性を基準にして、最低でも【鬼火舞(ソウルイグニス)】【大地拳(ランドアッパー)】【陸波濤(ウェーブロウ)】【切旋風(カッターウインド)】は押さえておくべきところです。正直、あれを落とした方たちは控えめに言っても迂闊すぎるかと思います。ダメです」

「お、おお……そうだな」

「軍家貴族であればなおのこと。兄様はその辺、どうお考えでしょうか？」

「いや、まあ、魔法院に入る前は魔法が使えなくても構わないわけだしさ、ガッツやチャレンジ精神は認めてあげないといけないんじゃないかと思う次第で……」

「むう。兄様、曖昧な態度はよくありません。それもダメです」

「そ、そうだな、うん……あと、リーシャ？　最近何か嫌なことでもあったか？」

「……？　いいえ？　なにもありませんが」

「そっか。なんかピリピリしてるような」

「そんなことはありませんが……ピリピリしていたでしょうか」

リーシャは思い当たる節がないというように、こっくりこっくり小首をかしげていた。

彼女も年を重ねていく中で、個性が出てきたのだろう。優しげな雰囲気は相変わらずだが、「我(が)」というものなのか、好き嫌いが前以上にはっきりしてきたし、ふざけている人間に対して容赦なくなった。

最近よく使い始めた「ダメです」という口癖も、それの表れだろう。

何が彼女をそうさせるようになったのかはわからないが――リーシャとはそんな話をして、一旦教室へ。

こちらの予想に反し、魔法院では入学式というものがなかった。

式典を行い、院長や教師が言葉を掛けるのは、生徒に自覚を持たせるいい機会だ。

にもかかわらずそれを省くということは、魔法院が形式的なものではなく実質的なものを重視するためなのだろう。

祝辞とか答辞などの面倒な催しも特にない。

新入生たちは登院したあと、一度一か所に集められ、組分けがなされた。

魔法院の授業は講義形式であるため、クラスなどあってないようなもの。

しかし、生徒全員に同じ講義を受けさせる際や、予定などを伝達する際に召集する必要があるため、組分けを行うらしい。

試験の成績はこちらに反映されるらしく、成績が近い者たちが集められ、リーシャやケインも同じクラスへの所属となった。

その後に行われたのは、魔法院の案内だ。

魔法院は入り組んだ構造になっているため、生徒は真っ先に内部を覚える必要がある。

端から端まで歩かされ、その日は丸一日、案内だけに費やされた。

次いで翌日。

新入生たちは魔法院内にある訓練場に集められた。

全員ではなく、クラスごと。

担当講師は眼鏡をかけた男性だった。

男性講師はすらりとした長身を講師用の制服に包んでおり、年のころは三十手前。

見た目は大体カズィと同じくらいといったところ。

きつめのまなじりから、プライドの高さが見受けられる。

講師は一度生徒たちを見回して、口を開いた。

「これから、全員の魔力量を計測する」

――ついに始まった。公開処刑だ。

これに関しては多分に予想されていたことだが、やはりこうして突きつけられると心に来るものがある。

魔法院で魔力総量(まりょくそうりょう)の測定などあまり意味がないように思えるが、基本的に魔力計を使用できる機会というものは限定されているため、こうして生徒各自が知る機会を設けたのだろう。

自分の正確な魔力量を知っていれば、配分の計算もしやすいだろうし、今後役に立つ。

講師は生徒たちを訓練場の一角に集めたあと、魔力計を取り出した。

今回使われるものは、総量を測るタイプであるため、通常のものとは違って大きめの形状。

目盛りは悪く言って大雑把で、細かく記載されてはいない。

……現時点で最新の魔力計は、すでに第三世代型に突入している。国軍や医療方面に配られたものは小型化されているが、魔法院に配られたものは旧世代型で嵩張(かさば)りやすく、破損しやすいものとなっている。

もちろん、実物を見たことがない者も多く、「あれはなんだ?」「もしかして……」など声を上げていた。

男性講師はにわかな喧騒に対して咳ばらいを一つ。

注目が集まったことを確認したあと、魔力計についての解説を始めた。

「知っている者もいるかもしれないが、先般、魔力の量を測る道具が発表され、ここ魔法院にも導入された。これがそれだ」

……男性講師は、魔力計が生徒たちに見えるようにずいっと突き出す。

魔力計を掲げながら本体の概要を説明しているが、もちろんはっきりとしたメカニズムは知らされていないので、説明はどういう働きをするのかという程度にとどまっている。

筒状のガラス容器。

魔力に反応する赤い液体。

話せてもその程度だ。

「……であり、【マナ】という単位が用いられ、これで魔力の量を表すのだ！」

生徒たちの前で説明する男性講師は、徐々に興奮をあらわにしていく。

なぜか鼻高々で、自慢げだ。

こうして自分が作った理論や道具を講師が我が物顔で説明するというのも、なんとも不思議な気分である。

「昔は宝玉に魔力を込めてその発光の強さで量を測ったり、水面に放出し続け波紋が持続する時間で量を測ったりなど様々あったが、これが開発されたおかげで、魔力の計測が容易に、そして限りなく正確になった。そう！　これはとても素晴らしいものなのだ！」

男性講師、魔力計をベタ褒めである。「作った方は天才だ」と顔を明るく輝かせながらそんなことを言っている。

もちろん集まった生徒たちも興味津々だ。つい少し前まで魔力の量を感覚的にしか把握できなかったのだ。実際に計測できて数値がわかるというのは、心が弾むのだと思われる。

「今回、魔力量を計測するにあたっての注意点だが、体内の魔力をすべて放出する必要がある。一定の疲労感や魔法が使えなくなるから、それについては十分留意するように。計測した魔力量は自己申告してもらうことになるが、これに関しては大体の数値で構わない。キリのいい数値を言うように」

講師は注意点を口にすると、眼鏡のブリッジを片手で摘まんで位置を直した。

「まずは……ケイン・ラズラエル！」

「はい」

ケインが男性講師に呼ばれ、前に出た。

他の貴族の子弟も、彼の存在を知っている者がいたらしく「あれが……」とか「見るのは初めてだ」などという声がチラホラ聞こえてくる。

本当に名が知られているらしい。自分とは正反対の方向に、だが。

ケインは自信に満ちた堂々とした歩きぶり。

髪色と同色の瞳には常に火が灯っており、向上心が見て取れる。

彼は講師から魔力計を渡されると、身体に魔力を充溢させた。

魔力の放出に合わせて波動が発生。すぐさま彼を起点に突風が巻き起こり、訓練場の砂が圧力に押されて、彼を中心に同心円状に吹き飛んでいく。

かなりの魔力量だ。まるで容器から水が溢れ出すようなイメージが幻視されるほど。

その強力な波動に対し、驚きの声がいくつも上がる。

「す、すごい……」

「人間がこんなに魔力を持てるなんて……」

「勇者の再来って言われるわけだ……」

聞こえてくる声は、どれも感嘆の音色が含まれている。

魔力計を他の生徒に見せているわけではないため、感液がどこまでせり上がったかはわからない。

だが、この状況から推測するにかなりの量を記録したと推測される。

やがて、量がどの程度なのわかったのか。

「僕は……17000です」

「おお！　これは素晴らしい！」

男性講師が嬉しそうな声を上げる。

ケインはきっちりした数値を口にしたが、実際の数値はもっと細かいだろう。

感覚的に、1000、いや2000は少なくサバを読んでいるように感じられる。おそらく実際の数値は19000から20000。ほとんどの国定魔導師を超える魔力量だ。

自分のまるまる十倍の量。破格過ぎて心情に辛(つら)く響いてくる。

「いや、さすがは勇傑の再来とまで言われるだけはある！　私も〈石秋会〉の出として鼻が高い！」

「い、いえ、そんな……」

男性講師のべた褒めに、ケインは照れる一方だ。

我がことのように自慢げな講師に、困ったような愛想笑いを見せている。講師が「さすがだ！」「見事だ！」と、褒めちぎることに終始する一方、ケインは「そんなことはない」「他にもいる」などと遠慮を忘れない。

そんな中、ふいにケインの瞳が、空虚に見えたように映る。

（……ん）

だが、気のせいだったか。目の焦点を再度合わせると、優し気な眼に戻っていた。

ともあれその後も、幾人かの計測が行われた。

基本的に魔導師系の貴族の子弟は５０００、少なくとも４０００を超え。

非魔導師系の家系や平民出の生徒も、平均して２０００から４０００の間に落ち着いた。

「次、リーシャ・レイセフト」

「はい」

男性講師に呼ばれたリーシャは前に出て、魔力計を受け取る。

そのまま魔力計を胸元に引き寄せて、目を閉じた。

やがてリーシャが、大量の魔力を放出する。

最初の計測のときのように風が巻き起こるが、吹き付けてくるのは熱風だ。そのせいでケインのときよりも風圧が強く感じられる。

ケインの計測を思わせる魔力の充溢ぶりに、周囲からは「これは……」「彼女もすごい」という言葉が聞こえてきた。

「私は……１１０００を超えました」

リーシャも１００００を超えてきた。

自身の感覚では、おそらく１２０００を超えるくらい。

大体自分の四倍くらいの量かと思っていたが、六倍の量があったらしい。

リーシャに対しても、男性講師は「素晴らしい！」と声を上げており、周囲の生徒たちも「あれがレイセフト家の……」「さすがは王国古参の家柄」などと囁き合っていた。

ふいにこちらを向いたときの顔が申し訳なさそうだったのは、負い目があるためか。

なので、笑顔を返しておいた。そんなことを気にして欲しくはないからだ。

「次は……エイミ・ゼイレ様」

公爵家のお姫様の名前が呼ばれた。さすがに講師も、彼女に対しては敬称を省くことができないらしい。

ゼイレ公爵家。当主コリドー・ゼイレとは、発表パーティーで言葉を交わす機会があった。

小柄で人当たりが良く、人に取り入るのが上手い人間を見ると、豊臣何某を想像してしまうのは、やはり追体験したあの男の記憶の影響なのか。

彼女の見た目はまったく違う。

肩下で切り揃えたふわふわの金髪は明るく。

立ち振る舞いは楚々として、一挙手一投足に気を遣っているのが窺える。

いつも笑顔を湛え、穏やかで物腰柔らかいという印象だ。

彼女も、魔力量が１０００を超えてきた。ゼイレ家が文官系という事実に反し、かなり多い。だからこそ、ケインの婚約者にあてがわれたのだろう。

「今年は素晴らしい！　まさかこれほど才能ある者が入ってくるとは！」

男性講師は満足げに、誇らしげに言い放つ。

「つい先日、在籍している生徒たちの魔力量を測ったのだが、一クラスに１０００を超えた者は一人いればいいい方だった。それがこのクラスでは三人もいる。もちろん、他の者の魔力量も例年の平均より高い」

男性講師の言葉の通りならば、今年は随分と豊作らしい。

（ずりぃ……）

よりにもよって自分が魔法院に入る年にそれが被るのか。

本当に誰も彼も魔力が多い。私の戦闘力は53万とか言ってみたい。切実に。

そんなことを考えていると、やがて自分の番が来た。

「アークス・レイセフトか………ふん。受けてみろ」

男性講師の態度が、他の生徒のときとはまるで違う。

彼もこちらの名前を知っているし、魔力の量が少ないことも知っているのだろう。

男性講師の瞳の中に嘲り(あざけ)が見え隠れしている。見下しているのが露骨過ぎて丸わかりだ。

男性講師の前で、魔力を解き放つ。

ケインやリーシャと比べると、当然のようにわずかな時間で魔力の放出が止まった。

我ながら悲しくなるほどにしょぼい。

本来ならば1900とちょいなのだが、こういう場なので少なくサバを読む。

「1500です」

「はッ……！」

数値を口にした途端、講師が狙っていたかのように鼻で笑った。

そして、鬼の首でも取ったかのように早口で捲し立てる。

「やはり噂通りの無能らしいな！　軍家の子息にもかかわらず、たったこれしか魔力を持っていないとは！」

言い放つ声は、聞こえよがしに大きい。他の生徒に聞かせて、つるし上げにでもするつもりか。確かに他に自分と同じような量なのは、みな平民ばかりだ。貴族であるため、こうして見下され、バカにされるのだろう。

見ると、周りの幾人かの生徒たちも嘲笑(ちょうしょう)を浮かべている始末。

（ああ……）

当然、多分に予想ができたことであるため、怒りよりも呆れを覚える。

まさか魔法院の講師までもが、ここまで単純なものだとは。

「平民出の者ならばともかく！　貴族の子弟のくせにここまで魔力が少ないとは！　非魔導師系の家の子弟でももっとあるぞ！」

確かに、講師の言う通りではあるが、それをここで口にするか。

「見栄えよく繕っていても、土台がなければいつかボロが出るのだ！　試験では運よく首席になれたようだが、見てみろ！　これがメッキが剥がれるというものだ！」

講師の罵倒じみた言葉が続く。

「お前のような魔力の少ない無能が魔法院に来て恥ずかしくないのか!?　ええ!?」

講師はまだまだ飽きないらしい。デカい声を出し続けて、喉が痛くならないのだろうか。それだけ日々のストレスを溜めているのかもしれない。教職というのは本当に大変だ。頭が下がる。

「いままでは上手く誤魔化せていたかもしれんがな！　この魔力計がある限りはもうそんなことはできんぞ！」

「はあ……」

魔力計が、某ご老公の印籠の如くズイズイと突き付けられる。

一方でこちらはなんとも言えない返事をするだけ。

なんというか、もう言い返す気さえ起きなかった。

そもそもだ。その魔力計を作ったのが誰なのか知っての言葉なのかそれは。

さっきそれを作った方は天才だとか言った奴はほんとどこのどいつなのだろうか。

ふとリーシャの方を見ると、事情を知っているためか心なしかムスッとしていた。あれは心の中で

「あの講師、ダメです」とでも言っているような顔だ。

ともあれ、大人しく嵐が過ぎ去るのを待っていると、

「──計測は終わったですか？」

訓練場の入り口の方から、聞き覚えのある声がかかる。

振り向くと、小さな影が一つ、こちらに近づいてきていた。

「これは！　ストリング閣下！」

そう、訓練場に顔を出したのは、メルクリーア・ストリングだった。

彼女は国王シンルから【対陣(たいじん)】の名を賜(たまわ)った国定魔導師にして、ここ王国魔法院では少し前から筆頭講師の地位におり、講師たちを統括しているという。

それもあって、様子を見に来たのだろう。

魔女が被るような三角帽子にローブ姿。まったく魔女っ子という言葉が相応しい見た目である。

見た目は同じくらいの歳頃の少女にしか見えないが、実際の年齢はカズィよりも年上だ。

彼女の登場によって、その場にいた者たちはみな緊張に縛られる。

カシーム・ラウリーのときと同じだ。

国定魔導師は、国の魔導師たちの最高峰。ひとたび戦場に舞い降りれば、戦況をひっくり返すことも難しくはないほどなのだ。威風と威圧は自然に備わっており、その権威も、人々を緊張させるのに十分なほど。

自分やリーシャは身内に国定魔導師がいるためこういった感覚には慣れているが、他の者は緊張も

ひとしおだろう。

男性講師はメルクリーアに略式の礼を執ると、先ほどの結果を口にする。

「閣下！　今年は粒揃いです！　まず10000を超える魔力量を持つ者が三人！　そして、8000以上の者が五人もいます！」

「それはすごいです」

「特にケイン・ラズラエルなどは17000を記録しました！　これは魔法院始まって以来の記録ではないでしょうか！」

「それは……国定魔導師並かそれ以上はあるですね」

メルクリーアが満足そうに頷く中、ふと男性講師が顔に露骨な嘲笑を浮かべた。

「ただ、ひどい結果を出した者もいますがね」

講師はそう言って、嘲るような視線を向けてくる。

「軍家の貴族の子弟にもかかわらずこの魔力量とは。よく恥ずかしげもなくこの魔法院に来られるというものだ。お前には恥という感覚が欠落しているらしいな」

講師の見下す発言に合わせて、くすくすと周りから嘲笑が聞こえてくる。

彼と同じように、魔力が少ないことを見下している者が何人かいるのだろう。

クラスの大半がそうでないことが、救いというものか。

そんな中、メルクリーアと目が合った。彼女とは以前から魔力計のやり取りをしており、今回魔法院へ導入するにあたっても密に連絡を取り合ったため、知らない仲ではない。

むしろ国定魔導師の中では、ギルド長ゴッドワルド、【恵雨(けいう)】ミュラー・クイントに次いでかなり多くやり取りをした部類に入るだろう。

男性講師が嘲笑を浮かべる一方、メルクリーアは大きなため息を吐き出した。

「……なんとなくこうなるように思ってはいたですが」

メルクリーアが発した呆れ声の呟きに、男性講師が反応する。

「閣下。何かございましたか？」

「何かもなにもないです講師。あなたはいつもそういった指導を行っているですか？」

「は……愚かな質問をお許しいただきたく。メルクリーア様、そういった指導とは一体なんのことでしょうか？」

「いま自分で口にしたことです。魔力の多い者を是(ぜ)とし、少ない者を非(ひ)としたあり方です」

「それがいけないとおっしゃるのでしょうか？」

「気にしてもいなかったですか」

メルクリーアはさらに困ったというような様子で、眉間を揉んでいる。

「閣下。私は魔導師に最も重要なのは魔力量だと考えます。魔力量の多さは、戦場では継戦(けいせん)能力として重要視されますし、規模の大きい魔法が使える芽もあります。魔導師にとってこれは常識かと」

男性講師の言葉に、メルクリーアはふいに考え込むような素振りを見せる。

「一から説明するのが面倒です。講師、ここでいまから私と立ち会うです」

「は？　え？　それは……」

「私は魔法を一回だけ。一回だけしか使わないです。逆にあなたはいくらでも魔法を使っていいです」

メルクリーアのそんな発言から、唐突に魔法を使っての模擬戦が始まった。

国定魔導師の魔法行使が見られるということで、その場はにわかに興奮に包まれる。

生徒たちはみな前のめりだ。一挙手一投足を見逃すまいと、みな食い入るように見つめている。

やがて戦端が開かれた。

男性講師が魔法を行使するが、しかし彼がどんな魔法を使っても、魔法はメルクリーアを捉えることはできない。

メルクリーアは男性講師の魔法を事前の動作のみで凌ぎ、危なげは一切ない。

おそらくは断片的に聞こえてくる単語や成語、そして事前に使った魔法の影響を考えた戦術の構築から、男性講師がどんな魔法を使うのか推測をして動いているのだろう。

彼もそれに気付いて口元を隠すスタイルに変えるが、それでもメルクリーアは難なく回避。やがて、男性講師が長めの呪文を唱えようとした折、それより呪文の短い魔法を素早く構築する。

その魔法は呪文が短いにもかかわらず男性講師の魔法を圧倒し、その余波で男性講師に打撃を与えた。

「ぐあっ……」

メルクリーアはすぐさま間合いを詰めると、手に持っていた杖を男性講師の喉元に突きつけた。

決まりだった。

「魔法が一回でも、倒せたですね」

「……は。見事でした」

「訊きます。講師、いまあなたが負けた理由はなんです？」

「は。閣下は単語や成語からどんな魔法を使用するか素早く考察し、回避されていました。最後の魔法も、呪文が短く、おそらくは強力な結果をもたらす単語や成語があったためかと」

「その通りです。では、いまの戦いに魔力の量が関係していましたか？」

「それは……」

メルクリーアは男性講師を一発で仕留めた。

しかも、使用した魔力が特別多かったわけでもない。

その程度ならば、この場にいる者ならば誰であっても捻出できるような分量である。

「いいですか？　多い者と少ない者を区別するなというわけではないのです。ただ魔力が少ないだけで見下すと、こうして知らず知らずのうちに隙を作ってしまうのです。魔力が多くても、知識には打ち倒されることはある。魔導師が最も尊ぶべきは魔力量ではなく、識格（しきかく）なのです」

メルクリーアは言い終えると、改めて集まった生徒たちに向き直った。

「覚えておくのです。魔力が多いからと言って、自分が特別だと思うことは大きな間違いです。魔法院で鍛えなければならないのは、魔力の精密な操作と、知識と発想力。魔力が多いというだけで強者と酔っていては、必ず足を掬われるのです。そしてその意識を戦場にも持って行ってしまえば、たちまち倒されてしまうです。いくら魔力が多くても、その場に適した魔法を使うことができなかったり、詠唱不全を起こしてしまったりすれば、まったく意味がないのですから」

ふいにメルクリーアが、訓練場に設置された像を見やる。

「あれを見るです。あれは王国の偉大な魔導師ラデオンの像です。西方の領土を帝国から切り取って、王国の発展に大きく貢献しました。あなた方は、彼の魔力量を知っているですか？【火炎獅子（フラムフォーブ）】を二回使用するだけで限界が来てしまうほどだったそうです。いまの魔法に換算すれば【火閃槍（フラムルーン）】がたった五回しか使えないほどです」

メルクリーアの話の通りであれば、その魔導師の魔力量はかなり低いことになる。

もちろん、自分よりもだ。

「魔力が少なくても世に名を遺した人間は他にもいるです。【精霊年代】に登場するアスティアなどは、魔力量が少ないという欠点をその知識と発想で補い、悪魔や怪物と渡り合ったと言われているです」

アスティアの魔力が少ないというのは、有名な話だ。

アスティアは【宿り木】の騎士フローム、【鈴鳴り】の巫覡（ふげき）シオンと共に【三聖】の一人として伝わっており、幾多の創意工夫で困難を乗り切ったという。

「確かにいまは昔よりも一人当たりの魔力が増えました。体格が大きくなり、生物が種を重ねて成長していくのと同じです。いつかいまの魔力量も、低いと呼ばれる日が来るでしょう。ですので、決して間違えないように。魔力の量も大事ですが、知識と実践はもっと大事です。これを肝に銘じておくように」

メルクリーアは再度男性講師に向き直る。

そして、状況を把握できていない男性講師に無慈悲な通告を行った。

「では査定です、が」

「閣下、それはっ⁉」

男性講師は、メルクリーアが発した査定という言葉に顔を青褪めさせる。

彼の顔を見るだけで、その絶望ぶりが伝わってくるほどだ。

それも当然だろう。あのような指導要綱に反した講義などしていたら、査定に響くのは簡単に想像がつく。

だが、メルクリーアは仏心を見せたのか。

「……普通ならば、査定にかかわるですが、これはあなただけではなく、おそらくは他の講師も似たような考えを持っているはずです。これであなただけ懲戒というのは不公平になるです」

「は、はい！」

「なので今回は不問とするです。今後、指導に関しては徹底するように」

「承知いたしました！」

男性講師はチャンスをもらったおかげか、一縷の希望を見出したように顔を輝かせるが、メルクリーアが睨みを利かせるとぶるりと身を震わせた。

国定魔導師の威圧感だ。講師筆頭として舐められてはいけないためだろう。ここできっちり脅しつけておかないと、今後も今回のように手抜かりがあると踏んでのことだ。

ふと、メルクリーアがこちらに視線を向ける。

そして、何かに気付いたのか。

「そういえばアークス・レイセフト。白銀十字勲章はどうしたですか？」

「え……はい。持っていますが」

「ならなぜ制服の胸に付けていないですか？」

「正装ならまだしも魔法院にまで付けてくるのは威圧的かなと思いまして、付けるのは控えています」

「いいですか？　それは恐れ多くも国王陛下が手ずから下賜されたものです。それを公式の場で外したままというのはよろしくないです。ここ魔法院も公式の場です」

「も、申し訳ありません」

「今後はいつでも、きちんと胸に付けておくです。特に今後殿下に召されて登城する際は必ず付けるように」

「はい。承知いたしました」

メルクリーアとそんな会話をし終えた折、生徒たちがざわめく。

「勲章だって？　どういうことだ？」

「俺たちと同じくらいの歳で勲章なんてもらえるわけ……」

「そういえば、前に貴族の子弟が勲章をもらったって聞いたことがあるぞ」

噴出するのは、驚きや疑問ばかり。他の生徒たちがそう思うのも、無理からぬことか。

この年齢で勲章を授与されるなど、国王シンルも前代未聞のことだと言っていたのだ。

その疑問に答えるように、メルクリーアが発言する。

「アークス・レイセフトの勲章授与は、先般のナダール事変で功績を挙げたからです。王太子殿下の供回りを務めつつ、首級(しゅきゅう)を挙げ、帝国軍魔導師部隊を撃破殲滅。あと二、三手柄を挙げるだけで――いえ、むしろすぐにでも正式に爵位、勲功爵(くんこうしゃく)を与えられる可能性すらあるです」

国定魔導師が断言したからだろう。爵位に関しては盛り過ぎだとは思うが、驚きや疑問の声を上げていた者たちが、いまは固唾を呑んだような表情でこちらを見ている。いくつもの視線に晒され、どことなく面映(おもは)ゆい。

そこで叫び声を上げたのは男性講師だった。

「そんな馬鹿な!?　このような魔力の低い者にそんなことができるなど！　何かの間違いではないのですか!?」

彼をこの発言に至らしめたのは、ただ純粋に話が信じられなかったためだろう。

十五にも満たない少年が戦場で功を上げるなど、話がぶっ飛び過ぎている。

だが、その発言は国定魔導師を前にしてのものとしては、あまりに不用意だったと言わざるを得ない。

メルクリーアの視線が、ひどく剣呑なものへと変化する。

「――いま、間違いと言ったですか？」

「え……？」

「講師。その物言いは、国定魔導師として聞き逃すことができないです。勲章授与の決定を下した国王陛下に見る目がないと、公然と言い放つのと同じです」

「ひっ！」

空気がみしりと軋み始め、近場の建物のガラスが、パキパキと乾いた悲鳴を上げる。

魔力放出を伴わない、強烈な威圧だ。

国定魔導師の力の発露に、生徒までもが青くなる。

これは、以前のギルドでの会議で見せたあの鋼鉄のように厳格な信奉だ。

王家に関連することになると、見過ごすことはできないらしい。

「講師」

「お、お許しを！　どうか！　どうか……！」

「国王陛下が実力のない者を評価することはあり得ないです」

「申し訳ございません！」

講師は、もはや平伏する勢いだ。他の生徒などはみな強力な力の発露のせいで青くなっている。

こういう場面を見せられると、やはり国定魔導師の権威と力の強大さが窺える。

メルクリーアは他の者にも周知するように、一度生徒たちを見回して言う。

「聞くのです。魔力の多い少ないにかかわらず功績を挙げた者については、アークス・レイセフトが良い例です。ナダール事変では独自の魔法によって新型の防性魔法を破ったです。以前私も見たですが、私からも粗削りながらも良い魔法だったと感じたです。去年の国家試験の受験者たちなどよりも彼の方がよっぽど相応しいと思ったくらいです」

そこまで褒められると、さすがに面映ゆすぎて顔から火が出そうになる。

男性講師は再び、「そんなバカな」と言いかけたようだが、やはりメルクリーアのひと睨みで押し黙った。

ともあれ、この状況を見て思うのは。

（この講師、こうなったら二度と出世できないんだろうなぁ）

だろう。誰だってこんな不用意な発言をポンポンする者を出世させたり、推薦したりはしたくない。

ふと、リーシャが近づいてきた。

「あの、兄様？　あの講師の方、やっぱり今後出世はできないのでしょうか……？」

「リーシャもそう思うか？　俺もそう思う。やっちまったよなぁ」

「少し可哀そうな気もしますね」

「そうだなぁ。でもまあこれに関してはあの講師が悪いよ。不用意過ぎる」

いまのは、講師の頭が足りなかったと言うしかない。貴族社会で不用意な発言に気を配るのは常識だ。たった一度の失言でお家取り潰しもないことではないし、男の世界でも、失言をあげつらわれて辞職にまで追い込まれた政治家だっている。

この発言が一体どんな結果を生むのか、しっかりと考えを巡らせなかった講師が悪い。

どこぞのことわざか。己の舌で己の首を斬る、に同じ。愚者の舌は自分の喉を掻き切るくらいに長い。不用意から端を発した舌禍（ぜっか）は、必ず自分に降りかかるという戒めの言葉が思い出される。

恨めしそうに睨まれたのは、正直筋違いだと言いたくなったが。

魔法院での講義の初日、講師から差別にも似た扱いを受けることになった。

これは事前に考えられた事態であったため、特にひどい扱いを受けたような気にはならなかった。

伊達に何年も不遇を託(かこ)っていたわけではない。

もちろん気分的によろしいものではなかったが、この程度であればまだまだ我慢できる範囲である。

とまあ入学早々こんな目に遭ったわけだが、自分の場合は特殊な事例だ。

好き嫌いでのことならばともかく、魔法院でこういった差別は滅多にないし、小説など物語でよくあるように、貴族が平民を見下す構図はこのコミュニティには当てはまらないという。

以前はそういうこともあったようだが、いまでは親の方が、「有能な平民に唾をつけておけ」と言ってよく面倒を見させて、良好な関係を築くよう指示しているらしい。

基本的に魔法院に来ることができる平民は有能だ。〈魔導師ギルド〉職員のお眼鏡に適い、推薦を受け、その後の試験も突破しているほど。

平民にとっても、貴族家とつながりができれば今後の就職に有利ゆえ、なるべくお近づきになれるよう友好的に接する。そのため、よほどおかしい者がいない限りは、貴族と平民でのトラブルが起こることはないようだ。

「平和だよなぁ」

礼儀などの問題もあるが、そちらは必要な教育を施せばいいだけなのだ。

マナーなどもきちんと教えればできるようになるし、お互いに接していれば考え方も変わるだろう。それは当然貴族の方にも言えたことだが。

上級貴族の抱える従士の中にも、平民が採用されていることもある。

金持ちケンカしない。貧乏人を見下すのは貧乏人。

悪党の侯爵だって、部下にしていた傭兵頭に必要以上に偉ぶることはなく、意見もきちんと尊重していた。

平民出の者は魔法院に入るひと月前から、貴族へ対する最低限の礼、講習を受けることになるという。あとは実地だ。貴族の子弟と触れ合うことで、彼らとの距離の取り方を学ぶのだ。

……こういった土壌があるのに、カズィの礼節がきちんとしていないのは、なんなのだろうかとは思うが。

逆に平民だからと言って見下す者は、裏で「人材に困らないボンボンのバカ」というレッテルが貼られることもあるという。

なら魔力が少ない貴族の子弟も見下すなよと思うが、そこは同じ貴族だからだろう。

むしろこの場合、貴族対貴族の方が露骨と言える。

——持つ者は、ときには持たぬ者よりも見下されることがある。

貴族同士ならば同じ括り。比較にもならない者はそもそもそのコミュニティに存在しないのだ。であれば、底辺は持つ者の中でも最も下の者になる。それが、自分にされる差別の正体なのだろう。心理的にもそう。わざわざ遠い者をイジメに行くよりも、近い者の方がずっと手間がかからない。

ともあれそんなこともあったが、クラスでは魔力計測の一件ですでに勲章持ちということが知られたため、その後は嘲笑を浴びせられることもない。

翌日、メルクリーアに言われた通り、制服の胸に勲章を付けてきたのだが。

「あの話、本当だったのか」

「おい、あの勲章見たことあるぞ……！」

「あれって、勲功三等以上じゃなかったらもらえないんじゃなかったか？」

「すげぇ……」

そんな風に、畏敬の念……というよりは奇異の目で見られる方が増えたというところ。

普通に偉い身分だとか、普通に才能があるとかいうのとは少し違うため、接し方がわからず微妙な距離を取られているが。

話しかけてきたのは、ケインくらいのものだ。

「それ、白銀十字勲章だよね？」

「ああ。夢中で動いてたら、こんなのもらうことになってさ」

「……そうか」

「どうしたんだ？」

「いいや、すごいと思ってね」

「……？」

そんな風に、ケインはよくわからない態度のまま、自分のもとを去っていった。

それから、すでに数日。

今回受けるのは、すでに魔法が使える新入生向けの実践講義だ。

『詠唱実践学基礎１』の基礎的な詠唱である。

講義内容は、まず講師が発声法や魔力の込め方のコツなどの講義を行い、その後実践に移って、各自に合わせたアドバイスをしていくというものだそうだ。

詠唱中に舌を噛まないようにする練習や勉強にもなり、むしろ自分にとっては他人がどういう詠唱をするかを観察する機会にもなる。他人の詠唱のクセを知っておけば、今後魔法戦があった場合に役立つこともあるだろうし、改善のために講師が行うアドバイスにも興味がある。

（今後は人に教える機会もあるかもだしな）

魔法院に行く必要はないと冗談で言う者も多いが、学ぶべきことは沢山ある。

ただ魔法を使えるようになる、呪文を作れるようになるだけでは魔法を極めることはできないのだ。

……訓練場に集まったのは、魔法を行使できるレベルの生徒のほかに、非魔導師生と呼ばれる生徒たちもいた。

非魔導師生とはそのまま、魔法院に通う『魔導師ではない』生徒たちのことを指す。

彼ら彼女らは魔法がほとんど使えない。しかし、将来的に魔法の知識を必要とする者たちであるため、こうして魔法院に通い、講義を受講しているわけだ。

魔導師ではないため魔法関連の講義に参加する機会は減るが、そうなると知識が偏るため、他の生徒が魔法を使う場面には積極的に立ち会わせるのだという。

担当の講師が呪文詠唱に関する基本的なポイントを講義したあと。

生徒たちを引き連れて訓練場へ。

そして、

「ではまず、魔導師生と非魔導師生で組を作っていただきます」

組……なぜ組を作るのかよくわからないが、そう言われたら言われた通りにするしかない。

組んでくれそうな生徒を求めて、周囲を見回すが――

（あ、これやばい。ぼっちになるかもしれん）

いまだ友人などもおらず、すでに廃嫡話は広まっている。同じクラスの者からは距離を取られているし、リーシャは別講義に行っているため助けてもらえない。

貴族の子弟たちは基本的に入学前からの友人や知り合いがいるし。

平民出身者は平民出身者同士で組みたがるのが常だ。

だからこそ、誰かに声を掛けられるまで待つという選択肢はない。

そんなものは下り坂の下で物が転がってくるのを待つようなものだ。

そうこうしているうちに、時間だけが過ぎていくだけになるのだから。

だが、こちらから声を掛けようにも、みな声を掛ける前に早々に組を作ってしまう。

周りを見ても、声を掛けやすそうな人間は残っていない。

このままでは、一人ポツンと残ってしまう。

そんな焦燥感に駆られた折。

「アークスさん、ですよね？」

「うん？」

声を掛けてきたのは、一人の少女だった。濃いブルーの髪を、いわゆるふわふわミディアムボブにしており、前髪にはヘアピン程度の目立ちにくい髪留めが一つ、二つ。目はくりくりとして大きく、面立ちは随分と可愛らしい。

あと、余計なことだとは思うが、とある部分が大きい。この年頃になれば発育もそろそろ目に見えてくる頃合いだろうが、それにしてもこの背丈でこれだけ育っているのは驚嘆に値する。近づいてくるだけで圧力があった。柔らかそうなのに重量感があるとはこれいかに。

とまあ、それはともかく。

「なんで俺の名前を？」

「この前の測定のときにいろいろ言われていたので」

「ああ、そうだな。確か同じクラスだったよな」

「はい。私はセツラと言います。もしよかったら私と組みませんか？」

「俺と？」

「ええ」

廃嫡の噂やこの前の一件があっても、こうして声を掛けてくれたのか。

こういう良い子もいるんだなぁということに、感動を覚えていると。

セツラと名乗った少女は、妙に含みのある笑みを見せる。

「――ほら、アークスさん、組んでくれそうな人いなさそうじゃないですか？」

「ぐっ」

「ね？　ぼっちなアークスさんにはちょうどいいですよ？　ほらほらー、どうします？」

セツラはそう言って、にやにやしながら寄ってくる。しかも、どういう思惑なのか。自分の胸を強調しながらだ。先ほどいい奴そうだなと思って感動していた自分を呪ってやりたい。

顔は可愛い。挙動もあざとい。だからこそウザさもやたらと際立った。

となれば、こちらも自衛するほかないわけで。

「いいよ。他に誰か探すから」

「そうですよねー。私しかいないですよね――あれ？　え？　あれ？」

「じゃ、そういうことで」

「い、いえいえいえ！　ちょっと待ってください！　そこは『わかった。組もう』ってなるところじゃないですか！　どうしてそこで諦めちゃうんですか！　諦めたらそこで交渉はお終いですよ！」

「だってウザ……ウザそうだし」

「言い直そうとしたんですからそこきちんと言い直してください！」

「いや、俺って正直者だからさ」

「そんなところで聖人っぷりを発揮しないでください！　それにほら、私ならお買い得ですよ？　他に誰もいなさそうですし、それならちょうどいいじゃないですか？　それに、いまなら何かご奉仕までしちゃうかもしれませんよ？」

「ご奉仕って」

この少女、いまの言葉をサービスの意味で使っているのか。

「あ！　食いつきました？　いま食いつきましたよね？　そうですよねー。私みたいな女の子にこんなこと言われたんですから、当然反応しちゃいますよね。このスケベ」

「……やっぱいい。二度と俺にかかわらないでくれ。さよなら」

「すみませんいまのなしで！　場を和ませるちょっとした冗談じゃないですかやだなーもう」

「いやいい。やめよう。それがお互いのためだから」

「お願いしますお願いしますお願いします私もぼっちなんです！　組んでくださいお願いします！」

セツラは頭を下げて頼み込んでくる。

さすがにそこまでされれば、断るわけにはいかないか。

「わかったよ。最初からそう言えば……」

そう言うと、セツラは一転して急に胸を強調するようにふんぞり返って。

「ふふふ、やはり私のことが必要なんじゃないですかー。でも一回断ったので、ご奉仕はなしですからね？」

ぶん殴ったろかこいつ。

「……っていうか色仕掛けが効かないのが意外です。まさかそっちの気が？　確かに女の子っぽい顔してますけど」

「おいこら！　聞こえてるわ！」

「大丈夫です大丈夫です心の声がほんのちょびっと漏れただけですから」

「どこにも大丈夫な要素ないわ！　心の声は胸の中で後生大事にしまっとけっての！」

そんな風にセツラとぎゃあぎゃあ言い合いつつ、やがて実技が始まった。

まず魔法を使える者が実技を行い、講師からアドバイスをもらって、それから組となった者とのディスカッションに臨むのだという。

「うーん。討論と言っても何を話せばいいんでしょうか」

「そうだな。何話せばいいのかな」

「え？　そこ、魔導師のアークスさんが主導権を取って導いてくれるんじゃないんですか」

「って言っても、今日やるのは基礎の基礎だし」

「では、講師の先生の説明で何か感じたことはないんですか？」

「事前の説明はわかりやすかったな。かみ砕いてあって、まったくその通りだなと思った。誰かに教えるならこの講師の説明を真似したい」

「特に挙げるなら？」

「舌の使い方の話とか？」

「それ、変態っぽいですよ？　むしろ変態です」

「そう思うのはお前の心が汚れてるだけだからだっての」

「そんなことありません。私の心はクロス山脈の雪解け水のように澄んで綺麗で透明な――」

「その言い回し好きなヤツ多いよな。そういうこと言う奴に限って胡散臭いんだよ」

セツラとそんな無駄話をしつつも、横目で魔法が使える者の実技を見る。

今回の実技は、数種類の魔法を計十回行使するというものだ。

しかも、呪文の長さも扱う魔力も少ないというかかなり簡単な部類に入るものばかり。

負担も少なく、魔法行使の技術だけをきちんと見られるため、アドバイスもしやすく、生徒の方も自分の悪い点を自覚しやすいのだろう。

「――《風立ち、風断つ。風雅なるもの。甲高き声に導かれ、斬り裂けよ刃》」

生徒の一人が呪文を唱えるが、魔法は発動しない。

詠唱不全だ。

詠唱に淀みや間違いがなかったため、魔力の込め具合が悪かったのだろう。

魔法院に来てから、詠唱不全がよく目に付く。

そんな風に、魔法の実技が続いた。

「五回成功しました！」

「素晴らしい！」

講師が歓喜の声を上げ、拍手を鳴らす。

その一方で、周りからも驚きの声が上がっている。

（え？　ちょ、これどういうこと？）

確かに上手くいった方だろうが、素晴らしいはないだろう素晴らしいは。

称賛をかけるところを盛大に間違っているとしか思えない。

いや、この講師が褒めて伸ばすタイプということも捨てきれない。成功体験が実力アップに寄与することは科学的にも証明されているのだ。この手法を否定するのは、自分が信じるものにケンカを売ることになるような気もする。

「魔力をもっと淀みなく動かせるようになる必要がありますね。もっともっと突き詰めて練習をした方がいいでしょう」

「はい！」

講師はアドバイスを贈り、生徒は嬉しそうにもといた位置へと戻る。

やる気はかなり高そうだ。講師の称賛が功を奏したのだろう。

……その後も、生徒たちが魔法を行使していくが、やはり詠唱不全を起こさなかった者はいなかった。

舌を噛んで呪文をトチるならまだしも、魔力操作が下手っぴで込める魔力が安定しないのはどうなのかと思うが。

この授業に出ている以上は、魔法が使えるはずなのだが。

どうやら、数回は失敗するのが普通らしい。

隣で実技を見ていたセツラが唸る。

「みなさん、だいたい平均で六回というところですね。すごいです」

「実技試験のときも思ったけど、みんな結構失敗するんだな」

「……？　魔法の行使で詠唱不全が起こるのは当然だと思いますけど、アークスさんはそうではないんですか？」

「俺は呪文をトチらない限りは普通に使えるぞ。それもよっぽど長くて口ずさみにくいやつじゃないのに限るけど」

「え？」

セツラはなぜか不思議そうな顔をしてこちらを見詰めてくる。

「あの、魔力の操作ってすごく難しくないですか？」

「そこを練習積むのが魔導師だろ」

「それは、そうなのかもですけど……」

自身は伯父クレイブの指導に加え、魔力計の存在もあるし、なにより錬魔力を練る作業もしているので、魔力操作に関してはピカイチなのだ。

生徒のほとんどは、魔力の操作が覚束(おぼつか)なくて失敗している。だが、だからこそ講師はこういった授業に重きを置いているのだろう。

その後、講師からされる改善方法の説明もわかりやすい。ここはさすが魔法院の講師だと言えよう。

やがて、自分の番が回ってくる。

「では、アークス生徒。魔法を行使してください」

「はい」

講師の指示を受け、指定された魔法を使用していく。

《――燃ゆる魂魄。奥津城を漂う。ゆらりゆらり。揺らめき仄めく。誘うはガウンの灯火。迷い出では殺到せよ。ほむらの群舞》

――【鬼火舞（ソウルイグニス）】

《――丘の増水。流れる送水。満ち引き押し寄せ、どこもかしこも水浸し。波よその上あごをもって、食らって飲み込め》

――【陸波濤（ウェーブロウ）】

《――涸（から）びる渦巻。小さな狂奔（きょうほん）。風立ち風断つ、風雅なるもの。甲高き声に導かれ、斬り裂けよ刃》

――【切旋風（カッターウインド）】

《――大地の大腕。剣を持たず。槍を持たず。意思を示すはその手のみ。乱を起こせし者はいまその拳を突き上げよ》

――【大地拳(ランドアッパー)】

なんということはない。

テキストに書かれている魔法の成語、単語に必要な魔力量はすでに把握しているし、なんならテキストに書かれた魔法に必要な魔力量を割り出したのも自分なのだ。

呪文が多い魔法も一発成功。

課題をすべて完璧に成功させたことで、講師も目をまん丸くしていた。

「どうでしょうか？」

「い、いいえ、さすがは入学試験の首席ですね……完璧でした。お見事です。私から言うことは特にないでしょう」

どうやらこの講師は、前のあの講師とは違うらしい。というかあんなのばっかりだったら嫌すぎるし、教育の仕方に疑問を抱かずにはいられないか。

ふと、講師が苦笑いを浮かべる。

「これでは私の講義が役に立ったとは言えませんね」

「いえ、そんなことはありません。特に説明はわかりやすかったですし、舌の口内への収め方などはとても勉強になりました。今後意識してやってみます」

「え、あ、はあ」

今回、まだまだ覚えることが多いのだと、改めて知ることができた。

それだけでも、大きな収穫だ。

井の中の蛙（かわず）にはなるまい。そう改めて思えるような内容だったように思う。

もといた位置に戻る際、ケインが声を掛けてきた。

「すごいね。全部成功だ」

「一応これくらいはできないとさ」

「そうか……うん。魔力が少ないのが本当に勿体ないと思うよ」

「む……」

一瞬、嫌みか……とも思ったが、別段そういった雰囲気ではない。どうやらナチュラルに同情しているようだ。

瞳に少しだけ憐みのようなものが見て取れるのが、その証拠だろう。

「……そうだな。でも、魔法は魔力の多さだけが能じゃない」

「詠唱の技術や魔力操作の正確さ、か。そうかもね……うん、僕も負けないよ」

去り際、ケインにそんなことを言われた。

首席の件もそうだが、先ほどの魔法行使で、ライバル認定されてしまったのかもしれない。もしかしたら、以前の時点でそうだったのかもしれないが。

ケインが前に出ると、講師が少し思い悩んだような態度を見せ、口を開く。

「ケイン生徒ですね……では、あなたには私から追加で課題を出しましょう」

それを聞いて、おっと、と思う。ケインだけ、ちょっと別扱いするらしい。

「あなたが使える中で、強いと思う魔法を十種、ここで使ってみせなさい」

「はい」

ケインは講師の言葉に頷くと、さながら内燃機関を一度吹かすかのように、体内の魔力を一気に高める。

余剰魔力が空気や塵を吹き飛ばし、やがて安定。

ケインが呪文を唱え始め、それまで課題で出されていた魔法とは違う魔法を唱えていく。

選んだ呪文は、先ほど課題で出されたものよりも難しいものだ。しかし、テキストに載っているようなスタンダードなものでもある。

詠唱の際、呪文の構成を変えて効率よく調整することもしていない。

いや、しなくても構わないのだ。魔力が大量にあるため、自身のようにそういった改良をする必要がないのだ。

ケインが、魔法の行使を終える。

「それでも成功が八つですか。さすがはケイン生徒ですね……」

講師はケインのことを、畏敬を含んだまなざしで見据えている。

「本当ならすべて成功させたかったのですが……」

「いえ、強力な呪文ほど詠唱難度が上がるものです。そのうえで八つも成功させたのは、素晴らしいと思いますよ。もちろん、私から言うことはありません」

「ありがとうございます」

そしてようやく、非魔導師生とのディスカッションに移ったのだが。

「それでセツラさん、何か言うことは？」

「ないです。あるわけないです。むしろどうして全部成功できたのか知りたいです。コツとかあるんですか？」

「うーん。理由は一点に尽きるんだろうけど、それは話せないしなぁ」

「えー！　それじゃ意味ないじゃないですかー！」

「というかそもそも魔導師の秘密は教えないのが普通だろ」

「あー、それもそうですよね……」

セツラは特に食い下がらずに、引き下がった。

魔力操作をずっとやってきたのもそうだが、やはり魔力計の存在が大きい。あれがあって魔力操作が精密になったのだ。

国軍の魔導師部隊の詠唱不全が減った理由が、改めてよくわかった。

講義が終わったあとの、余り時間のこと。

「ケイン・ラズラエル！」

ふいにどこからか、そんな声が上がった。

乱暴に呼びつけるような声音だ。敵意剥き出しなのが丸わかりである。

しかして、その声には聞き覚えがあった。

そう、入学初日に順位のことで話をした伯爵家の少年のものだ。

名前は確か、オーレル。オーレル・マーク。

振り返ると、オーレルの前にケインが歩み出ていたところだった。

「オーレル様、どうかなさいましたか？」

「ケイン、俺と勝負しろ！」

「……えーっと、またですか」

オーレルの無茶ぶりに、ケインは困ったように苦笑している。

ふと、セツラと反対隣にいた貴族の生徒が「またか」とぼやき始めた。

どことなく疲れた顔の少年だ。顔立ちは年齢相応に若々しいが、まるで仕事に疲れた中年男性ばかりのオーラを醸し出しているため、なんだか何とも言えない感じに見える。

どうやら事情を知っていそうなので、話を聞いてみると。

「オーレル様。ああしてよくケインに突っかかってるんだよ」

「そうなのか？」

「ああ、二人は同じ南部の貴族でさ。だからなのか、オーレル様はケインのこと敵視……っていうの？　そんな感じでな」

要するにオーレルは、ケインのことをライバル視しているのだろう。

「〈石秋会〉の実技でもよく衝突してさ」

「結果は？」

「決まってるだろ？　いつも、オーレル様の負けだよ。いくら伯爵家の子弟でも、魔法の実力じゃケインに勝てるわけないって」

「ふーん」

そんな話をしている間に、訓練場の端に人だかりの輪ができて簡易の試合会場となった。

勝負の内容は先ほどの授業内容に準じて、成功した魔法の数を競うものになったらしく、二人ともすぐに魔法を使い始める。

使用する魔法は自由らしいが、二人とも意地があるのか、簡単な魔法は使わない。

行使が難しい魔法。

魔力消費が多い魔法。

見ていると、オーレルの額に汗が浮かび始める。

その一方でケインは先ほどの実技であれだけ魔力を消費したのに、オーレルとの魔法勝負でも余裕らしい。

先ほど講義のときに使った魔法と同じくらい消費する魔法を使い続けている。

時折ケインも詠唱不全を起こしてしまうが、それはオーレルよりも高度な魔法を使っているため起こるものだ。

……しかして、実力は歴然だった。

オーレルはケインの使った魔法よりも程度の低い魔法で、同じ数を失敗してしまった。

「くっ……」

「オーレル様。僕の勝ちで構わないですね？」

「きょ、今日は調子が悪かっただけだ！　次はこうはいかないからな！」

なんというか、月並みな台詞だ。二人の関係を教えてくれた隣の生徒も「毎度のことだ」と言って肩をすくめている。

オーレルが悔しそうにしている一方、ケインはと言えばまだまだ余裕そうだ。強敵と争ったというような、魔力が少なくなったときに現れる疲れもまったく見られない。

「魔力の量か……」

使用魔力の多い魔法の行使を見たときに、よく思い知らされる。

自分とは、歴然とした差があるのだと。

小細工では埋められない事実だ。もし自分がいまの二人の立場となった場合、どうなるか。純粋な魔力勝負になれば、勝ち目はないだろう。先に魔力が尽きれば、詠唱の腕前を競うこともできず、お話にもならないだろう。

いずれ、彼らの魔法行使の練度も上がるだろう。

そうなったとき、もし自分の前に立ちはだかったらどうなるか。

それを考えずにはいられなかった。

鬼火舞

ソウルイグニス

火炎発生系攻性魔法。鬼火のような青白い炎を複数発生させ、対象を焼き尽くす魔法。基礎的な攻性魔法の一つだが、使用者の実力を確かめるために使われるものであり、もっぱら戦闘では使用されなくなっている。呪文は《――燃ゆる魂魄。奥津城を漂う。ゆらりゆらり。揺らめき仄めく。誘うはガウンの灯火。迷い出でては殺到せよ。ほむらの群舞》。

陸波濤

ウェーブロウ

水撃発生型攻性魔法。小規模な鉄砲水を発生させ、対象を攻撃する。基礎的な攻性魔法の一つだが、使用者の実力を確かめるために使われるものであり、もっぱら戦闘では使用されなくなっている。呪文は《――丘の増水。流れる送水。満ち引き押し寄せ、どこもかしこも水浸し。波よその上あごをもって、食らって飲み込め》。

切旋風

カッターウィンド

旋風発生型攻性魔法。つむじ風を発生させて、対象を切り裂く魔法。基礎的な攻性魔法の一つだが、使用者の実力を確かめるために使われるものであり、もっぱら戦闘では使用されなくなっている。呪文は《――涸(か)らびる渦巻。小さな狂奔。風立ち風断つ、風雅なるもの。甲高き声に導かれ、斬り裂けよ刃》。

大地拳

ランドアッパー

大地隆起型攻性魔法。大地を隆起させて相手をしたから突き上げる魔法。魔法の見た目は術者のイメージのよって変化し、そのまま無造作に隆起させるものや、手の形だったりするものなど、意外と多彩な面を持つ。基礎的な攻性魔法の一つだが、使用者の実力を確かめるために使われるものであり、もっぱら戦闘では使用されなくなっている。呪文は《――大地の大腕。剣を持たず。槍を持たず。意思を示すはその手のみ。乱を起こせし者はいまその拳を突き上げよ》。

第三章

「クローディアとの決闘」

Chapter3 ∽ The Duel

魔法院にて。

いまアークスの隣には、伯爵家令嬢、シャーロット・クレメリアが付き添っている。

この日アークスは、シャーロットに魔法院の案内をしてもらっている最中だった。

登院初日にも魔法院の案内と称され建物内部や敷地を歩きに歩かされたが、細部まで詳しくというわけではなかったし、設備を使用するに当たっては生徒間のルールも存在する。

そのためこの日、先輩である彼女に改めて案内してもらうということになったのだ。

スウを探してもここ最近はその姿を見ず、どこかに雲隠れといった有様。

リーシャも誘ったのだが、彼女は他の貴族の子女と話すことがあるというので辞退した。

というわけで、いまは二人で中庭のある回廊を歩いていた。

ミルクティーカラーの長髪をお嬢様結びにした少女。所作はしとやかで優雅を貫き、まるで紀言書に語られる【窓際に腰掛ける美女（ジャクリーン）】がそのまま飛び出してきたかのよう。背もすらりとしており、魔法院の制服を良く着こなしている。武家の人間として剣術を嗜むが、その反面女性的な丸みにも富んでおり、最近ではそれが良く目立ってきたという印象だ。

特に母性的な部分の主張の激しさは、抜きんでているだろう。

背丈はいまだ自分よりも高く、彼女と並ぶまでもう少し時間を要すると言ったところ。

「シャーロットも、魔法の講義に顔を出すんだな」

「ええ。非魔導師生でも、受講は必須だから」

軍家貴族の子弟というのは、将来戦に赴く可能性も高く、それにあたって自軍に魔導師を抱えることや、敵魔導師と直接戦うこともある。そのため、たとえ魔導師でなくとも、ここで魔法に対する知識をある程度学ぶことはある意味暗黙の了解にもなっていた。

シャーロットもその内の一人。この世界では才覚があれば女性でも戦場に立つため、クレメリア家では通わせることにしたのだろう。

これも教養の範囲内……ということもあり得るが。

「確か体術とかの講義もあるって聞いたけど？」

「ええ。そちらの講師陣もいい腕の方が揃っているわ」

「へぇ……」

シャーロットがそう言うのなら、間違いないだろう。魔力がなくなったあとも戦い続けられるよう、体術や剣術は受講してもいいかもしれない。

そんな風に、魔法院の説明を受けながら回廊を歩いていると、噴水を挟んで向こう側に変わった集団がいるのが目に付いた。

ひとかたまりを成すのは十人にも満たないが、どうやらみな一人の少女に付き従っているらしい。

その少女の身なりの良さは、かなりのもの。

おそらく周りの者は、彼女の取り巻きなのだろうと思われる。

中心にいるのは、輝くような金髪をシニヨンへアーにした少女だ。シャーロットのように楚々とした所作をベースとしながらも、上級貴族のお嬢様特有の落ち着き払った雰囲気が端々からにじみ出ている。

成長期真っ盛りなのか、出ているところは出ていて、引っ込んでいるところは引っ込んでいるといった体形。そのせいか、白の制服にある程度改造を施しているらしい。

取り巻きと話しながら穏やかな笑みを浮かべている。

すると、シャーロットが警戒を促すように、注意点をささやく。

「アークスくんも覚えておいた方がいいわ。あれが、魔法院を牛耳る女帝よ」

「じょ、女帝？」

「ええ。サイファイス公爵家長女、クローディア・サイファイス様」

サイファイス公爵家は四公の内の一つであり、スウの家と同格だ。

発表パーティーでは終ぞお目にかかることができなかった家の一つでもある。

先ほどシャーロットは彼女のことを〈女帝〉と評したが、取り巻きたちに振りまいている笑みからは、そんな言葉に追随するような傲岸さなどまったく想像がつかない。

「見たところ、おしとやかそうなお嬢様にしか見えないけどな」

「見た目はそうね。見た目は」

「シャーロットみたいに？」

「ええ…………って、それ、どういう意味かしら？」

「いえ、別に他意はナイデスヨ。——ひょ、ほっぺはやめへくれっ、やめへっ、ふぎっ」

「あら？　柔らかいわ。スウシーア様がお気に入りにするのもわかるわね」

ちょっとした軽口の代償に、頬っぺたの肉を十分堪能されたあと。

「……アークスくんは、サイファイス家は王国でなんの役目を与えられているか、知っていて？」

「ん？　ああ。確か、代々魔法院の院長を務めているんだったよな？」

「ええ。もともとは敷地で魔法を教えていた私塾が始まりだったけど、現在は紆余曲折を経て現在の国が管理する形になったと言われているわ。けど」

「権力はいまだ絶大、と」

「そう。だから次期当主である彼女も、魔法院の運営にかかわったり、取り巻きたちを引き連れてあして見回ったりしているの」

要するに、生徒会長みたいなものなのだろう。

その後の彼女の話を聞くに、どうやらクローディアは講師と生徒の橋渡し的な役目も担っているのだとか。いち生徒にもかかわらず権力を持っていると聞いて一瞬怪訝(けげん)に思ったが、別に好き放題振る舞っているわけではないらしい。

「私たち、非魔導師生のことも何かと気にかけてくれるし、卒業したらそのまま魔法院に居着くんじゃないかしらね」

「尊敬されてるんだな」

「うん……大抵はそうね」

「というと？　何か難ありなのか？」

「別に無体を働いているわけではないから。ただ……」

「ただ？」

「一度でも彼女に逆らうと、自分に従わせて取り巻きにするのよ」

「うん……うん？　なんだそれ？」

「だからよく他の生徒に勝負を吹っ掛けて、騒ぎになってることがあるわ。いまじゃクローディア様の決闘騒ぎは魔法院の新しい名物みたいなものよ」

「いやすっごい無体っぽく聞こえるんだが……要するに、敵対している奴を取り込みにかかってるんだな？　ナチュラルに政治してるとはさすが貴族」

「……アークスくんも貴族でしょ？」

「って言っても廃嫡されてるものですから」

「あなたはときどき貴族らしくないことを言うわね。どうしてかしら？」

「ほんとどうしてなんでしょうね」

そんな風にのらりくらりとはぐらかすと、胡乱な視線が向けられた。

自分の存在自体胡乱なものなのだから、こちらは苦笑するしかないのだが。

それはともかく。

「でも、だからあんなにわらわら取り巻きがいるのか」

「そうみたいね。見たところ嫌々じゃなさそう……っていうより、自ら進んでみたいなところも強いみたいだけど」

「相手が公爵家だからなぁ。他の貴族家にとってはいいことしかないだろうなぁ」

彼女の覚えがいいだけでも儲けものだ。もし彼女が次の院長になれば、魔法院に就職することだって夢ではないのだから。

「アークスくんもあの取り巻きの中に入りたい？」

「遠慮します。上級貴族のお知り合いはもうお腹いっぱいですので」

「そんなこと言って、偉くなったらそういうお知り合いもどんどん増えるんじゃない？」

「死ぬほどめんどくさそう」

げっそりとした息を吐き出す。

シャーロットとそんな話をしていると、ふと彼女が何かに気付いた。

「あら？　こっちに来るようね」

「ええ!?　いまの話聞いたばかりで心の準備ができてない！」

一団の足がこちらを向いていることで、狼狽(うろた)えてわたわた。

クローディアは方向転換など知らぬというように、真っ直ぐこちらに向かっている。

何か用があるのか。いや、おそらくお目当てはシャーロットだろう。

家格に差はあるが、同じ上級貴族の子女であるため、挨拶をしに来たのだと思われる。

学園内であるため礼は最小限でよく、跪かなくても構わない。

クローディアの口からお嬢様言葉が飛び出した。

「ごきげんようシャーロットさん。本日はお日柄もよろしいようで」

「ご機嫌麗しゅうございます。クローディア様。本日も院内の見回りでしょうか？」

「ええ、新入生も入ってきましたし、良い機会ですので様子を見ておこうと思いまして。こうして院内の状況を把握しておくのも、わたくしの務めですから」

クローディアは落ち着いた様子で応対している。

先ほど聞いたような気性の荒さはまったく感じられない。

黙っていなくても、おしとやかな貴族の令嬢としか思えないが、どういうことなのか。

「あら、そちらのお可愛らしい方は……？」

（ふぐぅっ!!）

クローディアの発した何気ない言葉が、心臓にぐさりと刺さる。

ときに舌は世のあらゆる刀剣よりも鋭い切れ味を誇ると言うが、いまのはまさにそれが発揮された状況だろう。いや、事故で刺さったと言うべきかもしれないが形のない衝撃にぐらりと身体を揺らすも、踏みとどまって礼を執り、シャーロットが紹介してくれるのを待つ。

「こちらは私のこ……友人のアークス・レイセフトです」

「アークス・レイセフトと申します」

「クローディア・サイファイスですわ。レイセフトとは、確か同じ東部の、でしたか？」

「はい。そのこともありまして、こうして案内をしていたのです」

ふいに取り巻きの一人が、書類をめくり、書かれた情報を読み上げる。

「アークス・レイセフト。魔導師生で入学試験の首席ですが、魔力量は２０００にも満たないですね」

「２０００以下……貴族であるにもかかわらず、随分と低いのですね」

読み上げた内容を聞いて、クローディアは顔をしかめる。

初対面でそれを指摘するのはいきなりだが、相手は国内の貴族の最上位級に位置している。軽々に反論するわけにもいかない。

「確かに私の魔力は微々たるものではございますが、ここで多くを学び、今後に活かしたいと思います」

「アークスと言いましたね？　魔法院に通う者は質の高い者でなければなりません。そうではなくて？」

「……は」

「魔法院は、王国でも最高峰の学府。誰でも分別なく迎え入れては、その権威も堕落しましょう。魔法院の名が国内外に轟いている以上は、その名誉は守られなければなりません」

嫌な流れだ。このあとに何を言われるのか、容易に想像がつく。

「私も、クローディア様のおっしゃる通りかと存じます」

「そうお思いでしたら、魔法院から去りなさい。魔導に携わる貴族の一員であるにもかかわらず、魔力が低いなど話になりません。あなたは魔法院に相応しくありません」

やはりそんな話になるか。話の流れで、すでに予想はできていた。

シャーロットがくちばしを容れる。

「クローディア様。お言葉ですが、いくらなんでもそれは言い過ぎかと存じます。確かに彼の魔力は低い方だと存じますが、入学試験で首席を取ったという事実は評価して然るべきではないでしょうか」

「入学試験の結果は、今後の勉強次第でいくらでも覆ります。それにシャーロットさん？　これは彼が貴族であるからこそのものなのです。上に立つ者が劣るものでは、恥を晒しましょう。魔力が軍家貴族の平均以下では、周りに示しがつきません」

……ある意味これは、魔力計が出回った弊害でもある。魔力の量が数値化され、はっきりしたせいで差が明確になったのだ。

というか個人情報の暴露はやめろと言いたい。というかどうやってそんな情報を手に入れたのか、管理ガバガバすぎる。今度メルクリーアとの打ち合わせがあったとき、懸念点として報告しなければならないか。

しかし、まずい流れだ。

と、思ったそのときだ。

「ただ、その代わりと言ってはなんですが。今後のことはわたくしが面倒を見てあげましょう。魔法院の試験に合格したということは相応の力があるということ。難しい役目も務まることでしょう」

「へ……？」

「ですから……そうですね。見習いからにはなりますが、院の事務や高級な役所の係員などいかがでして？　もし望むなら、サイファイス家で雇っても構いませんよ。そちらは別途試験が必要ですが」

話が急転した。

追い出す話から突然、就職先の斡旋話になっている。

むしろ、安定した今後を望むなら、そっちの方が格段に条件がいいまであるくらいだ。

一瞬何を言われていたのか忘れてしまうくらいには好条件ではないか。

取り巻きたちも、「さすがはクローディア様」「見事な采配です」などと言っている。

一方でこちらは、シャーロットと共にぽかんとしきり。

……つまりこれは、単に気に入らないから追い出そうというのではなく、適材適所に振り分けようという彼女なりの考えなのだろう。

おかしなところでリーダーシップめいたものを発揮されたわけだが、それはそれで困る。

「クローディア様。ひとかたならぬお申し出なれど、私には身に過ぎたもの。お断りさせていただきたく存じます」

「……わたくしの提案を断ると？」

「はい。今後も魔法院で、より良い学びを受けたいと思っております」

そう、これは断固として譲れない。国定魔導師を目指す以上、魔法院の卒業というアドバンテージは捨てられないからだ。

そうでなくても魔力量が低いという大きなハンデがあるのだ。放り捨てることはできない。

「アークス・レイセフト。わたくしはいましがた、相応しくないと言ったばかりですが、理解できなかったのでしょうか？」

「いえ。ですが魔力量の差は学ぶことにより覆すことができると存じます」

クローディアは眉間にしわを寄せる。まるで聞き分けのよくない子供を相手にしているかのような態度だ。

これは困った。ひどく困った。

シャーロットが再度抗議を入れる。

「クローディア様。クローディア様も同じ魔法院の生徒。いち生徒に退学を勧告するのはいささか過分なのではと存じますが」

「わたくしにはサイファイス家の次期当主として魔法院の名誉を、ひいては王国の名誉を守るために動かなければなりません。これもその一環です」

「それは、そうかもしれませんが……」

シャーロットがいくら伯爵家令嬢でも、さすがに公爵家の令嬢には強くは言い出せない。

まさか、彼女の一声で本当に辞めさせられるとは思わないが、相手は公爵家の人間だ。家は並々ならぬ権力を持っているため、絶対にあり得ないということはない。

さてどうやって切り抜けようか、そんなことを考えていた折。

「――あら？　これはクローディア様ではありませんか？」

困った状況の中、ふいにそんな声が掛かる。

清楚という言葉が似つかわしい語調で、シャーロットやクローディアの言葉遣いと比しても遜色ない。

しかし、その声音は随分と聞き覚えがあった。

振り向くとそこには――

「これは、スウシーア様」

スウシーア……スウだ。

よく櫛が通された長い黒髪にはシニヨンが二つと髪飾りが添えられ、どこか中華風を思わせる髪型。手入れが行き届いた健康的な色味の肌。長いまつ毛に、翡翠の輝きが散った瑠璃の瞳。普段は快活さにぱっちりと開かれ、ときにはひどく剣呑に細まるそれは、いまは伏せられたまま。

身体つきの女らしさも、シャーロットに負けず劣らずだ。

最近はいろいろと目に毒で、ついつい意識してしまうほど。

白の制服に身を包み、腰元には本白檀製の雅な扇子が差し込まれている。

だが、いまはなんというか、いつもと全然違う。やたらと物静かそうで、楚々としており、猫を三枚重ねで被っているのかと思うくらいに別人だ。一瞬、幻覚でも見ているのかと目をこすって、幻惑系統の助性魔法が使われていないかどうか確認したほど。一瞬頭上に見えた猫のぬいぐるみ三兄弟もいまはまぼろし。いつも見る彼女とあまりに乖離しているせいで、胡乱なまなざしが止められない。

めまいがする。

ぐるぐる。

「皆さんお揃いで一体どうしたのかしら？　あら？　シャーロットさんもいらしたのですね」

「スウシーア様。ごきげん麗しゅうございます」

「ええ、ごきげんよう。随分と剣呑そうにしていましたけど、一体なんのお話をしていたのかしら？」

やわらかな笑顔を見せ、お嬢様言葉で会話している。

いや、自分との会話が特殊な事例なだけであって、魔法院で彼女と知り合った者にとってはこれが普通なのだろう。

「そこにいるアークス・レイセフトに関して、話をしていたのですわ」

「あら、彼がどうかされたのですか？」

「なんでも、魔力の量が軍家貴族の平均以下だと。それで、この魔法院には相応しくないと、そう申したのです」

「もしや彼に自主的に退学しろとでもおっしゃったのですか？　それはあまりに行き過ぎたことではありませんか？」

「ここは栄えある魔法院です。ここで学ぶ者は、一定の実力を有する必要があります」

すると、スウはクローディアにさも心配そうなまなざしを向ける。

その憐憫の情に気付いたのか、クローディアは片眉を持ち上げた。

「……スウシーア様、何か？」

「クローディア様。最近は根を詰めすぎなのではありませんか？　どうやらひどくお疲れのご様子」

「スウシーア様。わたくしはいささかの疲労もございません」

「そうでしょうか？　普段は細やかなことにも気が付くクローディア様が、いまは随分と目端が利いていないのではないでしょうか？」

「……何をおっしゃりたいのでしょう？　教えていただけませんこと？」

「そうでしょう。彼の、特に左胸辺りにはまったく目が行き届いていないのでは？」

「左胸？　――っ⁉」

自身の胸元を見たクローディアが、顔に驚愕を張り付ける。

そう、いま自分の左胸には、国王シンルから下賜された勲章が銀色に輝いているのだから。

スウは落ち着いた声音から一転して、声に鋭さを含ませる。

「クローディア様。軍家に連なる貴族の子弟であるなら、勲章の種類も知っていなければならないはず。その銀の輝きが一体どういうものなのか、クローディア様も存じ上げているなら――そうですね。やはりお疲れなのでしょう」

「白銀、十字勲章……」

「ここにいるアークス・レイセフトは恐れ多くも王太子殿下の初陣に随行し、供回りとして多大な活躍をなされた方です。勲章も国王陛下御自ら下賜されました。それを王家の臣たる我らが、国王陛下を差し置いて無才だなんだと言うのはいかがなものでしょう。そして、いまだ子弟でしかない我らは、それを論ずるに値するでしょうか？」

スウの連弩さながらの指摘に対し、クローディアは一瞬表情を固くさせるも、すぐに平静を取り戻す。

「っ、この者に一定の実力があるのはわたくしも認めましょう。ですが、ここは魔法の才を育み伸ばす学びの園。魔導師生が魔力に乏しいのは外聞が悪いと思いませんこと？」

「この勲章は陛下が彼の魔法の腕も評価してお贈りになったものと聞き及んでおりますが？」

「ですからわたくしは魔力の量を言って」

「クローディア様。私は常々、魔導師が魔力の量だけで、その優劣を論じられるものではないと思っています。論じられるべきは、言葉に関しての知識。つまり識格ではないでしょうか？」

「……一理ありますが、魔導師の華はやはり魔力の多さだと考えますわ」

するとスウは、腰に差していた扇子を抜いて、ぱっと開く。

そしてそれを使って、これ見よがしに嘲りの笑顔を隠しながら。

「あら、さすがはクローディア様。魔力量が院内で二位なだけありますね」

「……っ」

クローディアの顔に、はっきりと苛立ちの色が現れる。

スウはおそらく魔法院一の魔力量を誇るだろう。しかも、二年では断トツの成績を修め、文句なしの首席。魔法院で最強の生徒が誰かという話になれば、彼女の名前が真っ先に挙がるのは間違いないはずだ。

「魔導師が最も尊ばなければならないのは、魔力量か識格か。いち生徒でしかない私とクローディア様がそれを論じても不毛でしょう――ですので、そこのあなた」

「は、え？　わ、私でしょうか？」

「ええ。すぐにストリング講師を呼んできてくださらない？」

「す、ストリング閣下を、ですか？」

「我らで論じるのが適切でないのなら、判断していただくのに相応しい方にお越し頂いた方が建設的でしょう。ああ、クローディア様がストリング講師では不相応とおっしゃるのでしたら、院長閣下をお呼びしても構いませんよ？　ここ魔法院の長であり、クローディア様のお爺さまでありますね。きっと良いご判断をいただけると思います」

「っ、その段には及びませんわ」

「そうですね。きっと院長閣下は、問題ないとおっしゃっていただけるでしょうから」

当然だ。試験で合格したのにもかかわらず、やっぱりダメでしたなんて手のひら返しをしたら、それこそ魔法院の権威が地の底まで堕するというもの。

「シャーロットさんも、そうお思いになりません？」

「はい。スウシーア様。私もアークスくんの魔法に助けられたことがありますので、その才は存じ上げていますわ」

「でしょう。彼の友人として、次の勲章を得るのが楽しみでなりません」

突然、そんな台詞がぶちこまれる。

こちらの関知しないところで、ハードルを上げられてしまった。

というか、この口調のやり取りを聞いていると背中に虫でも這っているような感覚がする。きっつい。ちょうきっつい。悲鳴をひたすら我慢している自分をいますぐ誰か褒めて欲しい。

いますぐここから逃げ出したい。なりふり構わず逃げ出したい。リーシャ助けて。そう本気で叫びたかった。

一方でクローディアは反論できず、奥歯を噛み締めている。

そんな彼女に、スウは優しい微笑みを向けた。

「クローディア様。私は彼を庇っているだけではないのですよ？　クローディア様のことも案じているのです」

「っ、いまさらではなくて？　聞こえましたが？」

「あら、そう聞こえてしまったのなら、申し訳ありません。以後気を付けましょう」

スウは素直に謝罪する。本当にやり口が上手いとしか言いようがない。

「……わかりましたわ。ここは引きましょう。ですが、武官貴族の魔導師にとって、魔力量は絶対のもの。わたくしは認めたわけではありません」

「それについても、いずれクローディア様と論ずることができる機会を楽しみにしています」

スウの笑顔の追撃に、クローディアの肩が強張る。もし同格でなければ、このまま飛び掛かってしまいそうな勢いだ。

……当然そんなことをしたら、返り討ち確定だろうが。

こちらに向けられたクローディアの視線が怖い。どうやら、いまので完全に目を付けられてしまったらしい。

クローディアは静かに「ごきげんよう」と言葉を残し、取り巻きたちと共にその場から去っていった。

クローディアが見えなくなった折、ほうっと胸を撫でおろす。

「にしても怖ぇ会話」

スウが舞台に上がってからは、最初から最後まで彼女が会話の主導権を握っていた。

しかも正論の嫌みまでチクチク織り交ぜての口撃だ。

険悪ムードで背筋が凍る。ブリザードを超えてもはや氷河時代の幕開けのように思えたほどだ。

すると、スウはいつも通りの調子で、

「上流の会話なんてこんなものだよ？　笑顔の皮を被って、嫌みの言い合いなんだから。もっと化かし合いに長けた人間だっていっぱいいいるしね」

「スウシーア様、勉強になります」

「ううん。さっきは援護ありがとう」

スウとシャーロットはそう言って、笑顔を見せ合う。

そんなやり取りを見ていると、少しは心が落ち着いた。

それもそうだが、気になることがある。

「でもどうして、クローディア様はあんなことを言い出したんだろうな？」

いくら代々院長を務める家系の者とはいえ、自主退学の勧告まで行うのは横暴に過ぎる。

ルールに則った入学なのにもかかわらず、なぜ魔法院の権威にまで言及することになったかは疑問だった。

　すると、シャーロットが答える。

「私もよくわからないけど、クローディア様、最近なんだか焦っているように感じられるわね」

「そうなのか？」

「私の見た限りではあるけれど。スウシーア様はどうお考えになりますか？」

「私はそんなに顔を合わせるわけじゃないから、細かなところはわからないかな。でも、最近は意欲的に動いているとは思うよ？」

「ふむふむ」

「ある程度は予想できるけどね。ご両親はすでにお隠れになっていて、院長閣下はもうご高齢。そうなると、跡取りであるクローディア様には重圧がかかる……周りからの期待で一層頑張らなくちゃって思ってるんだと思うよ」

　スウはそこで一度区切って、

「空回りしてるわけじゃないのが救いかな。それだけやることはきっちりしてるってことだけど」

「仕事ができて、ちゃんとしてる分、今回の件は特に厄介ってことか」

「そうだね。絶対にこれっきりにはならないと思うよ」

「うへぇ」

「アークスくん、お気の毒様ね……」

　まったくだった。どうしてこんな風に厄介事ばかりが飛び込んでくるのかと思う。

　飛び込んでくるなら、幸運か開発に関するひらめきか、あとはお金だけにして欲しい。

ともあれ、

「スウ、助かったよ。ありがとう」

「別にお礼なんていいよ。毎日私にプリンを献上してくれれば」

「こんなときにもふっかけてくるとかホント抜け目ないよな」

満面の笑みで繰り出される彼女の言葉に、半ば呆れていると、ふとシャーロットに訊ねられる。

「アークスくん、そのプリンっていうのは何かしら？」

「ん？　ああ、この前作ったお菓子のことだよ」

シャーロットにプリンの説明をすると、なぜかスウがむくれ始める。

「……むっ。どうして私のときは隠そうとしたのに、シャーロットさんのときは素直に言うのかな？」

「え？　そりゃ……」

答えに詰まっていると、すかさずシャーロットが笑顔を見せ、くっついてくる。

「スウシーア様。それだけアークスくんが私を信頼してくれているということではないかと。ね？　アークスくん。そうよね？」

「え、いや、まあ、信頼しているのは間違いないけど」

間違いないが、なぜいまそれを強調してくるのか。

「……ふーん。そっか。そうなんだ。ふーん」

スウの表情が、にわかに険しくなる。

だが、それはこちらを責めるものではなく、シャーロットの方に向けられていた。

スウとシャーロットの視線がカチ合う。

二人の後ろから、ゴゴゴゴゴゴという地響きが聞こえてきそうだ。

正味さっきよりも危険になった気がしないでもなかった。

どうしてお菓子の話だけでこんなことになってしまうのか。

かくなるうえは、だ。

「あ！　そうだ！　俺はこのあと大事な講義があるんだった……じゃ！」

「アークス～？」

「アークスくん？」

「う、うわぁあああああああ!!」

笑顔で迫ってくる二人が、やけに怖かったのは言うまでもない。


教室内で、次の講義の時間まで待機していた折のこと。

同じ教室にいる誰かを、もてはやし、褒めそやす声が聞こえてくる。

いまアークスの視線の先にいるのはケイン・ラズラエルだ。

ラズラエル家の長男で、この前の魔力量の計測では、仮数値１７０００という数値を叩き出したほどの天才だ。

彼が教室に来ると、自然と周りに人が集まってくる。

豊富な魔力量や魔法の才があるため、それが自信につながり、ともすれば立ち振る舞いにも表れる。

その様子が、他者には魅力的に感じられるのだろう。

そのうえ人当たりもいいとくれば、申し分なし。

周りには加速度的に人が集まっていく。

それに一役買っているのが婚約者の存在だろう。いま彼の隣に寄り添っているのは、公爵家の末娘で、名前をエイミ・ゼイレと言う。

子爵家と公爵家という差があり、家格はまったく合わないが、その辺りの問題はゼイレ家の当主が権力でごり押ししたと言われている。

それだけ彼の家の当主はケインの将来に期待を寄せているということだろう。

良きにつけ悪しきにつけ、彼の周りには人が集まる。当然、生徒だけでなく講師もそうだ。

魔法院の講師に、〈石秋会〉出身の人間が多いということもあるのだろう。

成績優秀、魔力量も豊富、コネクションも有り。しかもイケメンだ。

少し眺めているだけで、エスカレーターに乗っている情景が容易く思い浮かぶというもの。未来が約束された人間とは、ああいう者のことを言うのかもしれない。

もちろんそれらは彼の努力あってこそのものだろうが、恵まれているのは間違いないだろう。

……もし自分に魔力があれば、彼ほどではないかもしれないが、ああやってちやほやされていたのではないか。

「ほえー」

ともあれこちらはそんな声を出しながら、ぼうっと遠巻きに見るばかり……とか暢気なことは言っていられない。

ケインがこちらに歩いてくる。

「次の時間に実技の講義があるけど、君は取っているかい？」

「ああ、実践第二だろ？　出るつもりだよ」

「そうか。もし魔法の実技があったら、そのときはよろしく」

ケインが見せたのは、挑むような真面目な表情だ。彼を取り巻いていた生徒たちにはにこやかに、爽やかに接していたため、ふとした意外さを感じてしまう。

自分のことを気にしているのか、少し前から何かにつけこんな風にちょいちょい一言残していくようになった。

魔導師系の軍家で子爵家の子息、という共通点があるからなのか。

こちらとしても、こういうのは負けん気が刺激されるため張り合いがあっていいし、別に悪感情を抱かれているわけではないので、仲良くもなれるかもしれないとは考えている。

ケインがもとの場所に戻ると、席の周りは再び喧騒に包まれる。

あからさまなヨイショも交じっているが、ケインもそういったものには慣れているのか、愛想笑いで受け流していた。

そんな中、彼の婚約者のエイミが嬉しそうな表情を見せた。

そして、蜜を溶かしたようなその声でとんでもない事実をぶちまける。

「――ケイン様はセイラン殿下の従者になるかもしれないのです」

その言葉に、教室内が騒然となった。

教室内の視線はすべてケインに注がれ、みな驚いたように目を丸くさせている。

一方でケインは、ただひたすら焦るばかりだ。

「や、やめてください。エイミ様。その話はまだ決まったわけではないのですから」

「え？　お父様はケイン様なら確実だとおっしゃられていましたが……」

「そ、それは……」

ケインはオフレコらしい情報を出されたせいで、ひどく狼狽している。

エイミの方も、ただケインのすごさを周りに聞かせたかっただけなのだろう。

口にした話は限りなくアウトに近い情報だったが。

話を聞いていた一人が、興味津々でケインに訊ねる。

すると、彼は照れ臭そうな調子で答えた。

「前に、ちょっとした推薦を受けて、さ」

本当の話だと認めると、再び驚きの声が上がる。

殿下の近侍になるのだ。騒ぎが大きくなるのも当然だろう。

――セイラン殿下の従者にまでなるなんて。

――出世も思いのままだ。

――さすがは勇傑の生まれ変わりなんて言われるだけあるぜ。

周りの人間がさらに、ケインを褒め称える。

他方、従者の話が伝わったのだろう。これまで遠巻きだった者たちも、さすがにセイランの従者という言葉は聞き逃せなかったのか。彼にすり寄ろうとするような素振りを見せる者も出てきた。

(そう言えば、あれからそういった話はないな)

自分も以前にセイランから「これからもよろしく頼む」と言われたことがあるが、この前呼び出されたときにそんな話はされなかった。

(まあ従者に限った話じゃないしな。なんか他の仕事回されるとか、別のことなんだろ)

あのとき、セイランの側で戦ったので、たぶんそういったものになるのかなと勝手に漠然とした想像を抱いていたのだが、よくよく考えれば、そうでないことも十分にあり得るのだ。

事務作業や、自分の場合は魔法に関しての相談のみ……というのはあり得る話。

ケインは先ほど推薦と言っていたが、近侍となるには偉い人間の後押しや、他の軍家を納得させるという政治的なことも必要になるはずだ。自分にはそう言ったコネが少ないため、むしろ難しいだろう。

ケインの場合はおそらく、エイミ・ゼイレの父であるコリドー・ゼイレ公爵が推薦したのだと思われる。

なるほど抜け目ないことだ。以前のパーティーで抱いた印象とほぼ同じだ。

ともあれ、

「すげーな」

「そうだなー」

隣の生徒と、ケインのことを他人事のように眺める。

同調したのは、アルカン男爵家のルシエルだ。

この前の講義のときに、ケインとオーレルの関係を教えてくれた生徒である。

黒髪に青のメッシュが入った少年で、目じりが垂れ下がり、どことなく疲労感を匂わせる風貌。なんとなくだが、あの男の友人の一人だったアンニュイなバンドマンを思わせる見た目をしている。

彼とは教室分けも同じであり、講義も大体同じものを取っているため、こうして自然と会話することが多くなっていた。

身分も男爵家の子弟であるため、大体（だいぶ大雑把に見てだが）似たような家格。なので、こうやってのんべんだらりと気軽に話しかけることができる。

ふとルシエルが机の上に顎を乗せて、だらしない格好を取る。

「どうしたらあんな風に人生上手く行くんだろうな？」

「さあなぁ」

「俺もアイツみたいにもっと楽したいよ」

「ケインも別に楽してるってわけじゃないんじゃないか？　努力してるから、ああして周りに人が寄ってきて、いろんな話も持ちかけられるんだろ？」

「ケインは〈石秋会〉のときから、周りがチヤホヤしてる印象だからなぁ」

「そうなのか？」

「そうそう。そうなんだよ」

「まあ確かに、そういった特に何もしてないのに不思議と人が集まってくる人間はいるよな」

「だろ？　ケインはそんな奴なんだよ」

「いやケインはきちんと結果出してるだろ……」

　ケインの話は置いといて、あの男の人生でも、そう言った人間を見たことがある。特に大きな結果を残したわけでもないのに矢鱈めったら人が寄ってきて、褒め称える者が絶えない人間というものは存在するのだ。

　隣の芝生は青く見えると言えばそれまでだが。

　やはりそれは、人当たりの良さと要領の良さ、積極性が関係しているのだろう。

　実際は見えない努力もしているはずだ。

「それで、公爵にお目通りしたとか、婚約者ができたとか、果てはさっき言ってた殿下の従者だぜ？　そっちはすげー面倒くさいだろうけど」

　だろう。王宮勤めともなれば、気を遣うことが格段に増える。ことあるごとに「休みたい」だとか「寝たい」だとか言っているルシエルには、随分と相性の悪い仕事だろう。

「そういや、ルシエルはどうして魔法院に？」

「俺？　俺はほら、文官貴族の末っ子だし？　自分で食い扶持稼げるようにならなきゃいけないんだよ。魔法は親父が〈石秋会〉の貴族にコネがあったからそっちに通わせてもらって使えるようになったんだ」

「じゃあ基本的には認定試験に合格するのが目標……ってところか」

「そうそう。魔法で食っていけるだけで儲けものだからな。親父はそう思ってないみたいだけどさ……はぁ」

ルシエルは聞こえよがしにため息を吐く。

これはなんとなくだが、政略結婚に使われることを不安に思っているように感じられる。

不自由な結婚は貴族の宿命のようなものだ。お互いに好印象であれば問題はないだろうが、そうでなければ家の中に氷河期が到来することになる。遅れた春を迎えて氷解すればそれ以上のことはないが、大抵は永久凍土に封じ込められてどうにもならなくなる印象しかない。

「アークスは？」

「俺は一応偉くはなりたいな」

「やっぱ、【溶鉄】の魔導師様みたいに国定魔導師とか目指してんの？」

「ああ、まず目下(もっか)の目標は国家試験だな。障害は多いだろうけど」

「向上心あるなぁ」

ルシエルは再びケインに視線を向ける。

「それにしても、ケインがああしていちいち突っかかってくるの、珍しいよな」

「そうなのか？」

「ああ、他人とは分け隔てなく仲良くしてるけど、ああして敵意……っていうの？　見せることなんていままで見たことなかったからな。それだけ首席をかっさらわれたのが悔しかったってことなのかもな」

「あれは実技試験が【鬼火舞（ソウルイグニス）】だったからってのもあると思う。これが【石鋭剣（リアースザッパー）】や火の魔法でも【遊泳火（フローティングロブ）】だったら結果は違ってたと思うぞ？」

「そうかぁ？」

「ケインも火の魔法よりは南部の魔法の方が得意だろ？　それに、〈石秋会〉って岩石とか物質操作に偏ってるって言うし。だろ？」

「まあ確かに〈石秋会〉の講師は偏ってるよ。重けりゃ強いとかふざけたこと真顔で言い出すしな。南部の魔法は王国の土台を作ったんだとか、妙に自信に溢れてるし。正直面倒くさい。んで、それが魔法院の講師にも一定数いるんだから。あと、魔力測定のときにお前にクドクド嫌味言ってた講師も南部の奴。〈石秋会〉って言ってたからわかると思うけど」

「はー、やめて欲しいわー」

　そんなことを言って、ルシエル同様机の上に顎を乗せてだらしない格好を取る。

　努力は惜しまないし、それにまつわる苦労は甘んじて受けるが、無駄に疲れるトラブルだけは本当に勘弁して欲しい。

「でも、魔法が違うだけでそんなに変わるものか？　そもそもお前は【鬼火舞（ソウルイグニス）】とか使い慣れてんのか？」

「全然。試しに使ったときに一度か二度くらいかな。威力も弱いし実戦じゃ使えたもんじゃないから」

「じ、実戦基準かよ」

「だって伯父上とかあれくらいの火球なんて裏拳でぶっ飛ばすんだぜ？　で、なにぬるい魔法なんざ使ってるんだっ！　て怒るんだ」

「いやいくら国定魔導師様だからっておかしいだろ」

「おかしいおかしい。あの人、火の魔法効きにくいっていうかやたら耐性あるんだよな。ほんとマジでおかしい」

「国定魔導師様と模擬戦してるのか」

「いや、あれは模擬戦って段階じゃないよ。従者共々蹴散らされてるっていうのが正しい。イジメだイジメ」

自ら望んでそのイジメをしてもらっているようなものなのだが。

本気を出すと本当に手が付けられない。ノアやカズィ共々マジで逃げ惑うしかなくなるのだ。蜘蛛の子を散らしたようにという形容が本当に似つかわしいくらいである。

「んで、ケインの話な。仲良くしようとは思ってるけど、好敵手として扱いたいって感じもあるし。そのせいでこう、接し方がすげード下手くそな感じになってるんだろうな。普段はあんな感じじゃないし」

「そうなのか？」

「ケイン、友達作りはすげー上手いぜ？　初手からどんな相手にも友好的で、そのうえ空気読むのも上手いからな。だから、お前にあんな風に突っかかる……っていうの？　俺もあんなの初めて見たよ」

「へえ、これまでいなかったのか……」

「そうそう、これまであいつにそう思わせる相手がいなかったからってことだ。接し方が落ち着くまで当分あんな感じだと思うぜ？　大変だろうが頑張れ」

「敵意向けられるわけじゃないなら俺はいいよ」

ケインならば、知らないうちに恨まれるということもなさそうだ。

そもそも会話ができる相手ならばおかしなこともない。

だが、時折、本当に時折だが、彼が周りの取り巻きたちに薄暗い視線を向けていることがある。深い深い井戸の底でも覗いているような、空虚な瞳だ。あれだけは、どういうことなのか不思議に思うが。

ルシエルとそんな話をしている中、ふいに教室の入り口から声が掛かる。

「アークス・レイセフトはいますか？」

見ると、教室の入り口に一人の生徒が立っていた。

見覚えがある顔だ。確か、クローディアの取り巻きの一人だったはず。

すぐに席を立って、対応に向かう。

「アークス・レイセフトは俺です。なんでしょうか？」

「クローディア様から――」

すごい聞きたくない名前が飛び出してきた。

「これを預かっています」

「これを？」

生徒から手渡されたものを見る。

それは、一通の手紙だった。

口頭ではなく、わざわざ手紙に書いて取り巻き経由で渡す。

ものすごく嫌な予感がするが、だからと言って見ないわけにはいかないだろう。

手紙には綺麗な文字で、丁寧な文章が綴られていた。

やけに堅苦しい文章が書き連ねられているが、要約するとこうだ。

――わたくしと魔法で勝負をしなさい。わたくしが勝ったらあなたは退学です。

メッセンジャーの役割を負った生徒に、困ったような視線を向ける。

「……こんな一方的な勝負受けたくないんですけど」

「断るのは勝手ですが、意味はないかと」

「まあ、そうだよなぁ……」

こちらが断ろうとすれば、向こうは断れないよう権限を使うだろうし、もしかすれば勲章をもらっているのに勝負から逃げたなどと吹聴（ふいちょう）されることもあり得る。

こんなもの、こうして出された時点で強制だ。

そんな勝負などしたくはないが、しなければしなかったで困ったことになる。

生徒に「了解しました」と返事をしてもといた席に戻り、何かあったのか訊いてくるルシエルに手紙を見せた。

「大変だな。普通にしてても面倒が舞い込んでくるのか」

「世の中おかしい。ほんとおかしい。世界は俺になんの恨みがあるっていうんだ」

銀を買い付けに行けば戦争に巻き込まれ、戦争が終われば双精霊から紀言書の中身を変えろなどというう意味不明なミッションを与えられる。この前はそれに関連してヒオウがなんたらというヤバそうな爆弾まで現れた。魔力が少ないのだから、みんな頼むから遠慮して欲しい。なるべく穏やかに過ごさせてくれと叫びたかった。

大きなため息を吐いていると、どこからともなく鬱陶(うっとう)しい声が聞こえてくる。

「あれあれー？　アークスさん、もしかしてそれ、恋文ってヤツですかー？」

「にしては熱烈過ぎてちょっと辛いわ。ほら、見てみろよ」

「ふむふむ。うわー……熱烈というか暑苦しいといいますか。その、ご愁傷様です」

セツラに手紙を見せると、彼女はやがて億劫(おっくう)そうな表情を見せる。

鬱陶しいがデフォの彼女でさえもドン引きするほどだ。

次いで、リーシャがてくてくと歩いてきた。

「兄様、どうかしたのですか？」

「どうかしたもなにもない。ほら、リーシャもこれ見てみろよ」

「拝見します………えっと、これは、その、なんと言いますか」

「横暴だよなぁ。いかにも古式ゆかしい権力者の理不尽が煮詰まってるって感じがするだろ？　責任感もここまで行くと迷惑だよ。あの人絶対友達少ないわ」

「あ、あはは……」

「……アークスさんって、ときどき口が悪いですよね」

セツラからそんな突っ込みが入るが、それはどうでもいいこと。

そんなちょっとした騒ぎを聞きつけたのか、またケインが近づいてくる。

「どうしたんだい？」

「リーシャ。ケインにもそれ、見せてやってくれ」

そう言うと、リーシャはケインに手紙を手渡す。

「これは……」

「まあ、そういうことだよ」

「決闘って言っても、これは相手が悪いと思うよ？　なんでもいいから謝罪した方がいいんじゃないかい？」

「あー、なるほど」

とりあえずなんでもいいから謝っておけということか。

確かに普通ならば、立ち回りとしては選択肢となり得るだろう。

だが、

「でもそれで魔法院に残っていいって言われるわけでもなさそうだし」

「どうしてもって誠意を見せるとかさ。向こうだって話をすればわかってくれるはずだ」

「話してわかってくれるような相手なら、こうして武力に走ることもないと思うんだが……」

「うーん。確かにそうかもしれないけど、相手は公爵家のご令嬢で、魔力も多い。魔法のみの勝負じゃ君に勝ち目はないよ」

「それはやってみないとわからない。不利なことは不利だけどさ」

「確かに君は技術も知識もあると僕も思う。けど、魔力の多さは覆せないことだ」

そんな風に、断言される。ケインも魔力量に重きを置いている人間なのかもしれない。

彼の取り巻きたちも、口々に「無理だ」「不可能だ」「恥をかくだけだ」だのと言ってくる。

「よく考えた方がいい。こんなことで君がいなくなったら僕も拍子抜けだよ」

「忠告どうも。どうにか切り抜けられるよう考えてみる」

両手を上げて、そう答える。

魔力の量＝魔導師としての力、という図式に凝り固まってはいるが、これも彼なりのお節介なのだろう。ルシエルも言っていたが、こうして拍子抜けと言う辺りは認められているらしいことは窺える。

そんな中、教室によく知る人物が顔を出す。

スウだ。

「アークスー、なんか面白いことになったんだってー？」

「はぁ⁉　俺もいま知ったばっかりなのになんで知ってるんだ⁉　時系列的におかしいだろ⁉」

「私には教えてくれる親切な人がいるって知ってるでしょ？」

「こんなことでラウゼイ閣下を駆り出すなよ！　いい加減可哀そうと思えよ！」

飛び入ってくるほど元気のよい登場をしたスウに、そう突っ込みを入れる。

そんな中、エイミ・ゼイレが前に出て、スウに向かって挨拶を行う。

同じ公爵令嬢でも格はスウの方が高いらしく、スウに対して静かに礼を執り、スウもまた朗らかに応対した。

ほんとこの辺りのパワーバランスはよくわからない。

対して自分は、そんな高貴な人間が礼を執っているにもかかわらず、いつもの調子である。

それを周りが良く思うはずがない。「アルグシアのお姫様にタメ口利いてるぞ」「どういうことだ」

そんな風に、ひどくざわつき始める。

「…………えーっと、敬語とか使う？」

「別にいいよ。今更でしょ」

「それはそれで、礼儀的なものがさ」

「むしろ私だけにしかタメ口じゃないんだから、礼儀知らずには思われないいんじゃない？」

「う……」

「ほら、これが普通なんだからみんなも騒がない――それとも私の不興を買いたいの？」

最後だけやたらと声が低く聞こえたのは気のせいではないだろう。「社会的に死にたいヤツから前に出ろ」的な脅し文句で、教室内の気温がまるで氷点下にまで落ち込んだように一斉に静まった。

魔法を使わずブリザードを操る少女。本当に恐ろしいことこの上ない。

誰だって公爵家を敵に回したくはない。しかも、アルグシア家はその筆頭とも呼べるお家柄。つまり、王家に睨まれるのにも等しいということだ。というか貴族社会だから洒落にならんマジで死ぬ。自動(オート)で累にも及ぶからみんな目を背けて黙るしかない。

正直なところ。

「貴族って怖ぇ」

「アークスも貴族でしょ。何言ってるのかな」

「ではスウシーア様のその絶大な権力で今回のことはどうにかならないでしょうか？」

「できなくはないけど」

「できなくないのかい！　……いや、ないけどなに？」

「やらない方がいいかなって」

「どうして？」

「だってそっちの方が面白そうだし」

「いやいやいやいや、助けてくれよ」

「私が助けなくても大丈夫だよ。ほら、これから対策会議しようよ」

「いや、俺これから講義に出るんだけど」

「別に出なくても大丈夫大丈夫。そっちの方が楽しいよ」

「俺の不遇を楽しむ気満々かいっ！」

スウが腕を掴んで引っ張る。こうなったら自分の力では逃れられない。

それは、自分よりも彼女の方が、力が強いからだ。なぜだ。

「あ、リーシャもおいで」

「はい！　お供致します！」

新入生をそそのかして公然とサボりをしようとする公爵家のお姫さま。

そんな彼女に連れられて、次の講義は欠席することになってしまった。


クローディアからの果たし状を受け取ったあと。

アークスは魔法院内にある、とある一室に連れてこられた。

どうやらここは資料置き場を改装したものらしく、他の部屋や教室などと比べるとかなり手狭。部屋の真ん中には木製のテーブルと椅子が置かれ、ご丁寧にお菓子まで用意されている。

お菓子と言っても塩味のクラッカー程度のものなのだが。

窓際には生けられたばかりの花と花瓶。サイドラックの上には見覚えがあるポットが一つと、茶器まで一式揃えてある。まったく休憩室にしか見えないような内装ができあがっていた。

「えー、ではこれから、アークス対クローディア戦、第一回対策会議を始めまーす」

「…………」

それぞれが席に着いたのを見計らって、対策会議とかいうのの開催が宣言される。

もちろん、宣言したのは会の主催者であるスウシーア・アルグシアその人だ。

部屋に集まったのは、彼女以外に自分にリーシャ、シャーロット、そして先ほどまで教室でのんべんだらりと会話していたルシエルである。

「というかここ、勝手に使っていいのか？」

「大丈夫だよ。メルクリーア講師が自習で使っていいって快く許可出してくれたから」

「まあ筆頭講師がいいっていうならいいんだろうけどさ。きちんと自習で使おうぜ？」

「普段はそのつもりだよ。でも、今日はアークスの一大事だから」

「だからってさ」

「優先順位優先順位。それとも講義や自習を優先された方がいいの？」

「いやまあ確かにそれはそれでモヤるだろうけど……」

手際の良さに、こちらはやはり困惑しきり。

だが、自分以上に困惑しているのはルシエルだろう。

「えーっと、なんで俺まで連れてこられたんだ？」

「まあ、なんだ、いてくれ。頼むよ」

「俺は面倒なのに巻き込まれたくないんだって。しかも公爵家と軍部でも有数の家のご令嬢たちまでいるとかさ……」

ルシエルは時折肩をひくつかせて、戦々恐々としている。普段ならばまともに会話すらできない身分の人間がいるのだ。しり込みするのも無理はない。気持ちは庶民なのだろう。その辺よくわかる。

「アークスの友達かな？　よろしくね」

「いや、あの…………はい」

「アルカン男爵家のルシエル君ね。よろしく」

「よろしくお願いします……」

ルシエルは縮こまって頭を下げる。当たり前だが「どうしてこうなった」と言わんばかりの顔をしていた。

「やべぇ、恐れ多すぎて胃腸が死にそう」

「そう言わないでくれって。あとで何か奢るからさ」

「それを消化する機能がなくなるかもしれないんだよ」

「大丈夫。俺も陛下に謁見したとき胃腸は死ななかったから」

「マジか……お前そんなことまでしてるのか」

「どうしてだろうな。俺は普通に生きたいだけなのにな……」

そんなことを言って視線を窓の外に向け、たそがれていると「なに言っているんだコイツ」という白い視線が注がれる。

ぎこちない笑みを見せていたリーシャに、ルシエルが声を掛けた。

「リーシャ、どうして君は大丈夫なんだ」

「シャーロット様とは以前からご一緒させていただいていますし、スウシーア様は親しみやすい方なので」

するとシャーロットが上品な笑顔を見せる。

「ええ、スウシーア様はおおらかな性格の方ですから」

「あら？　シャーロット様こそ、細かいことを気にしない方だと存じておりますが？」

「うふふ」

「あはは」

「ギスギスやめろや」

「あー、俺、ちょっと急用がー」

「待て待て待って、唐突に急用を生み出さないで」

スウとシャーロットがおかしな雰囲気を醸し出してきた折、すっと立ち上がったルシエルの袖をすかさず掴んで引き止める。

いなくなられては困る。誰かいないと、室内のパワーバランスが一気にひっくり返る可能性があるからだ。自分とリーシャだけでは太刀打ちできない。

なんだかんだ言って再度腰を下ろしてくれるルシエルを心強く思いつついると。

ふと部屋のドアがノックされた。

スウが「どうぞ」と言って許可を出すと、ドアが開かれる。

誰かと思ったその人物はセツラだった。

「お邪魔します……あー、アークスさんこんなところにいたんですね？」

「ちょっと勘弁してくれよ。これ以上増えたら対処のしようがないって……」

「なんの話です？」

頭を抱えると、セツラはそれを覗き込むように眺めてくる。

そして、頬っぺたをぷっくりと膨らませて不平を口にした。

「ひどいですよーアークスさん。私だけ仲間外れなんですか？」

「あなたは？　あ、そういえば、さっきもアークスの近くにいたよね」

「セツラと申します。確か、二年のスウシーア・アルグシア様」

「そうだよ」

「こうしてお集まりということは、やはり先ほどおっしゃっていたアークスさんの」

「うん、対策会議だよ。あなたも参加する？」

「是非……と言いたいところですけど、私非魔導師生なんですよね。いえ、実を言うと魔法は多少使えるんですけど」

セツラは気まずそうな笑みを見せる。

仲間外れ云々とは言いつつも、一応遠慮はするらしい。

「全然かまわないよ。そっちのシャーロットさんも非魔導師生だし。魔法が使えるならむしろ歓迎するよ？」

らしい。

「えー」

「アークスさん。そんな露骨に嫌がらないでくださいよ」

「じゃあウザ絡みやめろよ」

「またまたそんなこと言っちゃってー。欲しがってるくせにー」

「よし、追い出そう。リーシャ、ルシエル手伝ってくれ」

「わかりましたわかりました！　大人しくしますから！　お菓子食べてるだけにしますから！」

二人に追い出しを呼びかけると、セツラは焦ったように否定して、空いている席に滑り込んだ。そして、それ以上は何も言わず、バスケットに載せられたお菓子を頬張ってにこにこ。

大人しくしていれば可愛らしいのだが。いや、この少女に油断は禁物だろう。

あざとい仕種、可愛らしい顔、きっとすべてがまやかしなのだ。

「そろそろ兄様の話をしましょう。一大事です」

「そうだよね。アークスがもしかしたら万が一退学するかもしれない瀬戸際だもんね」

お菓子をぽりぽりし始めたセツラが、不思議そうに首をかしげる。

「それ、万が一なんですか？」

「そうだよ。もしかしたら、本当にもしかしたらだけど」

「アークスくんがそう簡単に負けるとは思えないけど、相手が相手だから」

「私も兄様が負けるとは思いませんが…クローディア様は魔力がかなり多いと聞いていますし」

「アークスさん信頼されてるんですね。やっぱりそれも関係してるんですか？」

セツラは指で胸元の勲章を指し示す。

「まあこれもあるだろうけど、これまでもいろいろ戦ってきたからなぁ」

戦いに関しては、ガストン侯爵やナダール事変の件もある。

彼女たちからはそれもあって、信頼されているのだろう。

多分大丈夫だろうという意見が挙がる一方で、ルシエルが一度お茶を啜ってから懸念点を口にする。

「でもやっぱり魔力が多いのは脅威じゃないか？　魔力にものを言わせて規模の大きな魔法を使われれば、覆せないと思うんだが」

「まあ、そこはやりようってやつなんだが……でも、そこが一番の不安要素だな。俺も魔力で押せ押せされたら対処のしようがない」

これまでの戦いは相手が理解できない魔法を使って一撃するという、奇襲じみた戦いが多かった。

だが、今回は魔法院の生徒同士の決闘であるためルールが介在するはず。

これまで使ってきた戦法が使えない可能性がある。

リーシャがスウの方を向く。

「スウシーア様。クローディア様はどんな戦法を取るお方なのですか？」

「やっぱり魔法重視かな。あと、サイファイス家の魔法も使ってくると思うよ」

「サイファイス家の魔法……」

「ええ、有名よ。クローディア様はこれまでも、その魔法を使って相手を完封しているから」

「あー、なんか決闘吹っ掛けまくってるって話だったよな」

「そうそう」

「スウは？　ケンカ吹っ掛けられたことあるのか？」

「さすがに公爵家同士で……っていうのは考えちゃうみたいだよ？　まあ私に突っかかってきたら容

赦なく叩き潰すだけだけどね」

「怖っ。こっわ……」

「スウシーア様、すごいですね」

「やはり魔導師としての実力はスウシーア様の方が？」

「うん、負けるとは思わないね」

スウの場合、戦いになれば大魔力を使用した大規模な魔法を使えばいいのだ。

相手がどんな魔法を使おうとも、相手がどうにもできないほどの力をぶつければ、負けることはない。

それに、彼女にはとんでもない天稟（チート）がある。

「スウは使った魔法の威力が普通よりも大きくなるからな」

「は？　なんだそれ？　魔法は威力が下がることはあっても、強くなることはないぞ？」

「そうだ。だから詐欺なんだよ。天稟だっけ？　どいつもこいつもそんなの持ってるなんて上級貴族っておかしすぎるっての」

「マジかよ上級貴族ってほんととんでもないな」

ルシエルと二人そんな不平を漏らしていると、シャーロットがこちらを向いた。

「あら、アークスくんだってそういうの、持っているんではなくて？　前にそういうことを言っていたじゃない」

「あ、いやー、まあ、それは」

「あら、また隠そうとするの？」

「そういうわけではなくてですね……」

シャーロットの質問の勢いにたじろいでいると、ルシエルが不思議そうな面持ちを見せる。

「なんだ、アークスも天稟があるのか？」

「一応だけど、それっぽいものはな」

「あれだよね。見たもの全部記憶しておけるの」

「ん？　ああ、うん。そうだな」

咄嗟に頷いて、話を合わせる。どうやらスウはそっちと勘違いしてくれたらしい。

いや、これ関係はきちんと気にしていなかったが、確かに自分の天稟はそれだろう。男の人生を追体験したのを能力とするよりも、瞬間記憶の方を能力として見た方がしっくりくる。

もちろんそれを聞いたルシエルとセツラは、驚いたような表情を見せる。

「は？」

「記憶しておける？」

「はい。兄様は様々なことを覚えておけるんです。これまで私たちとした会話も全部覚えているはずですよ？」

そう口にするリーシャは、どことなく自慢げな様子だ。

ともあれそのせいでジョシュアやセリーヌたちへの恨みも風化せずにひとしおなのだが——それはリーシャの前で言うべきことではないか。

セツラがやにわに立ち上がる。

「なんですかそれ⁉　アークスさんそれずるじゃないですか！　それじゃ筆記試験楽勝っていうか意味ないですよ！」

「お菓子口に入れたまま叫ぶなお行儀悪ぃ！」

「むぐぅ⁉」

セツラの口に別のお菓子を突っ込む。しゃべるよりも食い気なのか、塩っけのあるお菓子をすぐにもぐもぐ。彼女はそれを大人しく食べ始めた。

「なるほどな。首席になったのは、それも理由の一つなのか」

「便利だよね。一度呪文を覚えたらなんでも使えるってことだもん」

「ま、混乱はしないな」

「これで魔力があればね」

「ほんとそれな」

「リーシャはそういう力じゃないわね」

「そういえばそうだな」

「私にもありますよ？　レイセフト家の血筋に宿る天稟ですね」

「え？　そんなのあったっけ？」

「はい。火傷に強く、火の扱いに長ける……伯父様もそのはずですが」

「……そうですね。そうか、あれ天稟なのか。うん、火事のときとかよろしくお願いします」

「はい！　任せてください！」

リーシャを拝みながら、和気あいあい。

「でも、アークスだけ別なんだね」

「そうらしい。なんか血筋的に受け継いだものは髪の毛とかしかなさそうだなぁ」

そんな話をしていると、ルシエルがおずおずといった様子で発言する。

「えーっと、そろそろ話を戻した方がいいんじゃないか？」

「そうね。なんの話だったかしら？」

「サイファイス家の魔法の話だな。決闘ではよく使ってるってことだったけど……そんなに大っぴらに使いまくってて模倣とかされないのか？」

疑問を口にすると、それにはスウが答えた。

「だから、サイファイス家の魔法なんだよ。呪文を真似して唱えても他の人間には使えないから」

「なんだそれ？　そんなことあるのか？」

「うん。こういうのよくあることだよ？　特に他国の王族とかはね」

「あー」

そう言えば、帝国の皇族もその血筋でしか使えない魔法があると聞いたことがあるし、クロセルロード家が血統的に扱う雷の魔法は、呪文を用意しても上手く扱えない。

「魔力の込め方に特徴があるのではありませんか？」

「リーシャの言う通りかもと思ったんだけど、どうもそうじゃないみたい。攻撃的な魔法じゃないけど、対策されやすいものでもないし」

「結局どんな魔法なんだ？」

「詳細はわからないけど、相手の魔法の威力や効果を下げることができるかな」

「魔法の威力や効果を下げる？」

「うん。そうだよ」

だが、

「なんかそれ、後手後手だな。結局相手が魔法を使わないと意味ないんだろ？」

「それがね、どうも効果時間が長いみたいで、複数の魔法に効果がかかるみたい」

「じゃあ一定の空間で魔法の効果が持続するとかそんなのなのか？」

「そういうわけでもないみたいだよ？　クローディアさんが使う魔法には干渉しないし、なんか相手の魔法だけなんだよね」

「なんじゃそりゃ？　法則壊れるぞ」

「ではどういう形式なのかから考える必要がありそうですね」

「そうだね。問題はそこかな。それがわかれば完璧に対策できるんだけどね」

「…………」

スウやリーシャとうーんうーんと唸りながら考えても、答えは出ず。

ほとんどわからないということは、それを探りつつになるだろう。

「あと、魔法院の決闘は殺傷性のある魔法は使っちゃいけないっていう制限があるよ」

「そこがなぁ。何が効果的か探り探り使うだろうから、その辺りはどうしても不利になるんだよなぁ」

「アークスは決闘用の魔法とか用意してる？」

「一応それくらいあるさ。てか、どうして訊く？」

「だってアークスったら相手を確実に殺す魔法の方が多いでしょ？」

「やめろやめろ。俺を危ない人間扱いしないでくれ」

「スウシーア様。アークスさんの魔法はそんなに危ないものなんですか？」

セツラが訊ねると、スウは怪談でも語るかのように神妙な顔つきになる。

「怖いよ。よくわからない殺害方法だから、足もつかないし」

「人をミステリー小説に登場する殺人犯みたいに言うなって頼むから」

「えー、でも事実だし。否定できる？」

「……できないけどさ」

「でしょー」

結局は危険人物認定されてしまった。甚だ不本意な話である。

「ちなみにアークスさんの危険な魔法って、どんなものなんです？」

「相手を爆破……破裂させる魔法とか」

「ふむふむ」

「相手を一瞬で撃ち抜く魔法とか」

「ほうほう」

「相手の息の根を止める魔法とか」

「はあはあ」

「閃光を打ち出して相手を一瞬で貫く魔法とか」

「…………アークスさんってもしかして凄腕の殺し屋だったりします？」

「全然。どこにでもいるようないたいけな少年だけど」

「アークスくん？　いたいけな少年は白銀十字勲章なんて持ってないわ」

「…………はい」

シャーロットから的確な突っ込みを頂きつついると、ふとセツラが大人しくなったことに気付く。

「……なるほどそういうことですか。それで戦場で活躍を……」

「ん？　セツラ？　どうした？」

「ひゃい!?　ど、どどど、どうしましたか？」

「お前こそどうしたんだよ」

「なんでもありませんよ!?　お菓子すごくおいしいです！」

「全部食うなよ？　そこにいる公爵家のご令嬢がお怒りになられるからな」

「アークスアークス。私を食いしん坊扱いしないでくれるかな？」

「じゃあどうしてこんなに用意してあるんだよ……」

お菓子は戸棚にこれでもかと用意してある。脱酸素剤、乾燥剤が用意されている男の世界のお菓子と違い、この世界のお菓子はそこまで日持ちがしない。そのため、悪くなりやすいことを考慮すれば、絶対に食べ切れるからあるということになるのだ。

「ほんとは甘いお菓子がよかったんだけどね」

「砂糖菓子は勘弁してくれ。俺はあれあんまり好きじゃない」

「ほんとだよ！　最近アークスのせいであれがおいしいって思えなくなってきたんだからね！　私をこんな身体にした責任とって――」

「おいこらやめろ！　人聞きの悪いというか、貴族的に大問題だろその発言は！」

「じゃあお菓子を用意してよ！　主にプリンだけど！」

「それ、私も食べてみたいわ」

「そのお菓子のことは私も知りません……」

「あとで作るから！　持ってくるから！」

シャーロットとリーシャは仲間外れなことを恨めしそうにしてくる。

この流れで行くと、そのうちディートの分も……となりそうだ。

そんな中、スウが名案でもひらめいたと言うように明るい笑顔を見せる。

「あ！　あとアークスの家にある『れいぞうこ』持ってきて。プリンもそうだけど冷たい飲み物置いておくのに最適だし」

「完全にくつろぎの空間にする気だな」

「勉強に快適さが必須なのはアークスもわかってるでしょ？」

「それはそうだけどさ」

その会話が気になったのか。シャーロットがこちらを見る。

「あら、アークスくん。そうなの？」

「え？　ああ、そうだけど」

「そうだよ。魔法の勉強にカフェを使ったり、外でやるときは屋台でつまめるもの買ったりしてたんだ」

「へー、そうなのですか。そうですか……」

ふと、シャーロットが不穏な雰囲気をまとい始める。

そこに、スウが不敵な笑みを見せた。

「あれあれ？　シャーロットさん、どうしたのかな？　もしかして、アークスと一緒に勉強したことないのかな？」

「いえ、なんでもありませんよ？　機会はこれからいくらでもありますから」

「うふふ」

「あはは」

「だからギスギスはやめてくれと……」

仲が悪いわけではないのに、この前から妙なじゃれ合いをする二人。セツラはそんな彼女たちを見て、興味深そうに乗り出してくる。

「あ、これなんかすごく面白そうですね。おやつがすごくおいしくなりそうです」

「お前は野次馬根性出すな！」

「ええー！」

「ああ……アークスが俺にいてくれって言った意味わかるわ」

「だろ？　俺の胃はもう限界なんだ」

「そのために俺の胃を道連れにしていい理由にはならないけどな」

「うぐぅ……」

「兄様、あはは……」

「俺の味方はリーシャだけだよ……」

そんな話をしつつ、今回の集まりの主要な目的のはずだった対策会議は、今後この部屋をどんな風に使おうかという話へと変化していった。

……………帰り際、スウとシャーロットが何かを話していたのだが。

「スウシーア様。どうしてクローディア様に抗議を入れなかったのですか？」

「入れなくてもいいかなって。アークスが負けるとは思わないし」

「ではどうしてこんな会議を？」

「確信半分、期待半分だからかな。どちらかって言えばこれくらい撥ね退けて欲しいって希望もあるし。今後はこういうことも増えるかもだからね。抗議しなかったのは結局のところ私のわがまま」

「もしアークスくんが負けた場合はいかがなさるのですか？」

「そんなの権力使うに決まってるでしょ？　陛下に奏上するつもりだよ」

「陛下が動いてくださるのですか？」

「当然だよ。アークスはきちんとした地位を確立する必要があるし、王家はそれを陰ながら後援する立場にあるの。魔法院卒業はその一環。それに反対するってことは、王家の威光に逆らうことに他ならないんだから。本人が知っているか知っていないかにかかわらずね」

「理解しています」

「うん。それで、私はそれに関連して動かなきゃいけないの。もし行き過ぎたことがあれば、対処しなくちゃならないしね」

「それは……」

「シャーロットさんは味方だけど、一応覚えておいてね。私は敵には容赦しないってこと」


……二人の会話の内容は、小声過ぎて聞こえなかったが。


アークスのもとに果たし状が届けられてから数日後。

この日、予定通りクローディアとの決闘が行われる運びとなった。

場所は魔法院内にある訓練場だ。講義で使われない時間をあらかじめ確保していたらしい。手回しのいいことだ。

天候は晴れ。青空には白雲が漂い、穏やかな光が差し込む。

訓練場はいつも手入れされており、起伏のない均(なら)された地面には石ころ一つ落ちていない。

そんな訓練場内はいま、魔法院の生徒たちが見物とばかりにひしめき合っている。

一年、二年、三年、四年、五年。在籍する学年にかかわらず、すでにかなりの数が集まっており、学び舎の窓にも生徒の姿が窺えるほど。

以前シャーロットが名物と化しているというようなことを言っていた。

すでに生徒たちにとっては、ある種恒例イベントのような意識なのだろう。売り子がお菓子や飲み物を持って歩けば、そこそこの収入が得られるかもしれない。

やがて取り巻きを引き連れて現れたのは、クローディア・サイファイスだ。

シニヨンに結った金色の髪は春の陽光を浴びてラメを織り込んだ糸のように輝き、顔にはブルーカラーの宝石が二つ。スマートな鼻筋。顎のラインは均整が取れており、顔立ちは見事に整っている。

白の制服の上には、仕立ての良さそうなカーディガンを一枚。

彼女の口から飛び出す言葉も、その見た目からわかる通りお嬢様言葉だ。こういったタイプによくおまけで付いてくる特有の高笑いが聞こえてきそうだが、高慢さよりも落ち着いた自信の方が勝っているため、鼻に付く感じはしない。

その立ち振る舞いから、魔法院の女帝と呼ばれているという。

目の前に立ったクローディアが、不敵な笑みを浮かべる。

「逃げずに来たことは褒めてあげましょう」

「ソレハドウモアリガトウゴザイマス」

「まるで心がこもっていないですわね。もう少し抑揚をつける努力をしたらどうです？」

「これでも私なりに誠心誠意尽くしたつもりです。お気に召さなかったようであれば謝罪いたします」

笑顔を維持しながらも内心でケッと吐き捨てつつ、心にもないことを口にする。

正直なところ、こちらはかなり腹が立っていた。

正規の手段で合格したのに、なぜかそれとは関係ないところで院を去らなければならない窮地に立たされているのだ。しかも、それがいち個人の一存である。到底納得できるものではない。

ふと、クローディアが口を開く。

「確かエイミ様を伝手に、仲裁の打診があったと伺いましたよ」

「え？」

「……やはり心当たりはないようですわね」

当然だ。自分に彼女への伝手はないし、そもそもそんなことをするならば別のルートを使っている。

当のエイミ・ゼイレと言えば、ケインに寄り添って観客の最前列にいた。

クローディアと共に彼女の方に視線を向けると、

「えっと、はい。ケイン様から頼まれたので」

エイミ・ゼイレはどことなく戸惑った様子。

そんなエイミにまず「お骨折りいただきありがとうございます」と感謝の念を伝え、ケインの方を向いた。

「ケイン。そんなことしてくれたのか？」

「……いや、ちょっとした気まぐれだよ」

視線を逸らしつつそんなことを言うが、この前いろいろ助言？　してくれたこともある。

「なんか気を遣わせたみたいだな。借りにしておくよ」

「別に、そういう気があってやったわけじゃないんだ。エイミ様に僕のわがままを聞いていただいただけだから」

結局それは助けようとしてくれたということではないのか。

そのあと何度訊ねても、ケインは照れ臭いのかしきりに妙な否定をするばかり。

教室内では、歯に布着せぬ忠告をされたが、こうして骨を折ってくれる辺り、やっぱりなんだかんだいい奴なのだ。いや、もともとそういう風に気配りはできる人間で、ルシエルが言った通り自分のときだけ不器用になるだけなのだろう。ライバル視さえされていなければ、もっと素直な人間なのかもしれない。

…………なんかちょっとめんどくさいような感じもするが。

「アークス」

「ルシエル。応援に来てくれたのか」

「あー、いや、ええと……」

「いや、なんでもない。いまのは聞かなかったことにしてくれ」

「……悪い」

ルシエルはバツの悪そうに目を伏せる。彼は男爵家の末っ子という立場なのだ。後ろ盾もないため、下手にここでこちらを応援しているということを表明すると目を付けられる恐れがある。これは配慮が足りなかった。

そのあとは、

「兄様。勝利をお祈りしております」

「リーシャ、ありがとう」

リーシャとはそんなやり取りをかわし。

「アークスくん」

「シャーロット様」

シャーロットとはアイコンタクト。

「アークスさん、頑張ってくださいねー」

「はいはい。ありがとうありがとう」

「あー！　私のときだけなんか適当じゃないですかー⁉」

セツラは適当にあしらっておいた。

そんな話をしていると、ふいに観客の人垣が割れる。

何事かと思ったのもつかの間、そこから現れたのはスウだった。

優雅な足取りで観客たちの前に出ると、クローディアが彼女の方を向いた。

「あら、スウシーア様もご観覧にいらっしゃったのですか？」

「ええ。クローディア様がアークス君に倒されるところを是非この目で見ておきたかったものですから」

両者笑顔の裏で暗闘かと思いきや、スウさん登場早々笑顔で爆弾をぶん投げてきた。

擲弾兵（てきだんへい）もかくやというほどのマシマシな殺意が窺える。

クローディアが片側の口角を引きつらせるのを見て、さすがに堪らず口を挟んだ。

「おいこら、ハードル上げるな」

「えー、でも楽勝でしょ？」

「どこからそんな楽勝なんて言葉が出てくるんだよ」

「アークスと私が何年の付き合いだと思ってるの？　ほらあれ、帝国の魔導師部隊全滅させた魔法でも使ったら？」

「ここであんなもん使ったら観客ごと殺しちまうわ！」

そんな突っ込みを入れると、スウはふふふ、とお上品に笑う。

あんな対策会議をぶち上げたくせに、本当にいい面の皮である。

やがて、審判役の生徒が前に出る。クローディアの取り巻きの一人だそうだが、クローディアが勝つと考えていると思われるため、こちらが不利な判定などそうそうしないだろう。

もしそんな意図があっても、こちらにはスウがいる。

おかしな判定をすれば彼女が援護してくれるはずだ。

理想を言うなら判定に持ち込ませずに、完全勝利をもぎ取るべきだろう。ぐうの音も出ないほどの勝利を掴めば、今後何か言ってくることもないはず。

「降参するなら、いまのうちですわ」

「そんなことしたら魔法院から去らなければならなくなります」

「大勢の前で恥をかかせないよう、わたくしなりに配慮をしたつもりですが？」

「ありがたいことです。感動の涙でも流しましょうか？」

「軽口を叩く余裕があることは褒めて差し上げましょう」

クローディアはそう言うと、不敵に笑う。

「身の程を教えて差し上げますわ」

「白銀十字勲章にかけて、負けられません」

決闘前の会話が終わると、審判役の生徒が前に出てくる。

「――では、両者位置に」

審判役の生徒はそう言うと、ルールの確認に入る。

「今回は魔法のみの試合です。ですので、肉体的な攻撃は認められません。そして、攻性魔法は殺傷力の低いものを利用すること。勝敗は一方が負けを認めるか、もしくは魔法によって戦闘継続が困難な状態になった方が負けです。よろしいですね？」

クローディアと共に頷く。

間の距離は、ざっと見十メートル程度。

お互い態勢を取ると、審判役が声を上げた。

「では、始め！」

決闘が始まった。

クローディアは手の甲で口元を隠しており、すぐさま詠唱に取り掛かる。

《……風……金打ち……叩き……》

時折聞こえる言葉から察するに、おそらく風の魔法だろう。

単語や成語、リズムから考えて、テキストにあるポピュラーな【風吼槌（エオルスハンマー）】に間違いない。単語の追加や、変更もなさそうだ。

まずは小手調べということか。

こちらは以前のように【太刀風一輪（ハイブレイド）】を撃ち込みたいところだが、あれは殺傷性が高すぎる。もしこんなところで使用すれば、公爵令嬢の輪切りというスプラッターが再現されてしまうことだろう。

周りへの被害も否めない。

ならば、どうするか。

クローディアの魔法行使に伴い、風が独特な音を奏で始める。

その音が徐々に強まっていく中——

《——乱れろ荒れろ、風のごたごた。天空の大渦。山に居座る波濤（はとう）。積み重なった雲の中。空の旅行にご注意を》

――【風吼槌（エオルスハンマー）】
――【混乱気流（コンフュージョンエア）】

使用したのは、風を操る魔法に対する魔法だ。クローディアが使った【風吼槌（エオルスハンマー）】にわずか遅れて行使されたそれの影響で、魔法で圧縮された風はまるで乱気流でも起こったかのように荒れ狂い散り散りになる。自身のもとに届くころには春の爽やかな風となって吹き抜けた。

周囲の観客たちがざわざわとざわめく。

「クローディア様の魔法が失敗したぞ⁉」

「いや違う！　アークス・レイセフトの魔法の効果だ！」

「魔法の効果って一体どうやって……」

「っていうかいまの、クローディア様の呪文を聞いてから使ったのか？」

クローディアも驚いたように目を見開いている。

「ま、魔法に直接干渉する魔法ですって……？」

クローディアは先ほどの魔法が相当意外だったらしい。

まるで彼女の方が【風吼槌（エオルスハンマー）】で殴られたような顔をしている。

こういった魔法はすぐに思いつきそうなものだが、そうでもないのか。

クローディアが呆気に取られているのを好機と見て、詠唱を開始する。

《――拍手は一つ。打ち手も一人。衝撃はそこに。小さく敵打つ鳴る柏手(かしわで)――【拍手の衝撃】》
「ち、《――我が身を案じよ。かたちと変じよ。守りの盾よこの身を守れ――【守護防盾(シールドガード)】》」

その場で手のひらと手のひらを強く合わせ、柏手を打つ。

すると、手を起点にして衝撃と風圧が巻き起こった。

一方でクローディアがその場で手をかざすと、彼女の前方に淡い光をまとった半透明の盾が現れる。

クローディアはかざした手をすぐさま移動させ、位置を調整。こちらの魔法を受け止めた。

衝撃が通った様子もない。

こうして防がれたのは、魔力の量や威力でなく、早さの方を意識したためだろう。

クローディアの守りを破るには、もう少し威力の高い魔法を撃つべきか。

クローディアは余裕を見せたいのか、カーディガンを軽快に翻した。

「なるほど。魔法院に足を踏み入れるだけの実力はあるようですね」

「ご理解いただけたのであれば、これ以上戦う必要はないかと存じますが」

「お黙りなさい。足る程度で調子に乗り過ぎですわ。貴族の子弟であればこのくらいこなせて当然です」

「……そうですか」

「行きますわ」

クローディアはそう言うと、再び詠唱に取り掛かる。

今回は魔法のみで接近戦がないせいか、もどかしさを感じてしまう。

いま動けば……と。いま動いていいのなら、〈集中〉と〈かんなれ〉で倒せるのだ。

だが、魔法で倒さなければならないルールがあるため、そうもいかない。

いかに早く詠唱するか。

いかに相手の守りを突破するか。

ここに、込める魔力の量と呪文の長短による駆け引きを意識しなければならない。

そのうえ、非殺傷の魔法限定だ。戦いの最中に考えなければならないことがかなり多い。

お互い動いて距離を測りながら、詠唱。

《――汚れた水。混ざり物の水。小さな石くれ。泥のかたまり。流したぬかるみは下流を乱す。押し流せ濁流――【濁った流水（マッドカレント）】》
《――天の采配。流れを割って道を成す。ささいな不可思議。白亜の杖は水面を分かつ――【水面を割る杖（ウォータースタッフ）】》

地面に突き立った杖が濁流を割り、

《――うぐいす鳴く。一羽なれば典雅でも、多すぎれば耳には悪し。厳しさ伴う風をまといし、春告

げ鳥のさえずりを聞け――【春告鳥の騒乱（ウォーブラーノイズ）】》
《――打て。叩け。殴れ。空に満ちるものは寄り集まって塊となし、手を模（かたど）って痛打せよ。打ちのめす腕は彼方まで、その力は此方の如く。凪（な）いでもやまぬ風の打擲（ちょうちゃく）――【風の鉄拳（ウィンドラッシュ）】》

次いで風と風がぶつかる。

外套が風で煽られて裾が浮き上がり、小さな砂粒がお互いの身体を打つ。

わずかにこちらの魔法の発動が早かったため、衝突した場所がクローディアの方へと偏った。

ならば、余波をかわすため回避行動を取るか。

いや、クローディアは多少の余波を受けるつもりでその場に立ったまま。

乱れた髪を直しもせずに、すぐに詠唱を開始する。

《――火の侵入。猛火には届かず。這いつくばって地面を舐めるのみ。敵なる者の足元を鮮やかに彩り脅かせよ赤！――【燎原の赤（ワイルドレッド）】》
《――雨は短く。雨粒小さく。雨脚疾（はや）く。突き立つようにきらりとするどい。驟雨（しゅうう）の如く降り注げ。――【夕立小太刀（レインシャワー）】》

炎が足元を、烈火の勢いで伝ってくる。炎が舌を巻くようにくるくると回転しながら走る様は、さながら地面に広がった油の上を炎が駆けているかのよう。

それに対してこちらは、泡消火でなく水消火を選ぶ。

呪文が成立した直後、自分の頭の上を中心にして吹き付けるように撒布される水分。

だが思った以上に火力が強いのか、この程度では消火しきれない。

たちまち周囲が背の低い炎に包まれると同時に、熱量に負けた水分が蒸発し、辺りに蒸気の靄が立ち込める。

蒸し風呂さながら。いや、熱水の上に置かれた蒸籠のただ中と言ったところだろう。

ならば、

《――水気よ増えろ。増えて増えて見えなくなるまで。少ないよりも多い方がずっといい》

詠唱する声をわざと大きくして、聞こえよがしに呪文を唱えた。

「なにを――？」

当然、それを聞いたクローディアは困惑する。

水を追加して消火するわけでもなく、場の水分を増やすだけの魔法。それを、水がなくなった状態で使うことに得心がいかなかったのだろう。

しかも大声で詠唱したため、これが攻性魔法でなく防性魔法でもなく、ただの助性魔法だということを把握してしまった。クローディアは無意識のうちに猶予があると察することになったため、ここで彼女に隙ができた。

見極めに迷ったのだろう。

追い打ちの詠唱もしてこない。

こちらはそれを尻目に地面に伏せる。

暑いがもう少しの辛抱だ。

直後、前方でどんっと小規模の爆発が起こった。

砕けた波濤のような水しぶきが周囲に拡散し、一気に押し寄せてくる。

まるで嵐の日の波打ち際だ。消波ブロックにぶつかって砕けた荒波が波の花に変じたかのよう。

即座に立ち上がると、やがて靄が晴れる。クローディアは……健在だ。

あの状況で上手く防いだとはさすが公爵家の令嬢である。

「けほっ……妙なことを」

「これで終わって欲しかったんですけどね……」

小さな水蒸気爆発を起こしただけでは昏倒もしないか。多少痛手は受けたようだが、熱気にむせているだけだ。この世界の人間はおしなべて頑丈である。

《――高貴なるべし。風雅なるべし。気高き風は無礼を決して許さない――【高貴なる風の音よ(ノーブルウィンド)】》

《――構造変化。構造修正。蜂の巣亀の背繰り返し模様。力を散らせ。堅牢なる甲(かぶと)を壁に――【平面充填防壁(テセレーションウォール)】》

透き通った高音を伴った風が、こちらの生み出した障壁にぶつかる。

この魔法に取り入れたのはハニカム構造だ。以前に帝国軍の魔導師部隊が使った魔法、確かアリュアスと名乗った白仮面が【第一種防壁陣改陣（ウォールアルター）】と言ったものを参考にしたものだ。

魔力効率はかなりいいが――

クローディアが再度の呪文詠唱。

《――一点集中。一気貫通。壁を貫き、縦を貫き、敵を貫き、黒穴一つ。敵の守りが手堅いならば、突破口は自らの手で開けるのみ。研ぎ澄ませたその身によって、盾を穿て――【盾錐通し（シールドアイリティア）】》

持続魔法との組み合わせだ。先に撃った魔法の効果が続いている間に、すかさず次の魔法を撃ち込まれた。

「――ぐっ⁉」

「その程度の守りでわたくしの魔法は防げません！」

ハニカム構造がいくら頑丈だとは言っても、結局は魔力効率を求めたものでしかない。

こうして溢れるほどの魔力で力押しをされると、さすがに弱くなる。

魔法の選別や込める魔力の量を見誤った。

防壁にひび割れが入り、強い圧力を感じる。

風が届く前に慌てて飛び退くがそれも一足遅く、【高貴なる風の音よ（ノーブルウィンド）】の風圧が全身を叩いた。

「くっ……」

……さすがに力比べになると分が悪いか。

多量の魔力が込められた魔法を、少ない量の魔力で工夫を以てしのぐ。

強力な魔法で相手の魔法を圧倒できない以上、短い呪文で隙を突く戦法しか取れない。

こちらも呪文の作製には自信はあるが、相手であるクローディアは魔法院の三年であり、国内でも有数の魔導師系の家系の跡取りだ。舐めてかかれば足元を掬われる。むしろ魔力勝負に持ち込まれればこちらに勝ち目はない。

クローディアの顔に、勝ち誇った笑みが戻る。

「先ほどは驚かされましたが、やはり魔力が少ないのは魔導師として不利ですわね。このまま押し切って差し上げましょう」

クローディアは魔力が少ないということをことさらに強調しつつ、また魔法を使用する。

一方でこちらは――いまは様子見に走るしかない。魔力が大量にあるならクローディアに合わせて魔法を使用することも可能だが、下手に無駄撃ちはできない。

魔法で防御することはせず、移動で魔法をかわす。これは反則には取られない。

「ふん。小賢しいですわね」

クローディアはそう言うと、詠唱を開始する。

《――不都合な真実。真夏の陽炎。水面の月。昼間の篝火。金はその価値を貶め、石くれに堕つるべし。かがやきよここに褪せよ……》

これまでとは随分と毛色の変わった呪文だ。

妙な単語と成語を取り集めたものであり、これまでに比べて長いものらしい。

なにかある。このまま使わせてはマズい。

呪文詠唱が続いている間に、こちらも呪文を行使する。

《――小さな虫の歌劇団。学徒の強敵。終わらぬ耳鳴り――【耳の虫は取りにくい】》
《――小石を投げろ。どんどん投げろ。石ころは小粒でもなかなか痛い――【小天狗礫】》
弱い魔法を連続で使って些細な邪魔をするが、クローディアは動じない。頭の中で繰り返される音楽には意を介さず、小石は顔を腕で覆って凌ぐ。
やがて、呪文が成立した。

――【抑圧（サプレス）】

ふいに、クローディアの美しい金色の髪が色褪せたように輝きを失う。

直後、スウの声が飛んでくる。

「アークス！　それはサイファイス家の魔法だよ！」

「これが……」

対策会議で話題に上った例の魔法か。先に行使したということは、相手が使った魔法に使用するものではないようだが。

「これであなたはもう無力ですわ」

「それはやってみなくてはわかりません」

すぐに呪文を唱え、魔法を使う。

火を生み出して、クローディアのもとへ飛ばすが。

「……な」

だが、普段通りの威力が出ていない。どころか、クローディアのもとに届くまでには効果は大きく減衰して、当たっても充溢した魔力に跳ね返されてしまうほど。

(直接作用するのか？　それとも範囲内の魔法にか？)

この魔法がどういったものなのか判然としない。

範囲ならば魔法陣が領域を区切るなどの効果が表れるためわかりやすい。

しかし、クローディアが使った魔法はそれらのものとは違うらしい。

範囲を指定する。魔法自体に掛ける。と言うよりは、まるで――

(もっと別のものに掛けているような気が……)

よくわからないが、なんにせよこれが難儀(なんぎ)な魔法であることに変わりない。

クローディアが魔法を使った。

それに対しこちらも魔法で障壁を作るが、色味が目に見えて薄れているのがわかる。

障壁が壊れる直前、地面を強く蹴って後ろに飛び、距離を取った。

(やっぱり相手の魔法に干渉するのか？　いや、でも……)

一定空間内で使用された魔法。相手の魔法への抵抗を無視して呪いのように掛かるものなのであれば、その可能性もあるだろうが、そういうわけでもないらしい。

それに、先ほど自身が【混乱気流(コンフユージョンエア)】を使ったとき、クローディアは魔法に直接干渉する魔法に驚いていた。あれが演技でないのなら、いま考えたものとは別のものと見るべきだ。

……こちらが戸惑っている一方で、クローディアは絶対的な自信があるのか、不敵に佇んだまま。何もしてこない。いわゆる舐めプだ。ひどく腹立たしい話だが、魔法の撃ち合いである以上こうなっては向こうに分がある。

「こちらもそろそろ行きますわ」

クローディアが魔法を使うが、そちらは効果を弱めるという魔法の影響を受けたようにも見えない。それを、どうにかこうにか動いてかわす。

（そもそもなんで向こうは魔法の効果が落ちないんだ……？）

特に効果がかかる対象を決めていないのなら、向こうの魔法の威力も低下するはず。しかし、こちらは弱くなって向こうはそのままという、まるでチートでも使われているような状況だ。

クローディアの魔法に対し、こちらも防御の魔法を使用する。

先ほどよりも呪文が長く、込める魔力の量も多い。

しかし、

「うぐっ……」

魔法が弱まる効果が思いのほか強い。

使われた魔法も強烈なものだ。非殺傷性ではあるが、まともに当たれば一撃で昏倒するだろう。威力の減衰や相殺をうまく計算しているようだ。

クローディアは一撃当てたことで調子を良くしたのか挑発めいた言葉を投げかけてくる。

「あらあらどうしたのですか？　逃げてばかりでは、わたくしは倒せませんよ？」

「これもクローディア様を倒すための準備ですよ」

「本当でしょうか？　もし嘘でしたら、勲章を下賜された陛下の面目を潰すことにもなりかねませんよ」

「くっ――」

　ともあれ、クローディアの挑発について。

　彼女のいまの言葉も、魔力が多いから言える言葉だろう。

　こちらだってできるならそうしたいが、魔力が少ない時点でそんなのは土台無理な話。

　クローディアはすぐに次の詠唱に取りかかる。しかも、これも多くの魔力を消費する呪文のようだ。体内に保有する魔力量はおそらくリーシャよりも多いだろう。もしかすれば、ケインに迫る勢いかもしれない。

　クローディアの魔力が、圧力となってのしかかる。まるでジェットコースターに乗ったときを彷彿とさせるような、内臓にGがかかった嫌な感覚を覚える。

　強い。これが公爵家の跡取りというものなのだろう。

　自信に満ち溢れた佇まい。

　他者を圧倒できる魔力量。

　強者の影が窺える。

（このっ、さっきから好き放題言いやがって……殺傷性の高い魔法ぶち込むぞこんちくしょうが）

　威力のある【矮爆（ドゥワーフスター）】を使えば、それこそ一撃で決まる公算が高い。

だが、問題はどれほど減衰するのかわからないことだ。

減衰してほぼ効果を成さないまでに落ちるのか、それとも威力が高い分ちょうど良くなるのか。

もし威力を読み誤れば、この場にいる公爵令嬢が一人、バラバラになって吹き飛んでしまう恐れがある。

武器連想系攻性魔法【黒の弾丸（ブラックバレット）】
外性神話式攻性魔法【飛蝗旋風（アポリュオン・トロヴィロス）】
対象指定型爆裂攻性魔法【矮爆（ドゥワーフスター）】
酸素収奪系攻性魔法【絶息の魔手（リバーサルエアリア）】
外性魔術式鏡像反照魔法【共鳴殺（クローニングホメオパシー）】
幻想科学融合式外性神話攻性魔法【天威光（ザラッハーオウル）】

これらは、自身の奥の手と言える魔術だ。少ない魔力で、対象を確殺できる。

使い勝手はいいのだが、あまりに殺傷性が高いため、こういった状況では途端に使いづらくなる。

……やはり、下手な魔法は撃ち込めない。魔法の威力が減衰する以上、無駄撃ちになりかねないからだ。かといって防御に徹するとそれも魔力を消費してしまうからよろしくない。

いまのところは相手の呪文を読んでその傾向を掴み、逃げるしかないのだ。

そうすれば、必ず攻略の糸口が見えてくるはず。

残りの問題はサイファイス家の魔法だろう。

相手の魔法の効力を下げる。防御魔法ではないため打ち破ることもできないし、何に対して効果を及ぼしているか判然としないため、効果を覆すのも難しい。

しかも、なぜかどんな魔法に対しても効果を発揮するときた。

（だけど、勝ち目がないわけじゃない）

そう、魔力が多いということは確かに強力だが、自分を倒すには相手も魔法を使わなければならないという点もある。突くべき場所がないわけではない。

「そろそろ終わりと参りましょう」

こちらが距離を大きく取った折、クローディアが詠唱を始める。

そろそろ苛立ってきたらしい。

効果の大きい、範囲の広い魔法だ。これで仕留めるつもりなのだろう。魔法の威力が低減することがなければ、この隙に呪文の短い魔法を撃ち込むところなのだが、いま使ってもクローディアのもとまで届かない可能性すらある。

……これは普通の動きではかわせない。なら仕方がない。

〈集中〉そして〈かんなれ〉を下地にした移動術に移行する。

自身の速度域が変化。自分以外のものが急激に遅滞化する。

当然、クローディアはこちらの動きの変化には気付けない。

その状態ですぐさま駆け出し、クローディアの後ろへと回り込んだ。

普通はここで当て身でもすれば勝ちなのだろうが。この決闘がそういったルールでないことがもどかしいところか。この〈集中〉や〈かんなれ〉を使っているときは魔法の行使ができないというのも、今後改善すべき課題だろう。

「――あら？」

クローディアは自分が先ほどまでいた場所やその周りを見回している。

早過ぎる移動のせいで、姿を見失ってしまったらしい。

少し遅れてから、外野から取り巻きの一人が叫んだ。

「く、クローディア様！　後ろです！」

「え？」

クローディアはきょろきょろと見回しつつ、後ろを向いた。

そして、どことなく焦りを額に表して、こちらに訊ねる。

「……一体なにをしたのです？」

「それは秘密です」

そこに、スウがすかさず口を挟んだ。

「あらあらクローディア様？　いまのが実戦ならあなたは死んでいましたよ？」

「っ、これはルールを設けた試合ですわ！」

「あらそうですね。失念していました」

スウもそのくらいわかっているだろうに。チクチク嫌み攻撃とはなかなかやる。

悪い気が溜まるいい援護だ。

ちょっと卑怯な気もするが、それくらい構わないだろう。

スウにお礼の目くばせをすると、彼女は機嫌良さそうに微笑んだ。


決闘が始まってから、すでに十分以上のときが経った。

クローディア・サイファイスは胸の内に充満するもどかしさに、ただただ難渋するばかりだった。

これまで幾度も他の生徒と魔法戦を行ってきたが、これほど時間がかかったことはいまだかつてない。

魔力量の差や、何より【抑圧（サプレス）】の魔法もあるため、早いときなど数回魔法を撃ち合った程度で相手が白旗を上げてしまうほどだ。

確かにアークス・レイセフトを倒しあぐねているというのは厳然たる事実だ。

いまもって自分の前に立っているのが、その証明だろう。

まさかこれほどまでに難敵であるとは思わなかった。

（……上手いですわね）

先ほどからアークスに対して口にしている挑発とは裏腹に、内心での評価はかなり高い。

これまでまともに魔法を撃ち込めたのは一撃程度。むしろそれまでは魔法の穴を突かれることが多く、こちらの方がわずかだが痛手を受けているほどである。

これはつまるところ、アークスの対応手が多彩だということだ。

正しい伝承やいわれを持ち出した魔法。

テキストにない呪文や変化を加えた魔法。

そして、こちらの知らない知識や魔法院でも習わないような理論を用いた魔法まで使ってくる。

普通、魔法での決闘と言えば、あらかじめ用意してきた魔法の撃ち合いになるため、両者力押しがほとんど。魔法の傾向は好みの属性に偏るし、防性魔法だって用意しても一つか二つに収まる。

しかし、だ。その想定に反して、アークス・レイセフトはその場で対応する呪文を選んでいる節があった。

……人の想像力には限界がある。特定の属性に対する親和性や想像力を練る場合、その属性に長く接していなければならないため、魔導師は必然的に一つの属性に偏る傾向にあるからだ。

そのため、その場で呪文を吟味したりしないし、そもそもできるはずもない。

だが、こうしてその場その場で臨機応変に対応できるということは、【古代アーツ語】に深い理解があると言える。そんな知識の深さもそうだが、もっとも驚くべきは魔力操作の達者さだろう。これだけ多くの種類の魔法を使っても、アークスはいまのところ一度たりとも詠唱不全を起こしていないのだ。

入りたての一年は魔法が使えない者も多く、使える者であっても魔力操作が拙(つたな)い傾向にある。しかも、戦いながらこれを行うというのは技術や経験を要するものだ。

経験が浅い者は相手の魔法に気を取られて集中が乱れ、魔力操作がおろそかになる。もともと魔力の制御力に難がある者であれば、どうなるかなど想像するに難くない。

しかし、アークスの魔力の制御は完璧とも言っていいほどのものだ。

一体どれだけ練習すれば、この年齢でそれほどの力量を得られるのか。

耳を澄ませると、聞こえてくるのはアークスに対するひそひそ話ばかり。

「どういうことだ？　一年が戦闘訓練をやるのってまだまだ先のはずだが……」

「バカ、アークス・レイセフトは勲章持ちだぞ？　前のナダール事変で出てきた帝国の魔導師部隊を壊滅させたって」

「あれってホントの話だったのかよ」

「クローディア様の決闘がこんなに続いたことってこれまでなかったんじゃないか？」

「アークス・レイセフトの使う魔法もテキストにない呪文ばかりだ」

「さっきクローディア様の後ろに回ったのってどうやったんだ？」

「わからない。全然見えなかった……」

周囲の評価もやはり高い。

……決闘では基本的に攻性魔法や防性魔法に偏るものだが、そこに助性魔法まで躊躇なく組み込んでくる。それによってこちらの魔法は無効化されたり、相殺されたり、果ては相互作用の果てに跳ね返ってくる始末。先ほどの【燎原の赤(ワイルドレッド)】を使用したときだって、どうしてあんな激しい現象が起こったのかさっぱりわからなかった。

確かに、大量の水を扱う魔法に威力の高い火の魔法をぶつけると、激しい現象が発生するというのは上位の魔導師たちが行う魔法戦でよく見られることだと聞く。しかし先ほどはそうではなかった。むしろ規模が小さい魔法同士のぶつかり合いであるため、起こるはずもない。しかし、アークスは確信のもとその行動を取っていた。

まさかこんな高度な戦い方をされるとは思いも寄らなかった。

すでに実力は卒業生の域にあると言っても過言ではない。

だが、だからと言って負けを認めるわけにはいかない。

そろそろ決めに入るべきか。こちらもある程度見極めは終わった。

殺傷しない範囲の、強力な魔法で圧倒するべきだろう。

「これで終わりですわ！」

《――谷風。山風。颪風。巻き込め渦成せかき回せ。天を渦するうねりに呼ばわれ、角なしの鉄挺(てってい)よ降り落ちろ。石壁を砕け。土塀を崩せ。鎧兜を圧し潰せ。この一振りによって徹底と成す》

もしものためにとっておいた呪文を唱える。【風吼槌(エルオスハンマー)】のさらに上位の魔法だ。本来はもう四節使ってこそ本領を発揮できるが、あくまでこれは試合だ。

アークスほどの力量ならば、よほどの失敗がない限り、致命的なものにはならないはず。

それに声が重なるように、アークスも呪文を唱えた。

《――凪よ吹け。吹き風巻(しま)け。巻き返せ。ガウンの嘆きに招かれて。その歌声は地上から、空へと高らかに歌われる。目には目を、歯には歯を、渦には渦を以て応えるべし》

――【金床失墜（アンヴィルフォール）】
――【報復律・旋風捷（ガストーネード）】

お互いの【魔法文字（アーツグリフ）】が飛び交い、それらが魔法陣を形成する。

色はどちらも緑色。違いと言えば、青に寄るか、鮮やかなのかでしかない。

こちらが天に向かって手を伸ばすと、上空で風が、さながら嵐のときのようにごうごうと唸りを上げる。

強力な突風が周囲に広がり、余波が拡散。集まった生徒たちは吹き飛ばないよう、体勢を低くしてその場で堪えている。帽子やストールが飛ばないようしっかりと掴み、翻る外套やスカートを押さえながら。

それでも決闘から目を離さないところは、魔法院の生徒であるからだ。

渦を巻いた嵐の如き暴風が、上空で鉄槌の如き様相を見せる一方。

アークスの魔法はと言えば、彼の周囲に旋律を響かせ始める。

それはどこかで聞いたような……いや、墓地でガウンがよく歌っているような歌のようにも思えてくる。

楽曲のように響き渡るそれが周囲の空気を刺激して、塵や埃を舞い上げた。

鉄槌に相対する、つむじ風。

やがてそれらが衝突する。

誰の目から見ても、鉄槌が勝つように見えたが。

「なっ――⁉」

こちらが決め手として秘しておいた【金床失墜(アンヴィルフォール)】は、これまでの焼き直しのようにアークスの魔法によって相殺された。

観客の生徒たちが、再び騒ぎ始める。

「あれで相殺されただって⁉」

「一体どういうことなんだ⁉」

「ウソだろ⁉　魔力だってかなり少なかったぞ⁉」

しかし、事実だ。

魔法の威力が十分に出せない中で、こうして対処できる魔法を使えるということは、魔力の量ではなく、単語と成語の組み合わせや、魔法の理論を上手く利用しているということになる。

だが、気になることもある。

「……解せませんわ。どうしてこうも簡単に相手の口先が読めるのです？」

「クローディア様がこれまで使った魔法は、九つ中、四つが風系列の魔法でした。ですので、クローディア様は風の魔法を好むか、もしくは決闘では風の魔法を主体にする傾向だと考えたのです」

「ですが、それでどういう魔法かまでは」

「いえ、風となれば、引き起こせる現象はそう多くありません。吹き飛ばすか、切り裂くか、巻き込むか、気圧を変化させるか。あとは呪文に聞き耳を立てていればいい。言葉の調子や呪文の長さなど、予測する要素はいくらでもあります。今回は、クローディア様の呪文に【颪風(ダウジ)】が入っていたので、特にわかりやすかった」

「呪文の構築から魔法を推測したというのですか……」

あらかじめ風魔法が来ることがわかれば、対処のしようもあるというもの。

確かに最初の単語がわかれば、それに合わせやすい単語や成語もわかる。全体の構成も見えてくる。あとは即興で対応する、もしくはあらかじめ準備しておいた『その魔法の効果に対抗できる魔法』を使えばいいだけだ。

……以前の講義で、メルクリーアに相手をしてもらったときのことを思い出す。

そのときも、その場の状況や使った呪文の傾向で読み切られ、封殺されることになった。

メルクリーアが使った魔法によって、こちらが使用する魔法を限定されてしまったのも大きい。

――効率の良い魔法を使う者ほど、読みやすい相手はいないです。周囲を湿っぽくすればその相手は火の魔法を選択肢から外しますし、周りを暑くすれば氷の魔法の使用を避ける傾向にあるです。高度な魔法戦とは、相手の行動を掌握し、自ら相手を動かすことにあるですよ。

アークスの戦い方は、彼女の戦いぶりに通じるものがある。

ならば、潔くあるべきだろう。

「わかりました。あなたに魔導師として実力があるということを認めましょう」

「それは良かった」

アークスはほっと安堵した表情を見せる。だが、その安心は早計というもの。

「何を安心しているのですか？　わたくしは実力を認めただけで、試合はまだ終わってはいませんよ」

「え？」

「試合は勝負。勝者も敗者も出ない勝負など存在しません」

「ええっ⁉　目的は私の実力を認めるか認めないかではなかったのですか⁉」

「そうですわね。確かにこの決闘の目的を突き詰めれば、そこに至るでしょう」

「なら」

「で、す、が！　先ほども言った通り、これは試合です……そうですね。魔法院を辞するというのは容赦しましょう。ですが、わたくしに負けたら、わたくしの取り巻きに加わりなさい」

「ちょ⁉　このうえまだ条件を増やすと⁉」

「これは温情と知りなさい。むしろわたくしの取り巻きになれるのは光栄なことではなくて？」

そう言うが、アークスはいまいちわかっていないような顔を見せる。

「いえ、あの、どの辺が光栄なのかまったくわかりませんが」

「っ、あなたサイファイス公爵家の跡取りであるわたくしの……」

そう言いかけて、やめた。それは思い違いだからだ。

「いえ、そうですわね。レイセフト家と言えば公爵家に次ぐほどの古参の貴族家。これまで幾度もあった陸爵の機会を拒否して、東部守護の尖兵にとどまった筋金の入った軍家。確かに、王家以外にそうそうひれ伏すはずもありませんか」

「……え、えーっと」

レイセフト家。古さで言えば、主家であるクレメリア家よりも古い歴史を持つ。王家に臣従し、王国勃興後は中央にとどまらず東の領地へと戻っていった。だがそれは王家を軽視するものではなく、その後の戦にもいの一番で馳せ参じ、ときにはその力を大きく削いでまで力添えをしたこともあるという。

彼の家はそれこそ忠義の塊のようなものだ。現国定魔導師であるクレイブ・アーベントがその見本のようなものだろう。彼ももとはレイセフト家の出であり、いまは国王陛下のために力を尽くしている。

たとえサイファイス家にも王家から降嫁した血が入っているとはいえ、その血は塗りつぶされて完全な別家となっている。彼らにとっては、忠義を向ける対象ではないのだろう。

当人がしきりに首をかしげているのが不思議と言わざるを得ないが。

「いいでしょう。あなたに是非と言わせ、頭を下げさせてみせますわ」

「は？」

「手に入れにくいものこそ、欲しくなるというものです」

「え？　ちょ、なんで？　なんでそうなるの？」

アークスはひどく混乱している様子。

先ほどつい口をついて出たものだが……取り巻きか。

見た目も可愛らしいため、それに見合う格好をさせればかなりに映えるだろう。

「それをするに当たって着せ替えも……ええ、そういうのもいいですわね。あなたの可愛らしい見た目なら、どんな服装でも映えると思いますわ」

「ぐふっ……なんかよくわからないけど精神攻撃かよ……」

アークスは魔法を受けたとき以上の衝撃を受けているようだが、その一方で外野から激しい声が飛んでくる。

「ちょっとアークス！　負けたら承知しないよ！」

スウシーアの顔色が目に見えて変わった。あの入れ込みようだ。アークスはかなりのお気に入りなのだろう。以前彼女にはやりこめられたのだ。ここで一泡吹かせるのも面白そうだ。

《——不都合な真実。真夏の陽炎。水面の月。昼間の篝火。金はその価値を貶め、石くれに堕つるべし。かがやきよここに褪せよ……》

再度、サイファイス家の魔法【抑圧（サプレス）】を掛け直す。

灰色の【魔法文字（アーツグリフ）】と魔法陣が足元に広がり、自慢の髪が、その色を褪せさせていく。

「厄介な魔法ですね」

「それが。天稟というもの」

「天稟……天稟？」

アークスは何が不思議なのか、その場で同じ文言を繰り返し口にながら、怪訝そうに眉をひそめた。

やがて、ハッと光明を見出したような表情を見せる。

「――そうか！　そういうことか！」

それはまるで、これまでわからなかったことが突然氷解したようなそんな態度。手を叩いて、合点がいったと言うような表情を作り、段々とその表情を明るいものから不敵なものへと変化させる。

「なんです？　何がそういうことなのですか？」

「その魔法の正体です」

「は――まさか気付いたというのですか？　そんなバカなことが……」

「相手の魔法を弱める手段というのは、いくつかに限定されます。その魔法が相手の魔法に直接掛かるか、範囲内に入った魔法に影響するようにするか……ですが、それが天稟ということは、それはクローディア様の……」

「――アークス・レイセフト。口が過ぎますね。少し黙りなさい」

つい、ぴしゃりと口をついて出た。

いまの語りではまだ核心は突いていなかった。だが、誰も踏み込めなかった場所に踏み込まれたことへの焦りは、確かに感じた。

一方でアークスはしゃべるつもりはないのか、それ以降は口を閉じたままだ。

…………再び、アークスが魔法をかわすだけの時間がやってくる。

当たり前だ。たとえ中身を見抜いたところで、魔法が掛かっている以上はどうすることもできない。

効力が切れたところを見計らって、魔法を使うという手段しか取れないはず。

効力が切れるのを見越して、再度掛け直そうとしたみぎり。

アークスが身体にこれまでにない量の魔力を充溢させる。

そして、

《――不都合な真実。真夏の陽炎。水面の月。昼間の篝火。金はその価値を貶め、石くれに堕つるべし。かがやきよここに褪せよ……》

《……………………………………》

こちらが呪文を唱えるかたわら、アークスが突然何らかの呪文を唱えた。

「何を？　そちらの魔法は効果が弱まるというのに」

「効果が弱まっても、効果が消失するわけではありません。効果が減衰で消えないよう魔力をだいぶ使いましたが……」

確かに、アークスの言う通り、【抑圧（サプレス）】は相手の魔法の効力を打ち消すものではない。だが、魔法の効果が弱まってしまえば、期待した効果を発生させることはできないのも当然。

ともあれ、いまのでかなりの量を消費したはずだ。

これまで使った魔法から考えて、あと一、二発が限度だろう。

そんなことを考える中、アークスがテキストにあるような初歩の呪文を唱え始める。

初歩の初歩の呪文だ。これまで彼が使った魔法と比べるに値しないもの。

直後、アークスの魔法は問題なく発動する。

空中に火が舞い飛ぶ。

威力が弱まったことも見受けられない。

「やっぱりだ！　成功だ！」

「っ、一体何が⁉　どうしてそのままの状態で魔法が……」

「いまの魔法の効果です！　それで、クローディア様の使った魔法の効果を打ち消したのです」

「そ、そんなことがっ⁉」

そう、魔法の効果を打ち消すためには、当然だが『そのときに使用される魔法の効果』がどんなものなのかを知る必要がある。【抑圧（サプレス）】の魔法の効果を打ち消すためには、この魔法の本当の効果がわからなければそんなことはできないのだ。

そのうえで、こうして効果を発生させられているということは――

「まさか、本当にサイファイス家の【抑圧（サプレス）】を見抜いたというのですか⁉」

「アークスさっすがぁ！　あとでどんな魔法なのか教えてね！」

「そ、それは許しません！」

そんなことを言っていたのがまずかった。

こちらが再度【抑圧（サプレス）】を使う前に、アークスが先ほどとは違う呪文を唱え出した。

聞こえてくる呪文も、よくわからない。構成している単語は、【いびき】や【ラッパ】、【音楽家】。

攻性呪文にするにはあまりに意味のないものばかりだし、たとえ助性呪文だろうとこちらに与える影響が見えてこない。

どんな攻性魔法が飛び出すか、身構えていると。

――【びっくり泡玉(アストニッシュバブル)】

「――は？」

「これが俺の自慢の魔法です」

そう言って、本当に自慢げな様子で胸を張るアークス・レイセフト。

こんな態度はいままでにない。ということは、単なる演技か虚勢か。

（こんな泡玉を出すだけの魔法が自慢？　――いえ、違う）

そうだ。これだけの呪文を作る力量がある以上、ただシャボンを作ったわけではないだろう。横目でも、スウシーアが観客の生徒たちに大きく距離を取れと伝えているため、周囲にも影響があるということが窺える。

（こんな魔法、こちらが攻性魔法を放てば一瞬で消えるはず――いえ、もしかしてそれが狙い？）

そう、シャボン玉はすぐ壊れるのだ。

つまりアークスは、これを壊させるのが目論見(もくろみ)のはず。ならば――

「甘いですわね！　《――風よ吹け。穏やかなるそよぎの調べ。霞も靄も、霧も煙も吹き飛ばしては散り散りに。そよ風よ霧を払え――【霧払之風(フォグスラッシュ)】》」

唱えたのは、即興魔法だ。壊してはいけないのなら風で吹き飛ばすのみ。

風に煽られたシャボンは、アークスの方に流れ始めるが。

《…………………………………》

彼の口から聞こえてくるのは、途切れ途切れの詠唱だ。

耳なれない単語がいくつも含まれているが、こちらが口にした呪文と似たような単語がいくつも聞き取れる。

（っ、こちらが攻性魔法を撃てないのを利用して……）

こちらがシャボンを処理する間に、余裕ができる。

もともと、それを見越していたのだろう。

――【霧払之風mk.2】

アークスが使ったのは、こちらが使った即興魔法に妙な改造を施した魔法だ。

しかし、彼が起こした風はこちらの起こした風よりも強い。

しかも、シャボンが割れない程度の強さだ。シャボンが側面に流れないように、風の吹き方も調整されている。

シャボンがまるで、風船を手でこねくり回したかのように、風に挟まれてぐにぐにと形を変えている。

ならばここは、風の魔法を重ねるよりも防性魔法を使って凌いだ方がいいだろう。

呪文はできるだけ短い、魔力を多めに使用するものならば、まだ間に合うはずだ。

《――覆え。囲え。温情は幕となって我を守る。大いなる手のひらよ包み込め――》

魔法はすぐに成った。これで余裕ができる。

そう考えた直後、アークスは悪戯（いたずら）小僧のように舌を出す。

そして、ポケットからコインを取り出して、それを投げた。

こちらではなく、宙に漂う魔法シャボンに向かって。

「しまった――」

そして、投げた物がシャボンに触れたその直後、シャボンが次々に割れる。

それと同時に強烈な破裂音が連鎖し、耳をしたたかに打った。

「――――――――!?」

自分の叫び声は――聞こえなかった。鼓膜を強く打ち据えられたせいで、耳の機能が一時的に失われたせいだ。

音が極端に大きかったせいか、頭が強く揺さぶられる。

そのまま、視界が暗転してしまった。

しばらくして。

…………やがて、どこからか声が聞こえてくる。

「ク……ディ……！　クローディア様！」

「う、ぅう……一体、何が」

倒れていたのか。確かめるように頭を振りながら、身を起こす。

耳に痛みはない。取り巻きたちが治癒の魔法を使ったのだろう。

だが、そうなると、だ。

「試合は！」

「……アークス・レイセフトの勝ちです」

「それは……」

横合いに、アークスが立っていた。そのかたわらにはスウシーアも控えている。

ということは、気を失ってからそれほど時間は経っていないのだろう。

「っ、そうですか。いまのは音で……」

「そういうことです。障壁は使用者に必要なものは透過してしまいますので」

アークスはそう言ってから、「あらゆる障壁系防性魔法の穴でしょう」と口にする。

確かに障壁系の防性魔法を使っても、音も聞こえるし匂いもする。それから身を守るためには、それを防ぐための専用の魔法を使う必要がある。

だが、

「……そんなこと講師は教えません」

「でしょうね。講師はそういうことに考えが至っていないのでしょう」

アークスはそう断言する。栄えある魔法院の講師を、その程度だと言い切るような物言いが思い上がりのようにも聞こえるが、そうでないのは彼の実力が示している。実際に、彼の知識は魔法院の講師ですら知りえないものが多くあると感じさせるものだった。

彼の言が正しいというのであれば、それはつまり、こちらの動きが読み切られたということだ。

いや、これはメルクリーアの講義通りだとも言えるだろう。

高度な魔法戦とは、相手の行動を掌握し、自ら相手を動かすことにある。

最後も、アークスの思い描いた絵図通りに動かされてしまった。

それもそのはず、結局最後には彼の望んだ通り、防性魔法を使わされたのだから。

「負けた……サイファイス家の跡取りであるこのわたくしが……」

魔力が少ないからと油断していた。それは事実だ。そう思っていたからこそ、この決闘にまで発展したのだから。

それでも、こちらが使用した魔法は相手を一撃で倒すことを念頭に置いたものばかりだ。

油断はしていたが、一切手は抜かなかった。

だが、ここで負けた理由は油断していたからなどと口にすれば、自分はその程度の魔導師に格落ちしてしまう。

どうすればよかったのか。

防性魔法ではなく、【抑圧(サプレス)】を使う。

いや、掛け直しても間に合わない。【抑圧(サプレス)】の呪文詠唱はそれなりに時間を要する。魔法が行使される前に同じような決着になっていただろう。アークス・レイセフトには、シャボンを割る余裕がいくらでもあったのだから。

勝利するには、もっと別の手段を講じなければいけなかったはず。

「お……」

「お？」

「——覚えておきなさいですわ！　ぐすっ！　うわぁあああああああああん！」

…………ともあれ。

集まった者たちが見たのは、泣きながら走り去るクローディアの姿だった。


クローディアの意識が戻り、いくつか答え合わせをした後。

突然、彼女は校舎内へと走り去ってしまった。

そのまさかとも言える姿に、呆気に取られてしばらく。

隣にいたスウが、自身から少し距離を取った。

そしてこちらに指を差して、何を言うかと思えば。

「あーあ、アークスが女の子泣ーかせたー」

「ちょ、俺ぇ⁉　これ俺のせいなの⁉」

「だって決闘で勝ったからクローディア様はああして泣きながら走っていったんだよ？」

「じゃあ俺に負けろって言うのかよ⁉」

「それはダメに決まってるでしょ！　アークスがクローディア様の取り巻きとか絶対許されないよ！」

「んじゃどうしろって言うんだよ一体ぃいいいいいいいいい‼」

そんな茶番めいたやり取りはともあれ。

「ね？　やっぱり楽勝だったじゃない」

「どこがだどこが！　こっちは辛勝だっての！」

「そうかなぁ。結局なんだかんだ勝っちゃったし」

「運が良かっただけだって」

「それにしては作戦勝ちじゃない？」

「運に左右されるところが大きかったですー」

スウとそんな話をしていると、ケインが歩み寄ってくる。

「まさか、クローディア様に勝ってしまうとはね」

「ん？　ああ、なんとかな。少し間違えば負けてただろうけど」

「白銀十字勲章授与者の力、見せてもらったよ。当然、これがすべてじゃないだろうけどさ」

「魔力がなくても意外と何とかなるだろ？」

「そうだね。でも、魔力がないことの不利は君がよくわかっているんじゃないかい？」

「身に染みてる。魔力いっぱいある奴がうらやましいよほんと……今回のことでさらに実感したぜ」

そう言って、大きなため息をこぼす。

ありがたかったのは、クローディアの使う防性魔法が音を防ぐ効力を持つものではなかったことだ。防性魔法の穴とはいったものの、もし音にかかわる単語や成語が交じっていれば弱められる可能性もあった。

もちろんこちらも音撃を直に受けたため、ノーダメージというわけにはいかなかった。耳栓で鼓膜は完全に守ったが、音は身体からも伝わるため、破裂させた直後はそれなりにフラフラしていた。

すぐに体調を整える魔法をかけたため、いまはまったく問題ないのだが。

本来ならば錬魔力を利用した〈遠当て〉を使用するのをセオリーとしている。

しかし、変わった行動を取れば細剣術の道場のときのようにいちゃんもんを付けられる可能性も否めないため、ああしてコインを投げて壊したというわけだ。

想定以上に消耗は激しい。

やはり魔力が多いというのは多大なアドバンテージを感じる。

こちらがいくらテクニカルな戦い方をしたとしても、一歩間違えば簡単に押し込まれていただろう。

だが、負けるわけにはいかなかった。これで負けていれば、魔力が少ない＝弱いとされるのだ。

やはり理不尽極まりない。

再度、ほっと安堵の息を吐く。

すると、突然スウが声を上げた。

「アークス！　それよりもサイファイス家の魔法だよ！　サイファイス家の魔法！　教えて教えて！

いますぐ教えて！」

「いや中身を言うのはどうなんだよ？　そんなの下手に漏らしたら確実にサイファイス家に睨まれるだろ？　嫌だぜ？　そのせいで寝てるときに刺客がこんばんはしてきて明日の朝日を拝めないとか」

「それは油断していたクローディア様が悪いんだよ？」

「だからってやるやらないはわからないだろ？　貴族が理不尽なのは身に染みてわかってる」

不用意にしゃべるつもりはない。

だが、絡繰りに気付けばそう難しいことではないのだ。

呪文の正体を探るためにもっとも近道となるのは「呪文の内容」だし。

【抑圧(サプレス)】の魔法が、相手の魔法に対して掛けられるものではないということ。

これが天稟であるということ。それらを踏まえてよく考えれば、これがどういうものなのか見えてくる。

あとは、ゲーム的な考え方も少し必要になるかもしれない。

ともあれ、この件に関しては慎重にならなければならないだろう。そうでなくても王家の魔法の正体までも掴んでいるのだ。先ほどは絡繰りを暴いたことで興奮して考えなしに攻略してしまったが、こうして大っぴらに見抜いたことを喧伝したのはやはり結構マズい状況なのではなかろうか。

……周囲にいる観客たちも、なんだか妙な視線を向けている。

気の毒と思う視線もあり。

獲物を見つけたようにぎらついているのもあり。

そんな中、体格のいい老人が姿を現した。

顔には年月を思わせるしわが刻まれ、あごには白い鬚を蓄えている。

頭も真っ白。服装は伝統貴族のもので、その上からローブを羽織っているといった出で立ち。

——院長様だ。

魔法院の院長である、エグバード・サイファイス。クローディアの祖父だ。

エグバードが、老人とは思えないようなしっかりとした足取りで、こちらに近づいてくる。

援護を求めて、スウの方を見るが、

「ちょっとスウさんスウさん助けてく……はっ⁉　いないぃいいいいい⁉」

見ると、スウは煙のように忽然と消えていた。まるでもともといなかったかのように、その場には人一人分の空間があるばかり。

彼女に助けを求めることはできなくなった。

エグバードが目の前に到着した折、すぐに膝を突く。

すると、いささかしわがれたような声が頭の上に落ちてきた。

「名前は？」

「あ、アークス・レイセフトと申します」

「そなたがか……そうか」

エグバードはまるで吟味するかのようにそう言うと、

「よく励みなさい」

次いで、穏やかな口調でそう言った。

「え？」

「ふむ？　なにか咎めるとでも思ったのか？」

「い、いえ、そういうわけではありませんが……」

「そなたを魔法院から追い出すということはない。それに関しては心配はせずともよい」

「は。ありがとう存じます」

「クローディアはしつこいうえに努力家だ。ゆめゆめ油断しないことだ」

「は……はい」

「それとだが、サイファイス家の魔法のことは」

「はい。口外いたしません。私の胸の内にとどめておく所存です」

「うむ」

エグバードはそう言うと、踵を返して去って行った。思っていたよりもあっさりしたものだ。何か条件を付けられるとか、取り込みに掛かられるとか、もっと理不尽なことが巻き起こるかと思ったのだが、そう言ったことはしないらしい。

しばし呆気に取られたまま、その場で膝を突いていたが、ふいにいまし方の会話を思い出す。

――クローディアはしつこいうえに努力家だ。

「うわなにそれめんどくせぇ……」

当たり前だが、そんな感想しか浮かばなかった。

エピローグ　奇妙な出会い

決闘があってから、しばらく経った。

これまで魔法の知識と言えば、テキストから得るか、もしくはクレイブやノア、カズィから教えてもらっていた。しかし、講義で得られる情報もなかなか得難いものがあるというのがわかった。呪文の単語や成語、伝承の成り立ちや意味だけでなく、詠唱のやり方にかかわる発声法や声の高低、もろもろの技術などなど。

それだけ魔法にかかわる知識の量というものが凄まじいということだろう。

もちろん講義の中には、首をかしげる内容もあるわけだが――

「攻性魔法には属性があり、火、水、風、土という……」

講義に耳を傾けていると、老講師がそんなことを言い始める。

どっかで聞いたような四大元素なんたらのような区分だ。

こちらが「おっとこれは？」と不穏に思っている最中も、老講師はさらに話を続けていく。

「魔法は、もとにした伝承の内容によって、相性の良し悪しが生まれることもあります。伝承に対抗する内容がない場合は、属性をもとにして考えると良いでしょう。つまり水は火に強く、土は水に強く、火は風に強く、風は土に強い、という風に考え……」

（――はぁ？）

なんとか口には出さなかったが、心の中の声量は抑えられない。

ほんといまのはマジで言ってるのかこの老講師は。一昔前の間違った常識を語っているのではないか。それらが通用したのは、単に規模の問題と魔法自体の相性が良かっただけにすぎない。火力が高ければ水は蒸発するし、水の勢いが強ければ土も崩れる。火は風に煽られるし、風が土に強いとか、まったくもって意味不明としか言い様がない。風化などの浸食作用にしたって条件がまるで違うだろうに。

……この手の話を聞くと、以前ノアやカズィと〈天界の封印塔〉を脱出した際のことを思い出す。あのときも、重力の話をする前に【属性の母体】から始まる【物体の上昇と落下について】という属性ありきの話が出てきた。

魔法院でもいまだ属性というものに縛られているのだろう。

こういうところが魔法院を奇妙に感じてしまう部分だ。

あの男の国では『統一的な教育が求められる』というのは、あの国に住んでいる者は誰もが知るところ。

しかし魔法院では講座の独立性が強く、講義内容に〈講師の研究結果〉というものが色濃く出る傾向にあるため、時折こうしたぶっ飛んだ話も飛び出してくるのだ。

まあこの程度ならまだいいのだが、似非（えせ）テキストのように、紀言書の独自解釈や恣意的解釈、感想などを組み込んでくるのには苦笑を通り越して辟易（へきえき）する。

そういう講義を聞くたびに、何度あの男の国の匿名掲示板管理人の有名な発言を言いたくなったことか。それってあなたの……くらいまで喉元に出かかったくらいだ。

ともあれ、それとは別日。

この日は、教室での講義に出席していた。

生徒たちの前に立つのは講師が二人。一人はベテランの男性で、もう一人は今年講師になったばかりの新人講師だ。

新人講師は眼鏡をかけた女性だ。長い茶髪を結っており、講師が好んで身に着ける法衣をまとっている。

仕種や行動、しゃべり方から、どことなく「とろい」というかちょっとドジそうな印象を受ける。

資料をまとめる手さばきもぎこちなく、新人ということを加味してもどんくささが拭えない。

現在講義しているのは、ベテラン講師の方だ。

今回の講義内容は、

『魔法学技術全般』

である。

詠唱法がいかに有益であるか説明をしたあと、実際に見せるためか口元を手で包み込む。

それはまるで寒い日に吐息で手を温めるような行為にも似ていた。

「この技術は、【かじかむ手のひら（マッフルハンド）】というもので、特に北部の魔導師がよく使う詠唱法です」

口を手で包み込むことで、声量を抑え、相手に口元を見られないようにするらしい。

その様が、まるで冬の寒い日にかじかむ手を息で温める行為に似ているので、そう名付けられたらしい。

ノアも北部の魔法を好むが、彼の場合は魔法だけでなく剣も使うため、この技術はあまり使用しない。そもそも下手にこれをやると自分の声が重なってしまい、声の調子がわからなくなってしまうため、最悪詠唱不全を起こす可能性すらあるのだという。

そんなことを考えていると、

「ただ、言葉がきちんと発音されても、詠唱不全に陥ることもしばしばあるため、熟達した技術が必要となります」

講師も、こちらと似たような考えを口にする。

（でも、そういうのって、どうなってるんだろ？）

この手の詠唱不全は、自分の声が自分の声に重なっておかしくなるから――だと思っていた。しかし、講師の説明では、『言葉がきちんと発音されていても』と言っている。

それはつまり内的要因ではなく外的要因でおかしくなって魔法が発動しないことになるため、考え方としてはどうももやもやする。

そもそも、これまで詠唱した呪文が周囲の音にかき消されるということは考えたことがなかった。

それは、詠唱に関してこれまでかなり気を遣っていたということだが。

（うーん、考えさせられる……）

ただ正しい発音をしていれば、いいだけなのか。

それとも、誰かがそれを聞いて判別しているのか。

もし後者が正しいのであればその判断を下しているのは一体誰なのか。

……よくわからないことをよくわからないまま漫然と考えていると講師が別の詠唱を口にする。

「魔導師たちが好んで使うのは、この【猫の手(キャットハンド)】でしょう」

講師が手の甲を口にかざした。右腕を右斜め下から左斜め上に伸ばし、手の甲は角度を付けた状態で、指はさながら猫の手のように丸めたままだ。

声を散らすことができるうえ、口の動きも読み取れない。

魔導師たちが好んで用いる詠唱法だ。

そう言えば、以前の決闘でクローディアも似たようなことをしていたのを思い出す。

あのときはそれのせいで呪文がすべてを聞き取れないことも多かった。

魔導師同士の戦いには有用だろうが、拳や武器を併用する場合は使いにくいだろう。

その後も、口の前で指を組む【祈りの手指(オランスハンド)】などの説明があったあと。

講義に区切りがつく。

「時間が余りましたね。ではジョアンナ講師、あなたの時間としましょう」

「え？　は、はい！」

ベテラン講師が、新人講師に振ると、彼女は慌てたように返事をする。

こうして講義をするのも初めてなのだろう。こういうのを見ると、頑張れと、ついつい温かい視線を送ってしまう。

ジョアンナ講師は資料を焦った様子で探し始める。

「空いた時間に講義するのは……【連なる絶叫】についてだったような——ええと、この資料でしたっけ？」

「……違います。そもそも【連なる絶叫】ではありません。そちらは二年の受ける講義の内容ですよ」

「ごごごごめんなさい！」

「そちらです」

「あ、はい！　呪詛の性質についてですね！　……魔法行使時および行使後の注意点を、これから皆さんにご説明いたします」

　ふむ、これは知らない話があるかもしれない。

「呪詛が魔物を呼ぶだけではないのは、皆さんはご存じでしょうか。呪詛についてはまだまだ解明されていないことが多くありますが、近年の研究で、呪詛が多い場所での魔法行使は、呪詛の少ない場所に比べて容易なのではないかという説が立てられています」

　……容易、使いやすくなると言っても、内容は様々だ。どういう風に使いやすくなるのだろうか。

　ジョアンナ講師はその後も、魔力の通りが良くなるだとか、外部魔力操作が円滑になるだとか、そんな話を口にする。

　ジョアンナ講師に質問する。

「ジョアンナ講師。質問、よろしいでしょうか？」

「はい」

「魔法行使がしやすいというのは、すぐにわかるものなのでしょうか？」

「その辺りはなにぶん主観が入りますので、絶対に、というわけではないそうです……ただ、呪詛が多く漂っているとされる場で魔力を発したときに、魔力が届く距離が延びるということが証明されています」

そこでふと、気になることがある。

「呪詛が多く漂っているとされる場とおっしゃいましたが、つまりそれがわかるということは、呪詛の多い場所を判別できるということなのでしょうか？」

「いえ、それに関してはいまだ手段がありませんので、これについては意図的に呪詛が溜まりやすい場所を作ってから行ったそうです」

「なるほど」

呪詛が魔力をよく通す。面白い特性だ。これを意識して取り扱うのは難しいかもしれないが、いろいろと利用できるかもしれない。もちろん、呪詛は魔物を発生させるということが確認されているため、気を付けなければならないだろうが。

「その呪詛の性質を利用した道具などは開発されているのでしょうか？」

「ええと、そういったものがあるということは聞いていませんね……」

そんなことを話していると、ベテラン講師が口を挟む。

「呪詛を利用するという考えは魔導師にとってあまり褒められたことではありません。呪詛は魔導師が忌避すべきものです。あまり深入りし過ぎないように」

「……はい」

ぴしゃりと、そう言い放たれてしまった。

おそらくはここで言う呪詛(スソ)とは、あの男の国の民俗学で言う『穢れ(けが)』のような扱いなのかもしれない。

この世界では『汚れ(よご)』の方が呪詛(スソ)を呼び寄せる性質を持つ。特にライノールは魔法技術を推し進めているため、この穢れや汚れにはかなり気を遣っていると聞いている。

ジョアンナ講師が小首を傾(かし)げる。

「アークス生徒、どうしてそんなことを？」

「いえ、上手く利用できるのであれば、利用できないものかなと考えただけです」

「魔法に対する知識の獲得に余念がありませんね。さすがは殿下をお守りした勇士です」

「いえ……」

「いえいえ、謙遜しなくても」

「ジョアンナ講師？」

「は、ははは、はい！　申し訳ありません！」

ジョアンナ講師は、ベテラン講師から無駄話を嗜められる。

この講師、マイペースというかなんというか。

「………」

ベテラン講師の咎めるような視線に、ジョアンナ講師はぺこぺこと頭を下げている。

そんな授業が終わったあと、同じ講義を聞いていたルシエルと廊下に出る。

「アークス、そっちは次なんの講義に出るんだ？」

「俺？　俺は次…………決闘？」

「決闘？　そんな講義あったか？　そういうのやるのって二年の半ばくらいじゃなかったか？」

「それが俺だけ特別でさ。クローディア様が直々に講義をしてくれるんだ。しかも今回は俺のために第二訓練場まで貸し切ってくれたよ。ありがたいだろ？　ＨＡＨＡＨＡ……」

「ああ、またやるのか……」

そう、クローディアからはあのあとも、何度か再戦の申し込みがあった。

もちろん断るわけにもいかずで、勝負はしているのだが、すべて勝てているわけではなく敗北もある。

しかし、いまのところ二勝一敗で勝ち越しだ。白銀十字勲章の名誉は保たれているはず。

だからといって、毎度決闘していいというわけではないのだが。

「なんなん？　一体なんなん？　公爵令嬢ってどうしてあんなんばっかりなん？　エイミ様みたいなのが普通じゃないの？　おかしいだろ絶対！」

「落ち着け落ち着け」

「がるるるるる……」

そんな風にひとしきり不平不満をぶちまけたあと。

「……じゃ、準備してくるよ」

「ああ、またな。頑張れよ」

友人からのさりげないエールをもらって、ふと中庭に出た折のこと。

一人の少女が目に入った。

やけに小柄な身体を女子用の制服に身を包みんだ、桃色髪の少女。

眠いのだろうか、随分と目蓋を重そうにしている。

中でも特徴的なのは。

「……耳？　いやなんだあれ？」

頭の上に、一風変わった髪飾りを付けているところだ。

一見して、まるでケモ耳でも生えているようにも見えなくもない。

半眼の少女は何かを探しているのか、ふらふらと歩きながらしきりに辺りを見回している。

物珍しいので見ていると、ふと目が合った。

「……何を見ているの？　ミリアに何か用？」

「え？　いや、別にそういうわけじゃ」

そう返答すると、少女は腕を組んで斜め立ち。眠たそうな半眼をさらに細めて、非難するかのように見つめてくる。

「どんくさい受け答えね。陸（おか）に上がったセイウチでもまだ要領がいいわ。あきれる」

「……初対面に随分な言い様だな」

「さっさと答えないあんたが悪いのよ。それで、ミリアに何か用なの？」

「用なんてものはないよ。きょろきょろしてるから、どうしたのかなって思ったんだ。それだけだ」

そう言うと、少女はぷいっと顔を背ける。

「……別に、あんたには関係ないわ」

「そうか」

ならば、これ以上構う必要もない。無理してつっけんどんな相手に構う必要はないのだ。

そう思って、踵を返すと。

「待って」

そう言って、呼び止められた。

「どうした？」

「ここはどこ？」

「どこって魔法院に決まってるだろ？」

「そういうことを訊いてるんじゃない。オウムでもまだ気の利いたことが言えるわ。ばかじゃないの」

「オウムは同じことしか返せねぇよ！　いちいちいちいちいちいち罵倒を織り交ぜんな！」

「それで、ここはどこなの？　さっさと教えて」

「どこもなにも見ての通り中庭だろ？」

「中庭？　訓練場じゃなくて？」

「いやいや。どこからどう見ても中庭だろ？　訓練できるスペースがここにあるかよ？」

「……ミリアは訓練場に向かってた。あり得ないわ」

少女は、本気で愕然とした様子だ。まるで群れからはぐれて迷子になったペンギンの子供のように、周りをきょろきょろ見回している。

確かにあり得ない。訓練場は敷地の反対側だ。逆方向に進まなければたどり着けない。

ということは。

「お前、もしかしてあれか？　絶望的な方向音痴なのか？」

「初対面の相手にひどい罵倒。礼儀がなってない。ハシビロコウでも見習った方がいいわ」

「お前が言える台詞かよ！　つーかハシビロコウとか随分マイナーなとこ引き合いに出すのな！」

「ねえあんた、ミリアを訓練場に連れてって」

「どうして？」

「講義に間に合わなかったら困るからに決まってるでしょ。そんなこともわからないの？」

「……わかったよ」

大きな、とても大きなため息を吐いて、少女の頼みを引き受ける。

どうやらこの少女はコミュニケーションが得意ではない類の人物らしい。

まあこちらもこれから第二訓練場に向かうのでそれほど手間ではない。

面倒な相手のようだが、連れて行くだけなら別に断ることもないか。

こっちだ、というように手招きすると、ふと少女が手を伸ばしてくる。

「手」

「手がどうした？」

「つないで」

「え？」

「はぐれると困るでしょ。察しなさいよ」

「それは日常生活に支障をきたすレベルなのでは……」という感想は呑み込んだ。口にすればまた動物にたとえた罵倒が飛んできそうな気がしたからだ。下手な会話はせず、さっさと連れて行ってしまうべきだろう。

手をつないだ途端、少女はやたら呆れたような表情を作る。

そして、

「なんか薄幸そうな顔してる。道端に取り残されたアヒルの子供みたいね」

「余計なお世話だっての。いちいち、なんか言ってないと気が済まないのかよまったく」

そしてそれが結構的を射ているのが始末に悪いことではある。

「ミリアはミリア。あんたは？」

「俺はアークス」

「そう」

そんなこんなで、ミリアという少女を訓練場に連れて行った。

……なんかまたよくわからないのと知り合いになってしまったらしい。

あとがき

ご無沙汰しております。作者の樋辻臥命です。

失格から始める成り上がり魔導師道！　第六巻をお手に取っていただき、ありがとうございます！

発売をお待ちしていた皆様お待たせしました！　購入してくださった皆様、本当にありがとうございます！


今巻は魔力計のお披露目と魔法院入学のお話が主軸となっております。

魔力計の発表会では、父ジョシュアとの小競り合いをしたり、他国のクセの強い権力者たちに絡まれたり、なんだかんだ開発者の正体が見抜かれていたりと、なかなかアークスくんの考えた通りにはいかない感じで、油断ならない部分も演出されているかと。

バルバロスやメイファは今後も出していきたいなと考えているキャラたちなので、またそのうち登場するかもしれません。というか出します。頑張ります。

魔法院では授業のお話……よりも他のことがメインになっている感が否めない感じでしたね。

だからって、これ学校に行く必要なくね？　とか言っちゃいけません。いや、学校じゃなきゃできないこともありますので、その辺はお目こぼしいただければと……。

新キャラ・クローディアや今回はほとんど登場機会のなかったケインくんなどもビジュアル決まって登場してと、環境もガラリと変わります。

魔法院編に伴って従者たちの登場がほとんどないですが、また沢山登場する機会が出てくるので、こちらはお待ちください。

あと、年齢の変化に伴い、キャラのビジュアルもそれに合わせたものへと変化しております。アークスくんの髪が長くなったり、女性陣は女性らしい体つきになり、しかしアークスくんは男らしくなれなかったり（笑）。

デザインしてくださったふしみ先生、ありがとうございます！


では最後になりますが、謝辞と致しまして、GCノベルズ様、挿絵およびコミカライズを担当するふしみさいか様、担当編集のK様、コミカライズ担当編集のH様、校正会社鷗来堂様、応援していただいている読者の皆様、本当にありがとうございます。

次巻予告

夏――それは発明の季節？

クローディアとの決闘に勝利し、
退学の危機を脱したアークス。
これで無事勉強に集中できる――と思いきや、
〝しつこくて努力家〟で、
圧倒的な魔力量を誇るクローディアから
雪辱戦を挑まれ続ける日々に少々お疲れ気味。

そんな中、魔力量の少なさを補うことができる
「あるアイデア」を思いついたアークスは、
寝る間も惜しんで研究に没頭するのだが――？

失格から始める成り上がり魔導師道！ 7
Start up from disqualification. The rising of the sorcerer-road.
～呪文開発ときどき戦記～

2024年 発売予定！

※発売予定は変更となる場合があります。

かつての敵と共闘し
貴族の邸宅に強襲をかける――
金のあるなしで
全てが決まる
俺は…諦めない
たとえ魔力が少ないって
言われようと
無能だって
言われようと
足掻いてみせる
さ……
天才――
という
言葉だけでは
片付けられない
RideComics
失格から始める成り上がり魔導師道!
Start up from disqualification. The rising of the sorcerer-road.
ふしみさいか
Comic by Fushimi Saika
原作／樋辻臥命
Original by Hitsuji Gamei
コミックス①～③好評発売中!
ライドコミックス／B6判

GC NOVELS

失格から始める成り上がり魔導師道！
～呪文開発ときどき戦記～

6

2023年6月5日　初版発行

著　者　樋辻臥命

イラスト　ふしみさいか

発行人　子安喜美子

編　集　川口祐清

編集補助　高橋美佳

装　丁　横尾清隆

印刷所　株式会社平河工業社

発　行　株式会社マイクロマガジン社

〒104-0041 東京都中央区新富1-3-7 ヨドコウビル
[販売部] TEL 03-3206-1641／FAX 03-3551-1208
[編集部] TEL 03-3551-9563／FAX 03-3551-9565
https://micromagazine.co.jp/

ISBN978-4-86716-429-7 C0093

本書は小説投稿サイト「小説家になろう」（https://syosetu.com/）に掲載されていたものを、
加筆の上書籍化したものです。

ファンレター、作品のご感想をお待ちしています！

宛先　〒104-0041 東京都中央区新富1-3-7 ヨドコウビル
株式会社マイクロマガジン社 GCノベルズ編集部「樋辻臥命先生」係「ふしみさいか先生」係

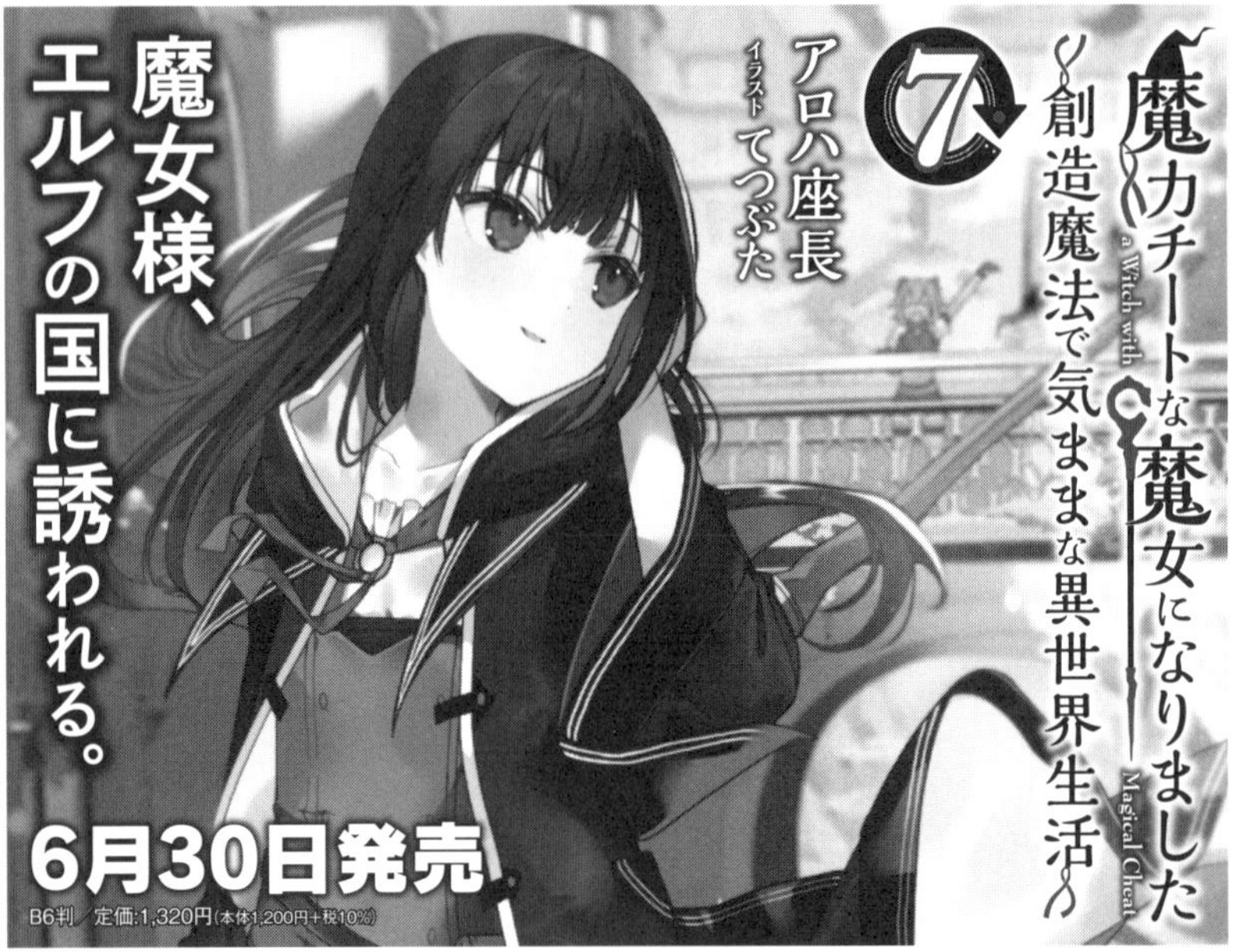

GC NOVELS 話題のウェブ小説、続々刊行！ 毎月30日発売

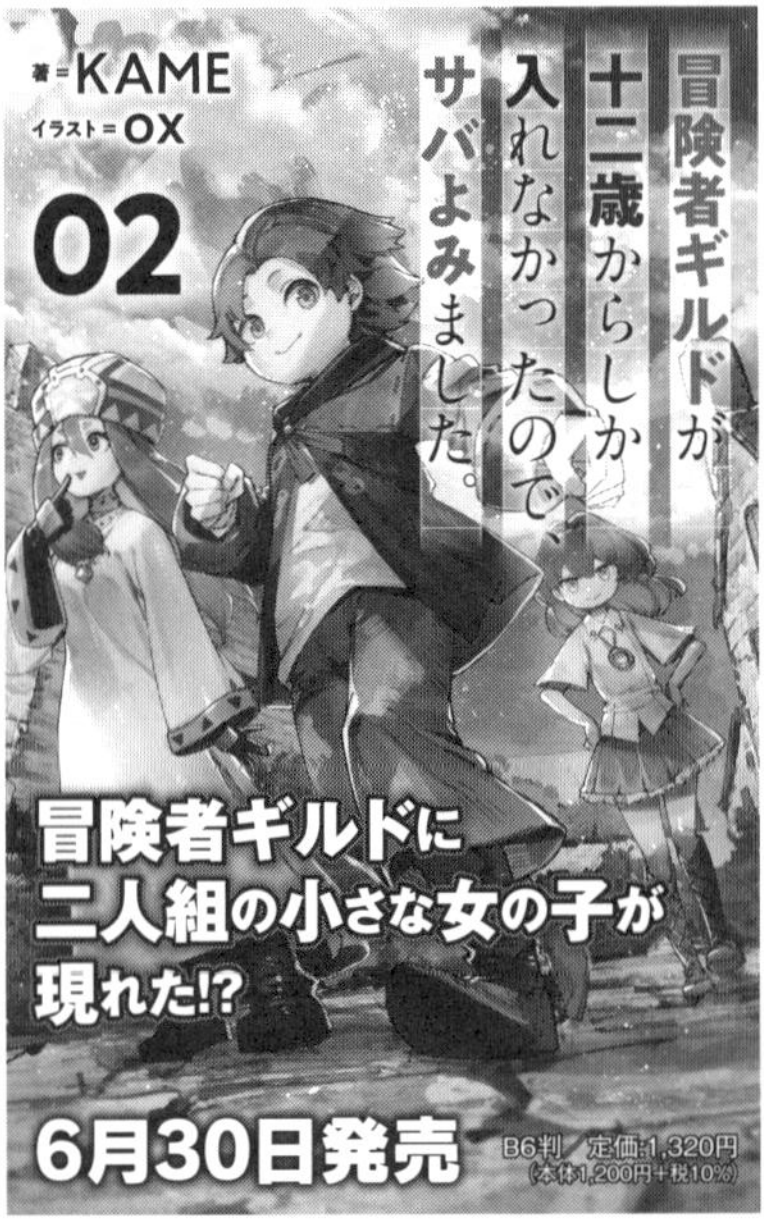

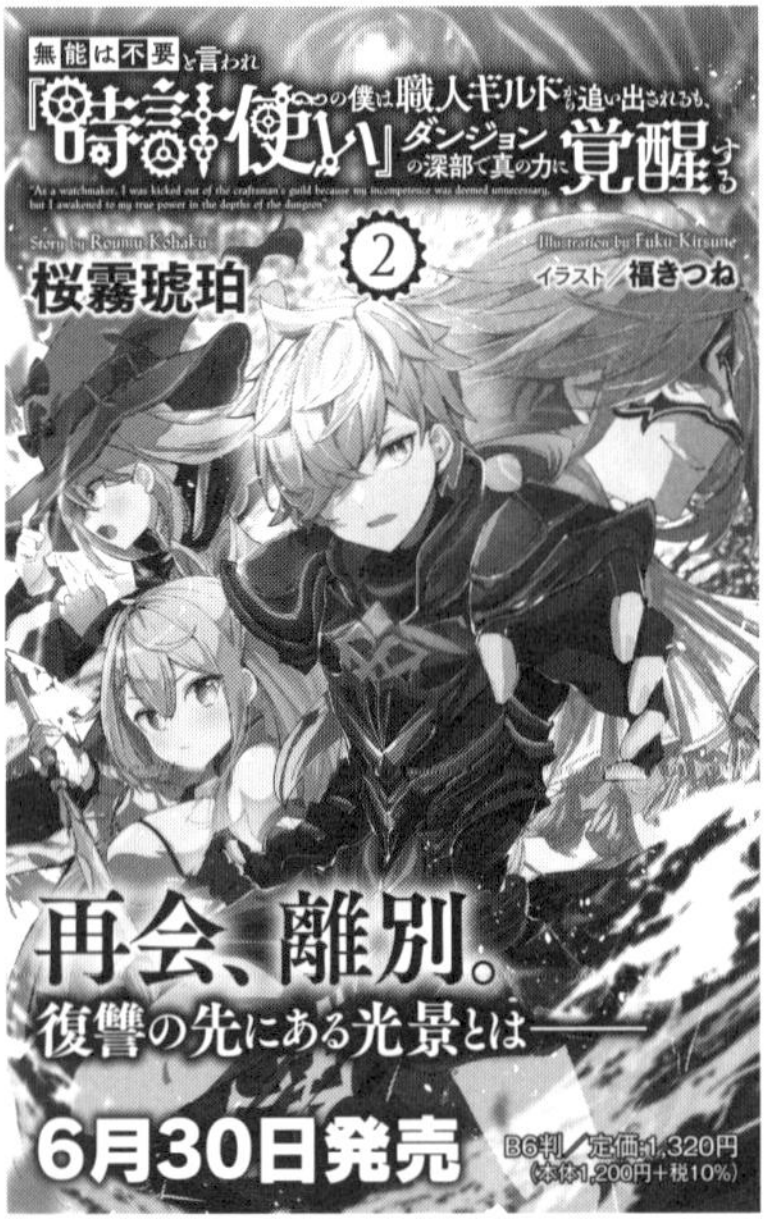